Éric Jugnot

Jeber-Jésus,
l'animal des crucifix

Un curieux batracien poivre et sel ; T. 1

« *Ce qui est clair et évident s'explique de soi-même, mais le mystère exerce une action créatrice. C'est pourquoi les figures et les évènements « historiques » qu'enveloppe le voile de l'incertitude demanderont toujours à être interprétés et poétisés de multiples fois.* » S. Zweig

« *Et dire que la terre est tout entière en proie*
Aux affirmations de ces prêtres sans joie,
Sans pitié, sans bonté, sans flambeau, sans raison,
Dont l'ombre, l'ombre, l'ombre et l'ombre est l'horizon. »
V. Hugo

Sommaire

« Aussi puis-je t'assurer qu'il n'y a jamais eu de royaume où il y ait eu tant de guerres civiles que dans celui du Christ. » Montesquieu

1ᵉʳ jour de lumière : **Rosh Hashana** – Fête du Nouvel An des rois

« Il a envoyé la délivrance à son peuple, il a établi pour toujours son alliance... »
Ps. 111, 9

Le gobeur de sauterelles

Curieusement, l'histoire de Jeber-Jésus – ou Yéhoshua-Iésous – ne commence pas avec lui [1]. En réalité, l'histoire de ce personnage qui, s'il n'a peut-être rien d'historique, est au moins une espèce de héros littéraire – sa pseudo histoire donc –, commence par celle de son soi-disant Élie ; un prétendu prophète qui l'aurait annoncé juste avant sa venue. En effet, une grande majorité des membres du judaïsme orthodoxe de cette époque pensait que le Messie – un sauveur providentiel qu'à peu près tous s'impatientaient déjà d'attendre depuis des lustres – serait précédé par le seul parmi les prophètes qu'avait connu leur peuple, le peuple hébreu, n'ayant pas connu la mort ; ayant été à la place, croyaient-ils fermement, enlevé au ciel de son vivant sous les yeux médusés de son fidèle serviteur Élisée, prophète lui aussi. Or, depuis qu'existait cette légende dorée là, toutes et tous, parmi les fervents croyants, dès qu'ils subissaient l'injure de la défaite ou la honte de la soumission, s'échauffaient les sangs en diable autour de cette idée fixe puis, soudain obnubilés par elle, redoublaient d'espérance ou de pugnacité lorsqu'ils se révoltaient en louant sans arrêt les vertus guerrières de ce futur général en chef des armées célestes et terrestres.

---

[1] Yéhoshua-Iésous : Nom répété qui signifie, dans les deux versions, celle en hébreu comme celle en grec, « Dieu sauve ». Vous comprendrez la raison de ce redoublement plus tard ainsi que celle du premier doublon « Jeber-Jésus ». Jeber étant le nom d'un patient imaginaire du professeur Éric Berne, père de l'analyse transactionnelle qui me servira de guide ici.

Quand ce n'était que cela ! Car, avec un tel idéal anti-dilatoire [2], depuis des siècles et des siècles, bien de pauvres gens s'étaient laissé empoisonner l'esprit en s'imaginant soit être eux-mêmes ce sauveur promis soit l'avoir déniché quelque part…. n'importe où pourvu que cela fasse leur affaire finalement. Et non seulement l'avoir déniché, mais le suivre ensuite jusque dans la mort s'il le fallait… ce qui, immanquablement, était toujours arrivé. Pourtant, vous le découvrirez bientôt, Yéhoanan le baptiste, le pseudo Élie en question, soit le pseudo annonciateur du pseudo fils du tout Autre, c'est-à-dire Dieu, lorsqu'il serait interrogé à ce propos par les représentants du tribunal ecclésiastique de Jérusalem nommé le sanhédrin, réfuterait catégoriquement être ce prétendu sage revenu d'un monde extraterrestre. Ce qui, soit dit en passant, a pour conséquence directe que le Messie des chrétiens, n'ayant pas été annoncé par cet Élie attendu, aux yeux des juifs orthodoxes, ne pourrait donc absolument jamais être reconnu comme étant l'élu qu'ils attendaient impatiemment. Par la suite, d'ailleurs, afin d'expliquer pourquoi Yéhoshua-Iésous n'avait pas été annoncé par le véritable Élie revenu des Cieux, les premiers adeptes du futur christianisme [3] auraient une idée de génie. Sciemment, sans aucune rigueur ni aucun sens historique ou critique mais avec bien des raisons, ils dédoubleraient les prophéties du judaïsme. Ils expliqueraient, par exemple, que le Messie ne devait pas venir une seule fois, mais deux...

— Il est venu une première fois tout gentil, tout paisible, tout amour et paix – sous les traits de Jeber-Jésus –, souligneraient-ils haut et fort, mais pas du tout précédé par un Élie en chair et en os, uniquement par un ersatz, uniquement par un messager qui avait le même ministère que cet ancien prophète et sur lequel reposait le même esprit divin. Puis il reviendra une seconde fois ! certifieraient-ils vigoureusement. Il reviendra peu de temps avant la fin du monde mais en guerrier à la verge de fer cette fois-ci. Pas cool du tout donc mais précédé par le véritable voyant cette fois-là ; revenus tous les deux, directement, d'un très long séjour extra spatio-temporel… et donc extra-physique.

Mais ce genre d'invention, d'exagération ou d'interprétation n'est pas unique dans le christianisme. Tant s'en faut. Et je souhaiterais même vous en signaler une, ici, en particulier, parce que, dans ce récit, elle a son

---

[2] Un idéal qui prône une solution ne cherchant pas à gagner du temps… ou à allonger un procès.
[3] Le pluriel conviendrait mieux.

importance. Si d'aventure vous regardez une image du « petit Jésus », vous voyez toujours la représentation d'un homme au visage agréable sinon beau, voire angélique. Quelle erreur ! En vérité, pour autant que l'on se référât à certains vers du poète qu'était aussi le prophète biblique Esaïe, des vers concernant, selon les chrétiens, ce parangon de leur mode de vie et de penser, rien n'est plus éloigné de la vérité que ce portrait angélique. Car, effectivement, selon une autre poésie de ce prétendu prophète, l'élu, le Messie, le « fils de David », le futur « roi des Juifs », aurait dû être moche à faire peur. Dès lors, maintenant, imaginez ceci, imaginez un « petit Jésus » qui correspondrait plus fidèlement au portrait tracé par les versets du 52e chapitre d'Esaïe au lieu de ceux du 53e ; soit ceux qui finirent par l'emporter. Imaginez un « petit Jésus » sujet d'effroi pour plusieurs, défiguré, exhibant un visage très différent de celui des autres hommes [4]. Imaginez un être affreux à la place d'un personnage « qui n'a ni beauté ni éclat pour attirer notre regard et dont l'aspect n'a rien pour nous plaire [5] ». Imaginez-le atteint d'une terrible maladie, d'un véritable handicap. Une déformation faciale de naissance par exemple. Au bas mot, il pourrait n'avoir été atteint que d'un bec-de-lièvre ou d'une fente du palais – un comble pour un roi –, mais, au pire, il aurait pu naître sans nez ou être victime du syndrome de Protée [6], souffrir d'hydrocéphalie, d'ablépharie, d'une dystrophie faciale scapulo-humérale ou même, ce qui eût été nettement plus difficile pour lui qui aimait boire et manger, il aurait pu être victime du syndrome de Treacher-Collins, voire naître homme-tronc... (à la grande joie des mauvais curés).

Mais qu'importe ! Pour ma part, à la place de céder au seul 53e chapitre et afin d'honorer le 52e, c'est-à-dire celui qui nous révèle à quel point le « petit Jésus » était laid, – horrible même peut-être –, je ne l'ai pourtant affublé que d'une tare mineure… une simple difformité. Néanmoins, une difformité qui, bien que légère, était demeurée pourtant fort insupportable à regarder, et donc fort handicapante pour lui, tant qu'il ne portait pas la barbe puisque, depuis lors, elle se voyait beaucoup moins. Car, sans cette quasi protection

---

[4] Ésaïe 52, 14 : « De même qu'il a été pour plusieurs un sujet d'effroi tant son visage était défiguré, tant son aspect différait de celui des fils de l'homme. »

[5] Ésaïe 53, 2-3

[6] Soit dans l'ordre : Croissance asymétrique des membres – ablépharie : absence de paupières et de sourcils – dystrophie… : asymétrie du visage et amimie, c'est-à-dire une diminution et un ralentissement des mimiques du visage qui finissent par empêcher l'expression des affects – Treacher-Collins : malformation de la mâchoire, malocclusion dentaire et limitation de l'ouverture buccale.

contre la méchanceté du regard et des qu'en dira-t 'on des hommes – qui vivent à peu près toujours la vie sous le mode de la concurrence et de la compétition, d'une course donc, d'une espèce de marathon – ces derniers eussent pu constater à quel point la macrostomie qui l'enlaidissait – et en avait effrayé plus d'une ou d'un dans sa prime jeunesse – lui donnait seulement l'air d'être un batracien ; une innocente petite grenouille… ou un très vilain crapaud. Un innocent batracien, grenouille ou crapaud, qui, en revanche, selon le christianisme, dès qu'il serait hissé sur son échelle poteau, annoncerait un bien mauvais temps pour l'humanité tout entière. Un tout violent orage même. Un batracien qui, ce faisant, réaliserait en outre son propre scénario de vie… un scénario de vie suicidaire [7].

§

Soudain, un homme surgit du désert. Parmi les êtres jetés sur cette planète, parmi nous donc, qui sommes souvent inconscients de l'absurdité des pseudo-solutions que nous créons afin de répondre aux questions du pourquoi ou du comment de l'existence, inconscients de ce que nous ne cessons jamais d'inventer ou de croire dix mille fariboles dans le seul but de mieux supporter, peut-être, autant le ridicule de ces questions elles-mêmes que notre impéritie à y répondre autrement qu'en se rendant esclaves de naïves croyances, dans tout ce flot d'absurdités qui sont à la fois notre trame et notre toile, oui, soudain, un homme surgit du désert. Et cet homme, un ermite roux,

---

[7] Vous en apprendrez un peu plus à ce sujet tout au long de cette lecture et des notes en bas de page, notamment. Car je vais tout doucement commencer à vous en dire un peu plus à ce sujet. Mais il est bon que vous appreniez déjà les grandes lignes de la méthode d'analyse qui m'a guidé, à savoir l'analyse transactionnelle du docteur Éric Berne. Au cours du siècle passé, ce dernier a mis au point une méthode thérapeutique fort intéressante en partie liée à la psychanalyse. Selon sa méthode, chaque être humain possède trois états du moi qui sont un état Parent, un état Adulte ainsi qu'un état Enfant. Et la plupart d'entre nous jouons, sans arrêt parfois, à des jeux psychologiques des plus épuisants. Des jeux qui minent généralement nos relations. L'état Parent de chacun se subdivise en deux modes d'existence, soit un état bienveillant, soit un état normatif. Et l'état Enfant en deux modes, lui aussi, celui de l'Enfant Rebelle ou celui de l'Enfant Libre. Qui plus est, tout comme le célèbre complexe d'Œdipe nous l'apprend, chaque enfant est influencé par son parent opposé par le sexe, le garçon par la mère, la fille par le père ; donc le démon du patient Jeber-Jésus est lié à sa mère et, plus précisément, à l'état Enfant Rebelle de celle-ci. Mais, en plus de cette structure facile d'emploi ou de ses vastes connaissances sur les jeux psychologiques, le docteur Berne nous apprend aussi que nous sommes influencés par des injonctions, plus ou moins inconscientes, ainsi que certaines devises fabriquées à travers de nombreux siècles parfois, transgénérationnelles donc. Le tout mis en scène, dans nos vies, comme on le fait avec un T-shirt qui comporterait un slogan devant et un autre derrière…

maigre à faire peur, ascète depuis des années, vêtu d'une peau de bête aux poils ras, se prétendait porteur d'un important message. Selon ce qu'il disait, il venait apporter une manière d'être et d'agir plus apte à complaire au papa métaphysique de l'humanité. Mais une manière qu'encensait un tout nouvel idéal par contre. Un idéal tout à fait opposé à celui des juifs orthodoxes puisque tout à fait dilatoire celui-là. Aux dires de ceux qui l'avaient écouté prêcher, il s'agissait de l'un de ces idéalistes un peu fous qui prétendent possible de sortir de la caverne – qu'est selon eux l'existence charnelle – afin de découvrir la vérité et supprimer ainsi l'apparente distance entre moi et El [8], entre l'illusion et l'Être ; qu'ils considèrent comme étant la seule réalité valable et digne de foi plutôt qu'une fiction. L'une de ces personnes jusqu'au-boutistes qui affirment sans jamais en démordre qu'une réponse certaine existe en soi, une réponse qui ne procède aucunement ou presque d'une création humaine. L'un de ces illuminés qui soutiennent avec fermeté mais pas toujours très raisonnablement que cette réponse prend son assise dans d'autres raisons que la volonté humaine s'associant à la nécessité d'un mieux-être social ou personnel donc.

Or, si ce nouveau prêcheur, un certain Yéhoanan le baptiste [9], avait fait entendre sa puissante voix dans les déserts de Judée quelques mois seulement avant la fête du Nouvel An des rois de l'année civile 3787 du monde, soit en l'an 27 du futur calendrier chrétien, il était parvenu à faire tant parler de lui qu'aujourd'hui, bien qu'il soit particulièrement difficile à localiser, beaucoup de personnes se hâtaient de partir par monts et par vaux afin de l'écouter prêcher la venue du grand veneur. Du moins, espéraient-ils de l'écouter parce que, vu que ce prêcheur était itinérant, il ne demeurait jamais deux jours de suite au même endroit, obligeant ainsi celles et ceux qui souhaitaient de l'entendre à parcourir quantité de kilomètres avant d'y parfois parvenir ou de rebrousser chemin... dépités. Néanmoins, en dépit de ces difficultés, déjà certains marchands de Jérusalem, de Tibériade et même de Césarée s'entendaient à organiser le plus tôt possible de véritables pèlerinages vers ce saint homme-là. Et ils développaient d'ailleurs différents circuits pour croyants en mal de prophéties ou de sages et d'ermites à vénérer ; ce qui ne manque jamais.

En dépit de son aspect général, Yéhoanan, un personnage des plus hirsutes, intimait le respect. Son air de cénobite sorti du fin fond d'une caverne

---

[8] Nom de Dieu qui signifie « Seigneur », mais aussi « vers ».
[9] « Celui à qui Yah a fait grâce » ou aussi « Dieu est gracieux ».

générait une espèce de crainte superstitieuse. Une crainte superstitieuse qui se transformait même presque en peur lorsqu'il déboulait comme un sauvage sur les bords du Jourdain. Ses manières aussi, plus dignes d'un fou que d'un sage, tranchaient tellement avec les autres prédicateurs itinérants qu'à peu près aucun d'entre eux n'acceptait sa compagnie. Au lieu de cela, ils fuyaient ce trublion dès qu'ils avaient vent de sa présence tout près d'eux. Et pour cause ! Malgré les dangers que cela représentait, ce Judéen-là n'hésitait pas à s'en prendre à tout le monde, y compris aux prosélytes romains [10]. Il les invectivait, vitupérait, râlait, criait, éructait, vociférait ou fulminait contre eux, vouant à toutes sortes de malheurs celles et ceux qui ne respectaient pas ce qu'il appelait « la voie du créateur », soit toutes ses lois, bien entendu, mais aussi, et surtout, l'esprit de celles-ci... un esprit de générosité ou de clémence, certes, clamait-il à tous les vents, mais d'une irrévocable rigueur surtout ; ce qui est paradoxal.

Selon les rumeurs qui circulaient au sujet de cet étrange messager roux, les plus colportées le disaient envoyé par leur divinité solitaire, le Seigneur des armées ; une sorte de vieux garçon toujours puceau transformé en vampire colérique fort mécontent depuis des siècles parce que son peuple élu n'avait pas trouvé l'inhumaine méchanceté nécessaire pour réaliser tous les affreux massacres d'hommes, de femmes et d'enfants qu'il leur avait ordonné d'accomplir par la voix de son prétendu prophète Moïse puis par leur tout aussi prétendu conducteur suivant Josué [11]. Or, d'après les propres dires de ce rouquin un peu dingo, il leur avait été envoyé de la part de ce grand mécontent là afin d'accomplir une mission essentielle : il devait leur dévoiler un dernier avertissement ainsi qu'une annonce. En effet, outre les habituelles réprimandes et menaces qui enhardissaient déjà le discours de tous les oiseaux de cette espèce, plus souvent des aigles ou des vautours que des colombes ou des pigeons – qu'ils attrapent et croquent volontiers dès le petit déjeuner d'ailleurs –, Yéhoanan se devait d'annoncer à son peuple une

---

[10] Les prosélytes étaient des non-juifs convertis au judaïsme et les Craignants-Dieu, dont je parlerai plus tard, des personnes qui suivaient le judaïsme, mais n'avaient pas été circoncises.
[11] Selon le Pentateuque ou le livre de Josué. Ce reproche est fait au peuple, en effet, et des prophéties sont énoncées qui prévoient toutes sortes de problèmes à cause de cet élan humaniste puisque, dans plus d'un territoire, aucun massacre n'eut lieu. Selon la Bible, les juifs s'installèrent et vécurent en épousant des filles et des fils du pays, ce qui leur fut souvent reproché par la suite par les croyants ou les prophètes, voire par les « hommes de Dieu » en général (Cf Esdras).

merveilleuse nouvelle. Il devait dévoiler un secret ancien. Il devait annoncer l'arrivée de la proie par excellence... de leur proie, la proie de toutes les proies...

— Parce que, d'après mes visions, s'exaltait-il souvent, un être d'exception, une personne admirable, un conseiller généreux et sage, viendra très bientôt pour ouvrir un nouveau jour pour ce monde, pour initier une nouvelle ère. Il s'agira d'un être providentiel, d'un serviteur de la vie qui vivra parmi les siens... comme un mouton parmi des loups.

§

Pauvrement vêtu, habillé seulement d'un pagne en peau de chèvre ceinturé par une épaisse lanière de cuir, ce roux messager venait colporter son message dans ce qu'il disait être le pire des déserts... celui des cœurs humains. Et il espérait, un peu naïvement peut-être, que ces champs arides, quoiqu'ils soient le plus souvent aussi secs qu'épineux, pourraient s'enrichir assez vite grâce à son tout nouvel engrais puis donner d'excellents fruits. Ainsi, durant ces quelques derniers mois n'avait-il eu de cesse de semer ce genre de semence auprès de tous ceux qui l'avaient rejoint, ses frères tout comme les prosélytes ou les Craignants-Dieu [12] :

— Le libérateur, le Messie, l'élu, sera très bientôt parmi nous, leur avait-il proclamé joyeusement. Préparez son chemin ! Mais l'alliance avec le Seigneur d'Israël est en passe de s'agrandir par contre... et de changer de main, osait-il même leur lancer à la face sans crainte de la réaction des orthodoxes. Car l'alliance passée jadis avec les descendants d'Abraham, d'Isaac et de Jacob seulement sera modifiée, précisait-il au grand dam des fervents croyants qui la prétendaient éternelle et qui s'en arrachaient les cheveux en rentrant chez eux.

— Qui plus est, ajoutait-il d'un ton comminatoire, cette modification permettra à tout homme, enfin, à tout homme de n'importe quelle origine, de profiter des bénédictions et des promesses du judaïsme tout entier.

Ardent message que ce beau parleur assaisonnait de tellement d'émotions, de gestes et de mimiques qu'il serait parvenu à tirer des larmes y compris à des ânes. Ardent message particulièrement dangereux, en revanche, durant ces temps troubles pendant lesquels les espions du sanhédrin grouillaient de partout à l'affût des moindres signes de rébellion afin d'en informer les prêtres et grands-prêtres de leur nation ; prêtres et grands-prêtres qui,

---

[12] Ces derniers n'avaient pas reçu la circoncision.

selon la plupart des docteurs de la loi qui leur étaient farouchement opposés, étaient devenus de véritables valets des Romains depuis qu'ils leur devaient leur place... ce qui était assez vrai, soit dit en passant. Mais, sans s'en inquiéter outre mesure, le baptiste, à tue-tête parfois, jusqu'à en perdre la voix, louait cette nouvelle fructification qu'engendrerait bientôt l'ensemencement que réaliserait cet être exceptionnel dont il annonçait la venue.

— Il s'agira d'un amendement sans pareil, leur jura-t-il plus d'une fois. Oui, bientôt, très bientôt, la terre sera engraissée puis fumée !

Ensuite, de temps à autre, d'une manière plus énigmatique encore, il accroissait le nombre de leurs questions en ajoutant ceci :

— Elle sera fumée puis ensemencée par les étincelles d'un grand feu... d'un feu éternel.

— Évidemment, expliqua-t-il aux élèves qui le rejoignaient, mais qui ne comprenaient pas grand-chose à son discours, ce feu en question n'aura rien à voir avec un feu réel. À la place d'un feu de forêt, de broussailles ou de chaume, il s'agira du feu du « buisson ardent ». Il s'agira du feu de la parole divine... le même feu qui a enflammé jadis, sans le brûler, le buisson sur le mont Horeb avant qu'il ne soit nommé Sinaï [13].

Ce sur quoi, il renchérissait en leur affirmant :

— À partir de ce moment, les prophéties de nos textes sacrés, à propos de cet agneau de sacrifice amené à jouer le rôle de dégraissant universel du péché, s'accompliront donc enfin.

Parce que le péché, en fait, par eux tous, avait toujours été déclaré fruit pourri. Une saleté morale qui entraînait quantité de désordres sociaux incompatibles avec les divines exigences et, corrélativement, quantité de représailles de la part de leur dieu aussi spépieux que jaloux. Selon leurs sages, le péché était une maladie en effet. Un cancer. Un cancer mondial. Un mal profond qu'un pieux serviteur du dieu unique se devait de combattre de toutes ses forces et de toute l'ardeur de sa volonté.

De surcroît, pour annoncer ce nettoyant aussi universel que gratuit de l'âme, ce prêcheur-ermite-devenu-vagabond ne s'arrêtait pas là. Il employait toutes sortes d'images faciles à comprendre. Des images simples qu'il

---

[13] Le buisson se dit « sené », d'où, selon les « Pirqué de Rabbi Éliézer », la transformation du nom Hober (désolation) en Sinaï. Selon la Bible, Moïse se rendit sur ce mont afin d'y recevoir la Loi. Une fois sur place, il vit son dieu lui apparaître sous la forme d'un buisson devenu ardent, c'est-à-dire enflammé, mais ne se consumant pas pour autant.

mélangeait habilement à des mots compliqués ainsi qu'à différentes historiettes qu'il tirait des textes sacrés de ce peuple aux six cent treize lois.

— Apotropaïque [14] serpent, les prévenait-il par exemple, qu'à l'instar de notre libérateur, Moïse, vous élèverez sur une potence sans pour autant qu'il ne vous accorde à tous sa miraculeuse guérison…

De cette étrange manière, d'une manière à peu près incompréhensible pour le plus grand nombre, faut-il le dire, il leur laissait donc entendre que, tout comme ce guérisseur légendaire l'avait prétendument réalisé quelque mille deux cents ans plus tôt environ en plaçant un ophidien d'airain sur une potence dans le but de soigner son peuple atteint par une maladie mortelle – une lèpre évidemment causée par leur divinité à la suite de leur manque de foi –, il leur laissait donc entendre que, eux aussi, finalement, ils fabriqueraient ce trop puissant médicament, que, eux aussi, finalement, ils participeraient à la préparation de ce très dangereux poison, qu'eux aussi, finalement, ils réaliseraient ce tout nouvel opium... pour le monde entier. Toutefois, il évitait de trop les attaquer de front et ne les réprimandait pas encore trop parce qu'il savait. Il savait, effectivement, que le constat de notre déréliction, mise en lumière en découvrant notre immense et toute pesante liberté, est un fardeau si lourd à supporter qu'il peut nous emporter au fond de milliards d'abîmes ; d'affreux gouffres où ni les Cieux ni les Enfers n'ont plus la moindre importance. Et, il lui arrivait même d'en dire un peu plus à ce sujet :

— Les souffrances que l'on subit en ce monde sont tellement nombreuses, tellement diverses et si savamment épicées par l'absurdité, que toutes les volontés y sont rendues pusillanimes, bien plus encore que simplement impossibles, face à une seule, mais inexorable obligation, celle de mourir. Ce faisant, se laissant entraîner vers ces antres du non-sens que sont l'angoisse ou la peur de souffrir et de mourir, bien peu tiennent bon, demeurant fermes, résistant à l'ordalie ainsi qu'aux doutes. La plupart au contraire se livrent à l'ivresse… quelle que soit sa nature.

Ce en quoi il avait bien raison dans un sens, si ce n'est qu'il ne se rendait pas compte qu'il était lui-même en train de préparer une recette du même genre. Une recette qui finirait par enivrer plutôt que désaltérer. Mais qu'importe ! Le baptiste savait, ai-je dit, ce que cela fait d'être cisaillé par les incisives de la volonté de puissance puis broyé par les grasses molaires de la

---

[14] Adjectif qualifiant ce qui conjure le mauvais sort ou vise à détourner les influences maléfiques.

nécessité. Il connaissait l'insupportable sensation d'être mâché et remâché sans arrêt par une trop cruelle réalité. Il connaissait cette souffrance et cette absurdité qui sont le lot de tout être humain, mais dont peu se rendent compte tant qu'ils n'en sont pas victimes. Il connaissait l'horrible sensation qui nous écartèle tous, l'incessant mouvement de balancier entre constater et espérer, entre devoir et vouloir, entre souhaiter et pouvoir. Il connaissait l'effroyable tiraillement qui existe entre les obligations dues à notre humaine nature mortelle et l'inextinguible porrection de nos désirs quasi éternels [15] ; ces mêmes mouvements de l'esprit qui, bien que limités par le temps, les circonstances, nos corps et nos cultures, nous font pourtant toujours rêver à mille demains inatteignables en nous berçant de dix mille mensonges idéaux, en nous endormant par cent mille rassurantes sottises et par autant d'idiotes inventions. Il connaissait tout cela et l'expiait d'ailleurs, depuis des années, en vivant en ermite et en errant dans les déserts de Judée pour y passer son temps à prier ainsi qu'à jeûner ; ce qui explique peut-être pourquoi, un beau jour, il crut avoir – ou eut vraiment, qui sait – des visions... ou des hallucinations.

Car, subitement, un glacial matin, au cœur d'une montagne embrumée, une voix avait paru jaillir des profondeurs obscures de la grotte qui lui servait alors d'abri. Une voix chaleureuse qui, si elle lui avait confirmé ses craintes pour son peuple, l'avait aussi mandé comme héraut, clamait-il depuis lors, confirmant ainsi son propre scénario de vie à lui en somme. Il s'agissait pourtant à peine d'une parole, juste un faible bruissement. Un faible bruissement qu'il jurait avoir entendu jaillir dans un pays de grand désespoir, un infernal désert de lumière, sa grotte, son propre pays... oui, seulement un gargouillis d'entrailles.

— Celles de la Terre elle-même ! affirmerait-il plus tard à ses disciples non sans déférence.

Rien donc, ou presque, seulement une parole sans doute rêvée qui se mit à jaillir en lui. Quelques mots susurrés. Quelques mots d'une folle espérance jetés dans son immense et toute pesante solitude. Ce qui fait que, immédiatement après qu'il crut avoir entendu cette voix le lui ordonner, ce pseudo-Élie s'essaya alors, sans relâche, à préparer les rares sols supposés propices à recevoir la semence de la gnose de ce professeur sans horaire fixe dont il se mit soudain à annoncer l'arrivée prochaine... et dont il espérait suivre lui-même très bientôt la leçon inaugurale. Aussi, dans l'attente de cet évènement, au lieu de se tourner les pouces en priant ou de méditer, avec son

---

[15] La tension active, « tension vers ».

propre compost, avait-il décidé de préparer tous les pieds de vigne qu'il jugerait susceptibles de donner d'excellentes grappes lors des vendanges.

— En les saupoudrant toutes du sel de la grâce et du poivre de la liberté, pérorait-il d'ailleurs régulièrement en arpentant les rives du Jourdain [16].

Par contre, tout le monde ne comprenait pas la spécificité du langage dont usait, et abusait souvent, ce prédicateur écarlate. Et tout plein de personnes s'offusquaient en l'écoutant les critiquer sans fard ni détour. Notamment parce qu'il lui arrivait, assez fréquemment, d'émettre de très sévères reproches à l'égard de ses frères.

— Depuis ta sortie d'Égypte, ô ! Israël, tu erres dans des déserts fangeux, beuglait-il régulièrement en les stigmatisant ainsi. Au lieu de marcher humblement sur une voie de miséricorde et d'union, fût-elle une venelle, tu chemines sur un chemin de séparation, sur un sentier de la guerre, celui du juste ou de l'injuste, celui du bon ou du mauvais. Mais le juste ou l'injuste, le bon ou le mauvais, malmenés par cette disjonction, supposent et induisent une déchirure. Ils supposent et induisent un mensonge éhonté, une illusoire séparation, une scission entre les purs et les impurs, les sauvés et les maudits, entre tous les biens et tous les maux que vous opposez par le « ou ».

Ce qu'il précisait d'ailleurs en ajoutant ceci :

— En dépit du fait que nos textes sacrés prêchent le sentier de la conjonction, le sentier du « et », vous avez toujours choisi la route de la disjonction, la voie du « ou », de l'arbre de la connaissance du bien ou du mal au lieu de celui du bien et du mal.

Cependant, étant donné qu'à peu près personne ne comprenait rien à ses péroraisons, en aparté, installé en compagnie de quelques-uns que hantaient ses paroles, cet aussi farouche qu'incompréhensible messager-prophète tâchait de s'expliquer.

— Chemin disjonctif, leur confiait-il, chemin de rigueur ou de miséricorde. Chemin conjonctif, sentier de grâce et d'union… épaississait-il pourtant le mystère.

Parce que de telles pseudo explications n'arrangeaient rien évidemment. Et personne ne discernait les funestes conséquences de ce terrible constat qu'il dressait. Pour cette raison d'ailleurs, toujours en privé, ce pseudo-Élie se sentait parfois obligé de préciser celles-ci à ses plus proches disciples ; de

---

[16] Yéhoanan signifie « Yah fait grâce ».

jeunes plants pour lesquels il espérait de suffisamment bien doser son racinaire tout en ne les exposant pas trop encore à la pleine lumière.

— Cette négation du mal par le « ou » se trouve à la racine de la plupart des maux qui nous disloquent au cours de nos gigotements d'êtres pris au piège dans une vaste toile d'araignée, tentait-il de leur faire admettre ou comprendre. Vulgaires mouches ou criquets que nous sommes tous qui se débattent prêts à tout bien que nous soyons tous, inéluctablement, promis au trépas.

Ensuite, il s'inquiétait aussi de ce qu'ils saisissent les heureuses conséquences qu'engendrait cette conjonction qu'il vantait.

— La conjonction ne cache aucune négation, leur répétait-il. Elle mène à l'heureuse affirmation de la vie et de la mort, du bien et du mal, de la joie et de la peine, à la joyeuse acceptation de toutes les valeurs contraires nécessaires ; unique sentier qui rend possible la découverte de notre quintessence, à savoir nous sommes tous à la fois victimes et tortionnaires. Et bienheureuse est l'hospitalité qui doit naître d'une telle découverte, ajoutait-il enfin en tâchant de les faire s'ouvrir à autrui. Puisque c'est effectivement un chaleureux accueil qui doit en naître... celui de toutes les créatures monstrueuses que nous sommes et de toutes celles que nous considérons comme telles ; un grand pardon.

Or, à cause de telles idées libertaires qui frisaient le mysticisme ainsi que de ses pratiques égalitaires qui encensaient la démocratie, soit un système de gouvernance très à l'opposé de celui que prônait leur religion royaliste, fort peu de discours s'avéraient nécessaires à ce bonhomme hirsute et fauve pour subjuguer l'esprit des pauvres hères venus l'écouter. Car les pauvres hères de ce genre, c'est-à-dire des idéalistes ou des rêveurs, c'est bien connu, sont toujours en quête qui d'un nouveau type de gouvernement, qui d'une croyance messianique ou d'une nouvelle superstition philosophique, qui encore d'un espoir d'avenir meilleur ; toujours en quête d'un rêve impossible en soi en somme.

« Cependant, à la longue, ce curieux émissaire se révélerait-il un aigle, un vautour ou une colombe ? », s'interrogeaient déjà les membres du sanhédrin à son sujet.

« Certainement un aigle ou un vautour », se convainquaient-ils pourtant sans grands efforts.

À leurs yeux, il était dangereux en effet. Il était dangereux puisque, dès qu'il parlait, toutes sortes de gens se mettaient à boire ses paroles avec avidité. Des gens tenaillés entre le désir de servir ou celui d'être servi, mais qui étaient tous attirés, en vérité, par la promesse du pardon complet de leur incapacité notoire à s'entre-aimer ainsi qu'à s'entre-aider. Et même s'il demeurait sous forme d'une simple espérance pour le moment, le salut gratuit de son Messie universel ne pouvait que plaire à tous les pauvres bougres qui buvaient ses paroles étant donné que, selon ce flamboyant causeur qui l'annonçait, cet être d'exception leur accorderait la grâce du pardon sans autre contrepartie que la foi en fait. Une foi seulement saupoudrée de quelques œuvres de charité. Bref, le salut de leur âme serait à portée de mains de tout le monde grâce à des actes incomparablement moins coûteux que les très nombreux sacrifices imposés par les lois du judaïsme, exécutés par les prêtres et justifiés par les docteurs de la Loi. Mais il y avait un hic pourtant. Parce que, bien qu'il n'en ait jamais parlé lui-même, beaucoup de celles et ceux qui étaient venus l'écouter finissaient par conclure que les dires de ce gaillard-là certifiaient l'existence d'un monde après tout cela, d'un arrière-monde d'essences pures ou d'âmes, soit une espèce d'univers parallèle mé-tempirique. Ce qui avait pour résultats que, d'une part, à la suite de telles naïves espérances, tordant ses paroles au point de les faire correspondre à leur propre vœu d'être accueilli à bras ouverts dans un tel non-lieu, ces gens repartaient convaincus que leurs souffrances et leurs abnégations n'étaient pas si vaines ni si absurdes que cela, mais aussi, presque immédiatement, ils s'en allaient colporter dans leur famille ou dans leur village que la personnalité avait une autre importance que celle de fumure cosmique puis, pas tous bien sûr, mais un grand nombre, se mettaient finalement à proclamer que le Messie serait un être banal, mais hors du commun pourtant ; un paradoxe vivant donc. Un être qui, très bientôt, viendrait en chair et en os – ô ! sacrilège pour le judaïsme traditionnel – souffrir parmi les siens afin de leur montrer le chemin du salut de l'âme justement.

— Il viendra offrir l'éternité à la conscience individuelle de quiconque croira en lui et mettra en pratique son message, hurlèrent-ils sur beaucoup de places et dans beaucoup de villages.

Quoi entendant, les membres du sanhédrin se convainquirent-ils assez vite que ce baptiste-là prêchait une hérésie aux yeux de la religion de leurs ancêtres et leurs craintes ou leurs reproches ne firent alors qu'augmenter à son égard parce qu'ils avaient peur en effet. Ils avaient peur qu'à la place d'un simple revitalisant, ce fou ne vante les bienfaits d'une toute nouvelle potion qui s'avérerait surtout, à la longue, plutôt qu'une panacée, une véritable potion abortive… ou un poison pour eux ; ce qui serait d'ailleurs le cas...

§

Mais qui étaient-ils ces contempteurs du « salut gratuit par la foi » qu'annonçait ce baptiste ? Eh bien, parmi les deux plus grandes obédiences qui composaient le judaïsme orthodoxe à cette époque, il y avait d'un côté celle des sadducéens, les prêtres officiels ou lévites, et, de l'autre, celle des pharisiens, les docteurs de la loi. Or, si les sadducéens s'occupaient essentiellement du service dans le temple ainsi que de la justice ecclésiastique, à peu près aucun d'entre eux ne croyait en la survie de l'âme ou en la résurrection des corps. En revanche, dans la faction opposée, celle des pharisiens, fins connaisseurs de la Loi et des cas de jurisprudence, qui s'occupaient surtout de l'éducation religieuse et des synagogues, ces croyances métaphysiques y étaient des plus répandues.

Quoi qu'il en soit, en dépit de la surveillance presque continue des croyants via les membres de ces deux écoles si opposées quant aux doctrines – mais possédant une orthopraxie fondamentale identique tournant autour des sacrifices d'animaux recommandés par leurs lois –, tout de suite après qu'ils avaient entendu les sermons de ce baptiste qui leur opposait une orthodoxie pouvant gêner ou nier finalement leur propre orthopraxie, quantité de ces croyants se mettaient à suivre ce « bâtisseur » de nouveaux humains. Ce faisant, ils se détournaient donc à peu près tous, peu à peu certes, mais immanquablement, des sacrifices légaux en se mettant, au lieu de cela, à louer cet énergumène pour ses services de prophète et à lui rendre grâce pour sa voix de laudateur des fils du limon – eux-mêmes [17] donc –, confondant ainsi le messager avec ce qu'il annonçait… et celui qu'il annonçait surtout. Mais, si un grand nombre de primo arrivants s'éteignait la voix à force de crier ou de hurler qu'ils n'auraient plus de cesse de l'accompagner dans sa vie de thuriféraire des enfants de la boue, étant donné que son évangile demeurait fort obscur pour eux, et qu'ils se trompaient lourdement à son sujet, fort peu y parvenaient plus de quelques semaines. Beaucoup s'y essayaient, c'est un fait, mais leur conscience et leur corps se trouvaient sans doute trop enlisés dans le nécessaire, le besoin, l'envie et la volonté de puissance que pour

---

[17] Pour rappel, les Hébreux, peu auparavant d'avoir reçu leurs lois religieuses, sont censés avoir été libérés par Moïse de la domination d'un pharaon en Égypte, soit le pays du limon. Puis, selon la Genèse, le premier humain, Adam, a été créé à partir de la terre (plus précisément de l'argile rouge).

pouvoir le suivre bien longtemps sans défaillir ou renier ; ce qui fait qu'ils abandonnaient assez vite tout compte fait.

§

Si, étant certain d'y rencontrer de nombreuses personnes prêtes à l'écouter, ce nouvel héraut officiait la plupart du temps près d'un gué, il lui arrivait cependant de demeurer reclus, parfois plusieurs jours d'affilée, dans l'une ou l'autre des nombreuses excavations offertes par les monts alentour ; juste de petits trous qui, à l'exemple des palombes, lui servaient de nid. Un nid dont il sortait parfois comme un fou pour baptiser, mais aussi pour entonner de si curieuses chansons que bien peu de gens en comprenaient le sens exact. Par exemple, le matin qui précéda le baptême de celui dont il prétendait annoncer la bienheureuse venue, effrayant un grand nombre de gens dès qu'il arriva au bord du fleuve avec les cheveux tout ébouriffés et le visage presque entièrement recouvert de terre, il leva les bras vers le ciel, un ciel presque turquoise, puis, plongeant son regard vif dans les eaux mouvementées du Jourdain, sans plus rien voir d'autre, d'une voix véhémente, s'écria :

— Voici le fleuve qui passe ! Voici la rivière du jugement ! Lorsque s'approchera le dernier agneau, tout comme vous, au début, il s'effrayera de ces eaux tumultueuses. Pourtant, ensuite, humblement, ce vendangeur s'avancera paisiblement et en confiance dans ce fleuve qui s'écoule d'un chant de vie vers un silence de mort salée [18], car il sera prêt à accomplir son vœu. Et, conformément à ses pensées, à ses dires ainsi qu'à ses actes, celui que le ciel désignera d'une manière ou d'une autre sera à coup sûr le premier-né de la terre des promesses, le shamash [19] de la conjonction, le frère de tous les êtres vivants de ce monde de misères et de larmes...

Quoi entendant, Barnabé de Bethsura – un baptiste lui aussi, quoiqu'au nom de la cause essénienne [20], l'un des rares qui osait encore officier en sa présence, tant le brutal emportement et le charabia de cette espèce de demibête sauvage l'insupportaient à ce moment-là, commença-t-il de s'énerver.

Et, tout en secouant la tête de déni, il se moqua de lui :

---

[18] D'une source à la mer morte.
[19] Mot hébreu qui signifie servant ou serviteur.
[20] Une des trois sectes juives importantes de l'époque. Mais une secte qui est absente de tous les évangiles par contre. Une secte qui considérait que le Messie était déjà venu et dont une partie des membres paraît avoir vécu dans des lieux reculés afin de s'adonner à l'étude ainsi qu'à la prière. Cf. Flavius Joseph, *Histoire juive*. J'ai inventé l'épisode mais il semblerait que, selon certaines sources, les esséniens baptisaient eux aussi.

— Tu es fou ! Tu dérailles complètement, persiffla-t-il. Sornettes de fol entêté que tout cela !

Puis il en profita pour beugler son propre credo :

— Le maître de justice est déjà venu et c'est nous qu'il a nommés ses élus pour affranchir les hommes afin que nous leur permettions de se libérer des chaînes pharisiennes et des boulets sadducéens [21] ou du joug des hypocrites… comme toi. Pour que nous puissions les sauver de tous les mauvais prêtres, de tous les faiseurs de morts éternels, conclut-il en le toisant.

Quoi entendant, choqué par ces mots, Lazare, un gamin originaire de Samarie, mais converti au judaïsme et vivant près de Jérusalem, un gamin qu'une treizaine d'années à peine avaient néanmoins déjà mené vers une certaine sagesse – ou une grande folie –, Lazare, afin de défendre celui dont il était venu s'abreuver des paroles en compagnie de son ami André, un peu plus âgé que lui, mais plus taiseux, critiqua vivement cet essénien :

— C'est toi qui déraisonnes, lui rétorqua-t-il. Comment vivre presque exclusivement dans des communautés fermées aux autres cultures rendrait-il possible de rencontrer le dieu de la conjonction ? Et comment vos idées, si dénigrantes et si opposées aux autres, les dévalorisant même, rendraient-elles possible de vivre en paix dans ce monde ? Ne comprends-tu pas ce qu'a dit ce saint homme ? Le véritable Messie arrive… et il vient pour tous les hommes.

— Un borgne conduit par un aveugle ! l'interrompit Barnabé convaincu lui-même par sa propre croyance, par ses propres œillères… par son propre étalon de mesure.

Ce à quoi Lazare lui répliqua sèchement :

— C'est probablement mieux qu'un aveugle qui se prétend voyant !

— Ah, oui ! Et lequel d'entre nous fonde-t-il ses dires sur la fiction d'un hypothétique avenir, d'un éventuel sauveur à venir ?

Subitement, sans chercher à se justifier le moins du monde, craignant probablement que la discussion ne s'envenime et ne finisse en querelle, Yéhoanan les quitta. Il s'en alla vers la montagne, seul, afin de se préparer à recevoir la proie désignée puisque, en vérité, par cette curieuse prophétie qu'il leur avait offerte, cette prophétie dont personne n'avait perçu le sens, pas

---

[21] Les pharisiens étaient des érudits qui avaient pour spécialité les lois religieuses et qui régissaient aussi, et surtout, les synagogues tandis que les sadducéens étaient les prêtres officiels et géraient le temple mais « composaient » souvent avec les Romains.

même ses disciples, il venait de signaler que, bientôt, très bientôt, le futur « roi des Juifs » commencerait à œuvrer pour son royaume… de maux, de morts et de mots surtout.

§

Le lendemain matin, le baptiste revint vers le « jour du jugement », soit le Jourdain [22] et y constata que, comme chaque autre jour, si quelques rares disciples l'attendaient là où il les avait quittés, beaucoup d'autres s'en étaient déjà retournés vers leurs quotidiennes habitudes. Sans dire un mot tout d'abord, en les saluant d'un regard seulement, un regard qu'accompagnait un franc sourire, après les avoir conduits vers un autre méandre tout proche d'un carrefour, il les bénit puis se remit à prêcher en édictant les préceptes de leur Loi, la Torah, ainsi que les jugements qu'elle énonçait contre celles et ceux qui osaient les bafouer. Intriguée, une foule de curieux revint s'amasser autour de lui et, de nouveau, des femmes pleurèrent et, de nouveau, des hommes se lamentèrent. Certains jurèrent de ne plus succomber aux tentations tandis que d'autres se repentirent d'anciens méfaits tenus secrets jusque-là ou que d'autres encore déchirèrent leur tunique en se lamentant ; un acte de piété encore assez commun à cette époque-là. Étant donné que la peur d'une éventuelle après-vie pour l'âme ou la conscience-soi – comment y avoir accès par exemple –, était immense, la liesse devint alors très vite générale. Parce que les gens qui l'écoutaient prêcher cette nouvelle d'un pardon généralisé indépendant du lieu de naissance et lié, non plus aux sacrifices – dont certains étaient si chers que seuls de richissimes repentis pouvaient se les permettre –, mais plutôt à quelque chose d'accessible à tous puisque non monnayable, la foi donc, les gens qui l'écoutaient se sentaient comme libérés de l'un de leurs plus insupportables poids, à savoir celui de la pire de leurs superstitieuses terreurs… celle de vivre, une fois mort, du mauvais côté de la fosse. En revanche, cette croyance en une survie de l'âme après le décès du corps, de la conscience-soi pesée puis punie ou récompensée selon ses pensées, ses actes ou sa naissance, quoique très anciennement répandue parmi le commun des mortels, cette croyance, aberrante pour tout esprit rationnel du vingt-et-unième siècle, n'était pas du tout partagée par l'ensemble des hommes en général ou des juifs en particulier. Comme je l'ai déjà signalé, la plupart des sadducéens, par exemple, soit les membres de la caste des descendants de Saddok, le grand-prêtre du temps de l'hypothétique Roi

---

[22] Jourdain signifie en hébreu « fleuve qui s'écoule ou descend » et son nom en arabe signifie quant à lui « Rivière de la peine ou du jugement ».

Salomon, ne croyaient pas du tout que soit nécessaire ou qu'exista un tel arrière-monde pour hallucinés ; un arrière-monde métaphysique qu'ils jugeaient par ailleurs tout à fait hérétique puisque bien trop proches des philosophies grecques, égyptiennes et babyloniennes.

Aussi, dès qu'ils apprirent qu'un Judéen, sans être docteur de la Loi, se permettait de prêcher de telles idées saugrenues en les accompagnant, fait plus grave parce que politique, de critiques parfois acérées contre les Romains, aussi, prirent-ils peur à cause des terribles enjeux qui se jouaient peut-être dans ce petit bout de monde perdu.... et ils réfléchirent des plus sérieusement à une riposte contre ce possiblement infectieux gaillard. Cependant, vu que ce gaillard-là courait d'une vallée à une autre, d'un trou d'eau vers un autre, il leur était à peu près impossible de le localiser précisément afin de lui envoyer une délégation d'enquêteurs à leur solde ; des enquêteurs chargés d'en apprendre un peu plus sur lui et son message bien sûr, mais aussi, et surtout, de ses possibles retombées politiques, économiques et sociales. Pourtant, ils ne s'inquiétèrent pas outre mesure parce qu'ils savaient aussi que, soumis à la profondeur des eaux ainsi qu'aux courants variables tout au long de l'année, si ce curieux lascar voulait continuer de baptiser sans risque, il finirait obligatoirement par s'attarder dans une vallée éminemment plus propice à la baignade ; or, il n'y en avait qu'une seule qui remplissait ces conditions en Judée. Ce qui fait que, pour le moment, et bien qu'une telle passivité comportât quelques dangers, ils attendaient patiemment que la nature finisse par l'y pousser. Cela en se trouvant ainsi obligés de le laisser faire donc.

§

Au début de son office, le voyant voyager sans arrêt, les uns avaient cru que ce curieux oiseau migrateur était une espèce d'ascète.

— Probablement un essénien, spécifiaient-ils.

Car cette secte dissidente du judaïsme, une communauté de pauvres, employait justement, déjà, plusieurs maisons-relais tout le long du fleuve. D'autres, au contraire, plus insensés encore que les précédents, l'avaient étiqueté ancien zélote converti au pacifisme ; soit un ancien disciple de Judas de Gamala. Un fanatique religieux de la pire espèce. Un dingue qui avait été exécuté quelques années auparavant par les soldats romains après qu'il eût soulevé, et mené à la mort, une grande partie de son peuple contre eux. Effectivement, en l'an VI de l'ère chrétienne, à la suite de l'annexion forcée de la Judée à l'Empire romain ainsi qu'à la volonté du proconsul Quirinus d'y réaliser un recensement complet – hérésie interdite par leur Loi religieuse –, en quelques semaines seulement, un troupeau entier de rebelles s'était constitué autour de ce dingue dans tout le pays. Ensuite, peu après avoir adopté le nom de zélotes, sous la férule sévère du Gamaléen, tout ce troupeau de furieux s'était envenimé l'esprit de leur apparente force jusqu'au point d'affronter ouvertement les légions romaines. Bien entendu, tant qu'ils avaient agi dans le maquis, ces sectateurs convaincus de suivre le Messie – et, grâce à cela, comme tous les fanatiques, convaincus d'être assistés par leur divinité elle-même y compris lorsqu'ils agissent tout à fait à l'inverse des ses volontés –, ces zélotes avaient échappé à leurs ennemis en leur causant plus de torts qu'ils n'en avaient subi. En revanche, dès qu'ils avaient essayé d'affronter les soldats de la louve au corps à corps, n'étant pas des combattants aussi aguerris que les maîtres-bouchers de Rome, ils s'étaient fait manger tout cru. À peu près tous exterminés.

À peu près parce que, si la plupart de ces hérissons qui s'étaient pris pour des lions avaient payé le prix fort, à savoir la mort, plusieurs avaient pu s'enfuir aussi et vivotaient de ci ce là depuis lors, se cachant encore bien souvent en dissimulant toujours leur véritable croyance, car ils craignaient, à juste titre, les inéluctables représailles de la machine à broyer tout espoir qu'était déjà l'Empire romain si ses soldats les trouvaient ou découvraient un jour leur ancienne obédience. Ainsi, vingt et une année plus tard, les anciens zélotes étaient-ils toujours autant méprisés, pourchassés et punis par ces soldats sans vergogne ni pitié et, dès que l'un d'entre eux leur tombait entre les pognes, avec grand plaisir et beaucoup de cris de joie, en pariant le plus souvent sur le temps qu'il mettrait à mourir, ils l'éradiquaient alors de la surface de la planète.

C'était folies pourtant que tout cela, car Yéhoanan n'était pas plus essénien que zélote.

— Seulement un halluciné, diront plus tard les athées ou les agnostiques.

— Ou le tout premier croyant, loueront benoîtement les chrétiens...

§

Quoique les mois de septembre et d'octobre soient toujours très particulièrement chauds dans ces régions montagneuses – régions où le prétendu héraut du Messie initiait ses prochains à la gnose de celui qu'il annonçait –, un grand nombre de personnes, circulant régulièrement entre la torride Pérée et la plus étouffante Judée, se croisaient afin de contourner la Samarie – une terre haïe de tous –, dans le but de se rendre en Galilée ou d'en revenir ; étant donné que, sur toutes ces personnes qui survivaient dans ces fournaises que devenaient leurs contrées en plein été, sur tous ces gens qui trépignaient entre la bouillante enclume du désert sans cesse frappée par le tout puissant marteau du soleil, il est clair que la fraîche et agréable Galilée ne pouvait qu'exercer un très vif attrait. Ce qui fait que cette région, durant tous le temps des semailles ou des moissons notamment, regorgeait de vie. L'exubérance de ses vallées, l'efflorescence de ses monts couverts de dix mille essences d'arbres et de fleurs, l'éclatante beauté de ses verts noyers, de ses flamboyants cèdres, de ses rouges ou jaunes acacias, de ses palmiers ombrageux, de ses dattiers, caroubiers, figuiers, grenadiers ou vignes, et tant d'autres merveilles encore, ainsi que son climat sec et chaud, mais agréable et doux, attiraient en effet, irrésistiblement, la plupart des citoyens d'un peu toutes les autres régions alentours. À l'entrée de l'automne par exemple, on y récoltait les raisins dans les coteaux du Nord tandis que, dans la fertile plaine du Sud, on y plantait de l'orge. Dès lors, durant cette saison, de plus nombreux ouvriers que de simples plaisanciers s'y rendaient afin d'y gagner quelques jours de survie parmi les vivants. Et le moindre de ses villages se remplissait alors de plusieurs milliers d'âmes. En outre, autre chose encore que le climat ou les plantes et les fleurs incitait les gens à venir en Galilée : sa très jolie mer intérieure, la mer de Tibère ; une mer que les habitants nommaient plutôt par son ancien patronyme, soit le lac de la lyre ou de Kinnereth. Celle-ci, longue d'une vingtaine de kilomètres et large de douze environ, aisée donc à traverser en une journée de barque à peine, offrait non seulement un magnifique lieu de villégiature pour les riches, mais aussi de nombreuses occasions de travail pour les moins nantis tout comme pour tous les pêcheurs, et ils étaient nombreux, qui tâchaient tant bien que mal qui d'y survivre qui de s'y enrichir. Tout cela expliquant pourquoi un si grand nombre de pèlerins parvenaient malgré tout à écouter prêcher le baptiste.

§

Enfin, comme l'avaient prévu les responsables du sanhédrin, ce qui devait arriver arriva. Au fur et à mesure que les saisons défilaient, Yéhoanan commença d'officier de plus en plus régulièrement dans une vallée en particulier. Il s'agissait d'un tout petit vallon fort désertique situé entre la Pérée et la Judée, à hauteur de Béthanie, pas très loin de Jérusalem, mais ne dépendant pas de sa juridiction par contre. Or, à partir de cette période, tandis que le nombre de ses élèves s'accroissait quotidiennement, quelques-uns se mirent à proclamer partout – ce qu'ils n'avaient pas encore osé faire jusqu'alors, se contentant de le croire –, que, en dépit même des dires du principal intéressé,

Yéhoanan, ce rouquin-là pouvait être celui qu'ils attendaient tous impatiemment, à savoir le victorieux général des armées célestes, l'élu des Cieux, le Messie lui-même. Le Messie envoyé, comme promis dans leurs livres sacrés prophétiques, pour les libérer du joug de l'envahisseur. Mais c'était oublier que, selon leurs livres sacrés poétiques cette fois-ci, les armées en question de ce Seigneur des armées sont les étoiles et non pas des anges. C'était oublier qu'ils vénéraient un dieu philosophe et poète, pas un dieu guerrier. Un Dieu qui transformait des rochers en eau, certes, qui pouvait écrire et faire apparaître de la bouffe, voire faire pleuvoir des grenouilles sur ses ennemis, disait-on, mais jamais des pierres... laissant peut-être cette basse besogne à ses adeptes... ou à ses sbires. Pourtant, et pour le malheur du baptiste et de son message, partout où se rendaient ces zélés aveugles, ils se mirent intempestivement à proclamer l'heureuse arrivée du grand fesseur, du grand botteur de derrières, du grand bastonneur de Gentils [23], bref un très attendu souverain « crucificateur » puis, corrélativement, mais à voix basse cette fois-ci, la mort des Romains, bien sûr.

Bien situé à la croisée de routes provenant des quatre points cardinaux, le vallon dans lequel Yéhoanan s'était installé pour baptiser avait pourtant une fort déplaisante particularité. Il était des plus désertique. Aussi ne proposait-il aucune ombre bienfaitrice, car, étant situé plein sud, une telle situation géographique punissait ce carrefour d'une exposition solaire sans trêve possible puisque les traits enflammés du soleil l'éclaboussaient du petit matin jusqu'au soir. Ce qui avait pour conséquence que, dès les premières heures du jour, ce lieu où s'était installé cet illuminé – peut-être parent et partenaire de celui qu'il annonçait vu qu'il partageait plusieurs traits de son scénario de vie – devenait une véritable fournaise ardente. Mais si l'aridité qui y régnait n'avait laissé à aucun arbre ou buisson l'heur d'y pousser à sa guise, quelques guèdes, toutefois, autrement appelées pastels des teinturiers, depuis peu de temps, il est vrai, étaient parvenues à s'y dresser tant bien que mal. De jolies petites fleurs jaunes d'or, en grappes, qui frémissaient fièrement un peu plus en amont dès que soufflait le vent. Qui plus est, miraculeusement cette fois-ci, parce que pur mystère de la nature, à quelques mètres où se tenait le baptiste, soit à peu près au milieu du vallon, de minuscules gueules-de-loup étaient parvenues, elles aussi, à surmonter tous les obstacles. Délicates, grâce à leurs merveilleux pétales blancs ou rouges, elles ravissaient depuis lors les regards de tous les passants et voyageurs. Le rouquin ne s'y trouvait donc

---

[23] Les croyants nommaient les non-juifs, les païens donc, des « Gentils ».

pas par hasard et, dans cet endroit ravissant, un grand nombre de gens – qui partaient ou revenaient de Galilée –, l'y entendirent s'extasier, prier, sermonner, prêcher, palabrer, exhorter, voire prophétiser tout bonnement l'arrivée de la bête cathartique, la venue de l'animal prophylactique, l'approche bienheureuse de l'onguent universel.

Dès lors, les rumeurs s'amplifiant à son propos, les sadducéens firent tout d'abord distribuer son signalement à leurs espions en leur recommandant de garder un œil sur lui et déposèrent ensuite une plainte en bonne et due forme devant le sanhédrin ; tribunal dont l'autorité se trouvait partagée, d'une manière assez peu équitable dans les faits, entre une majorité de membres de leur caste, lesquels étaient tous juges, et une minorité de pharisiens qui étaient procureurs. Là-dessus, tout de suite après, le sanhédrin envoya donc une délégation composée de scribes et de docteurs de la loi vers Yéhoanan afin d'en apprendre un peu plus à son sujet et de sa doctrine. Une délégation qui se rendit illico jusqu'à l'endroit où regimbait cet énergumène qu'ils devaient soumettre à un interrogatoire ; ce malade qu'ils désiraient d'ausculter afin d'établir un irréfutable diagnostic de bonne santé mentale… ou d'irrécupérable folie. Mais, depuis qu'ils approchaient de la vallée en question, tellement un horrible microclimat sévissait dans cette cuvette diabolique, tous ces loyaux serviteurs des lois irréfragables ne cessaient de suffoquer et de suer sang et eau. Car cette vallée où officiait le baptiste était un véritable chaudron des enfers en effet. Un chaudron des enfers dans lequel ces enquêteurs venaient à la recherche d'une espèce de nouveau Caron, le passeur des âmes ; quoique d'un passeur qui, à l'inverse du psychopompe des Grecs, responsable du passage des âmes du monde des vivants vers celui des morts, prétendait qu'il serait bientôt possible, très bientôt, d'effectuer le trajet en sens inverse… et gratuitement en plus.

Un peu d'Histoire

Historiquement parlant, le baptiste n'avait pas tout à fait tort quant au constat qu'il dressait d'une profonde fracture de la société peuplant ce territoire du croissant fertile dans lequel il gigotait en s'époumonnant à peu près en vain. Profonde fracture qui, depuis qu'elle se trouvait soumise à la prétendue République romaine, s'était encore accrue étant donné que, comme partout ailleurs et de tout temps, il y avait des siècles et des siècles que plusieurs tendances religieuses étaient rivales et se bagarraient continuellement, des siècles et des siècles que tous les prétextes étaient bons pour se vilipender en se disputant rageusement les rênes des trois pouvoirs. Mais, dans un système politique qui repose sur la conception d'un gouvernement dont le titulaire légal de l'exécutif, le roi, est choisi par un prophète du dieu inventeur des lois – soit un représentant du pouvoir spirituel législatif –, et où une partie du pouvoir judiciaire se trouve entre les mains des prêtres, dans un tel système, ces règles ecclésiastiques finissent, sans qu'il soit rien possible de faire pour l'empêcher, par empiéter sur celles que se voit obligé de créer le gouvernement pour son état ainsi que son bon fonctionnement, soit les règles politiques et économiques ou sociales qu'engendre le pouvoir temporel. En outre, dans une structure aussi rigide, sous peine de sévères punitions, jamais l'être suprême, le Roi des rois véritable, mais métempirique, ne peut être remis le moins du monde en question ; ce qui explique d'ailleurs pourquoi, à cette époque, les croyants juifs n'opposèrent jamais être et penser et ne purent jamais non plus accepter les « médications » philosophiques grecques ou romaines. Car une construction gouvernementale de ce genre, c'est-à-dire une construction surtout religieuse, ne tient pas compte du fait que six cent treize lois ne suffiront jamais au maintien de l'ordre que réclame un état ni, donc, que, au fur et à mesure que son royaume s'étend et progresse autant que son peuple s'accroît, voire que son pouvoir se mette à englober d'autres peuples ou son état à avoir des échanges commerciaux avec eux, le roi devra progressivement prendre en charge un pouvoir exécutif qui pourrait entrer en complet désaccord avec les susdits dogmes religieux. Or, selon ce que l'on en sait, ces fractures avaient vu le jour très tôt dans la société hébraïque, tant judéenne qu'israélienne, et l'avaient déchirée plus d'une fois.

§

À cette époque, j'en ai déjà touché un mot, deux grands courants de croyances religieuses surtout s'opposaient plus ou moins farouchement, mais, depuis presque cinq siècles déjà, l'aspect ritualiste du judaïsme, l'orthopraxie – la gestion du temple, des sacrifices, le sacerdoce et le pouvoir officiel –, demeurait au seul profit d'un seul d'entre eux, celui des sadducéens, tandis que les pharisiens, des professeurs spécialisés dans la connaissance de la Loi, discouraient en public, ouvraient des écoles, devenaient avocats pour le sanhédrin ou s'occupaient tout simplement des synagogues dans lesquelles ils pratiquaient l'étude et l'explication des commandements divins, des rituels ou des traditions religieuses.

Toutefois, grâce à leurs grandes connaissances de la Loi, accrues au fil des cas de jurisprudence, certains, parmi ces derniers, s'étaient mis à se croire devenus les plus aptes à exercer le pouvoir judiciaire religieux et à obtenir, de facto, une plus importante place dans le sanhédrin. Ce qui n'était sans doute pas faux, en droit, mais qui, en réalité, n'était absolument pas le cas puisque ce dernier pouvoir, en dépit de leur incompétence notoire en matière de droit, résolument, demeurait entre les mains des sadducéens. Donc, bien que les connaissances d'avocat qu'avaient développées les pharisiens leur permettaient d'intervenir dans les affaires théocratico-judiciaires, elles se trouvaient toujours limitées par le fait qu'ils n'avaient aucun contrôle décisif sur les jugements finaux, aucun droit de veto, uniquement d'avis et de conseil ; qui plus est, eux-mêmes étaient limités dans leur possibilité d'avancement et d'influence parce que pas un seul d'entre eux, jamais, ne pourrait devenir juge. Or, ces avis, ces conseils, rien d'autre qu'un souci de paix sociale n'obligeait leurs rivaux sadducéens d'en tenir compte. Parce que le sanhédrin, constitué à peu près uniquement de magistrats spécialisés, n'avait rien d'un tribunal populaire en effet. Ainsi, pour les juifs en général, outre la main mise sur le temple et son trésor, le Corban, ainsi que sur les apparats de l'édifice tels que la célèbre vigne d'or qui ornait l'entrée du sanctuaire ou les vases et le chandelier à sept branches, ainsi étaient-ce les sadducéens qui, en tant que juges, exerçaient le tout puissant pouvoir de punition ou de rétribution, le pouvoir judiciaire donc. En revanche, soit dit en passant, il s'agissait d'un pouvoir qui s'était réduit à peau de chagrin vu qu'il avait été diminué tant par la nécessité que les sadducéens rencontraient de payer, parfois fort chèrement, le procurateur romain pour le lui faire appliquer – parce qu'il était la seule autorité judiciaire légale de Judée, une autorité suprême aussi légale qu'hyper vénale, comme un peu tous les chargés de pouvoir de cette époque tibérienne – que pour l'encourager à fermer les yeux sur certains rituels assassins à propos desquels je toucherai un mot par la suite, à savoir deux droits qui leur étaient restés autorisant le châtiment suprême, mais qu'ils appliquaient d'une façon parfois fort peu convenable. En outre, accroissant leur emprise, c'était uniquement dans les familles du parti des sadducéens qu'était choisi le souverain sacrificateur, soit le premier ministre de leur dieu ; un premier ministre qui, seul à posséder ce droit, une à quatre fois par an, mais au seul jour du Grand Pardon, le Yom Kippour, revêtu des pieds à la tête des vêtements sacerdotaux qui ne servant d'ailleurs presque qu'à cette occasion – des vêtements fort habilement mis sous clé par Hérode le grand tout d'abord puis conservés tels par les Romains –, le souverain sacrificateur pouvait sans crainte franchir le saint voile qui séparait la salle à manger du petit salon de leur divinité, le Saint-Lieu du très Saint-Lieu ; soit un rectangle d'un cube en fait. ; parce que leur temple, effectivement, tripartite comme bien d'autres à cette époque, possédait une très significative géométrie intérieure. Entourée de quatre parvis, un pour les « touristes », trois pour les croyants d'origine, les femmes puis les hommes ainsi que les prêtres, la maison de leur dieu n'était, en soi, qu'un gigantesque deux-pièces. Un gigantesque deux-pièces vide à peu près toute l'année. Un deux-pièces, dont l'une, la première, un grand rectangle, le Saint-Lieu, abritait les ustensiles saints, quelques pains ainsi qu'un peu de vin (au cas où, pour grignoter), un beau chandelier en or à sept branches et une table d'offrandes en or, elle aussi, pour les parfums ; tandis que l'autre, le très Saint-Lieu, un grand cube ténébreux construit uniquement pour recevoir et cacher l'arche d'alliance –une grande caisse d'acacia recouvert d'or qui avait contenu, disait-on, entre autres choses, les tables de pierre des dix commandements –, l'autre, eh bien ! elle ne servait plus à rien en fait. Notamment parce que cette arche avait été perdue ou volée depuis belle lurette. Enfin... elle ne servait plus à rien... plus à rien d'autre, en tout cas, que se lamenter, louer ou prier... et faire réfléchir éventuellement en écoutant uniquement, dans le silence de cette nuit en plein jour, ses propres battements de cœur ou son propre souffle.

Or, étant donné qu'aucune autre personne que les grands-prêtres n'avaient jamais pu pénétrer dans cette pièce hyper sacrée sans devoir en forcer l'entrée, et comprendre pourquoi ce cube agaçait les sens et attristait le cœur plus qu'il n'apaisait son visiteur annuel, il va sans dire que ce droit de déjeuner et de rencontrer leur divinité par la suite, presque face à face, dans un salon particulier, dans son « diwan », était cause d'une jalousie sans borne de la part d'un grand nombre des détracteurs des sadducéens. Puis, évidemment, ces hautes fonctions dans le temple ainsi qu'au tribunal donnaient aux lévites, soit les sadducéens, un ascendant sur le peuple que les autres écoles ou sectes lorgnaient avec envie. En outre, à peu près tout le monde savait que, depuis des années, c'était les Romains qui, en vérité, s'arrangeaient pour placer ou déplacer l'un ou l'autre des membres de ces familles sacerdotales selon les capacités dont leur futur pion faisait preuve à servir au mieux leurs propres intérêts. Ce qui valait aux sadducéens sinon la haine au moins le mépris de la plupart des membres des autres factions – dont les pharisiens n'étaient que l'une d'entre elles, mais l'une des plus importantes – et qui explique pourquoi ils faisaient preuve d'une si grande tempérance envers les occupants ; attitude qui frisait même carrément l'allégeance parfois.

Au début de ce récit, vers l'an 27 de la future ère de toutes les grenouilles de bénitiers et de bien des crapauds de confessionnal, ces susdits grands-prêtres étaient encore sept à être toujours en vie et à avoir siégé à la place qu'occupait actuellement le gendre du précédent, à savoir Josèphe, surnommé Caïphe, gendre de Anne ; huit hommes en tout qui, de fait, avaient toujours plus ou moins leur mot à dire dans les affaires politico-religieuses et judiciaires de la Judée. Huit hommes en tout dont sept obéissaient, depuis presque déjà neuf ans, à Josèphe-Caïphe, un surnom qui cache son mauvais caractère puisqu'il signifie pierre, roc ou caillou et donc ferme ou têtu. Mais, il faut bien l'avouer, les faits montrent que ce Josèphe le têtu, ce Josèphe-Képhas ou Josèphe-caillou, avait opté pour la meilleure des politiques pour sa caste en s'entendant avec les Romains vu que, en dépit de tous les reproches dont les incendiaient leurs nombreux contempteurs, cette circonspection dont les sadducéens faisaient preuve à l'égard de ceux-ci les conduisit à vivre en paix fort longtemps avec eux. Cela précisément jusqu'au moment où, quelques décennies plus tard, la plupart des habitants de ces régions prendraient fait et cause pour de nouveaux zélotes – qui se feraient appeler sicaires à ce moment-là –, en se révoltant ouvertement contre les Romains puis que les légions de ces derniers, sous la conduite de Vespasien tout d'abord et de son fils Titus par la suite, en l'an 70, les réduiraient à merci après un très long siège. Un très long siège à la fin duquel les fils de la louve raseraient presque entièrement le temple, ce gigantesque immeuble qu'elles jugeraient devenu tout à fait insalubre.

§

Quoique la naissance de cette distinction entre les deux faces principales du judaïsme datât d'un prétendu retour d'exil en Mésopotamie, au VIe siècle av. Jésus-Ichtus [24], ce n'est pourtant que peu après la décision du Basileus grec, Antiochos IV Épiphane, d'homogénéiser ce petit bout d'empire sous une même langue, celle des vainqueurs, le grec, que ces différences, de simples joutes verbales, s'étaient transformées en une véritable guerre ouverte. Sous la conduite de la famille Maccabée, les hassidim, les « justes », un parti de pieux qui donnerait naissance au pharisianisme, hors d'eux dès que fut imposée cette exigence linguistique, s'étaient révolté contre les Hellènes ; révolte qu'avait soutenue tous les orthodoxes hormis les sadducéens. En conséquence de quoi, après la victoire de ces rebelles, ces mêmes hauts responsables du temple s'étaient-ils faits juger par leurs administrés puis chasser une première fois de Jérusalem. Cependant, quelque temps plus tard,

---

[24] Mot grec signifiant « poisson », Ichtus est l'acronyme de l'expression Iêsous Christos Theou Uios Sôtêr (« Jésus-Christ fils de Dieu sauveur »)

dès qu'ils étaient revenus en grâce, ils avaient cherché à leur tour à décimer les hassidim jusqu'au dernier. Ensuite, de fil en aiguille, juste avant que les Romains interviennent dans leur histoire, revenus sur l'avant-scène, les hassidim avaient de nouveau persécuté les sadducéens. Enfin, durant ce bref moment de paix qui leur fut imposée par les Romains, tout d'abord grâce à l'intermédiaire d'Hérode puis par eux-mêmes dès qu'ils annexèrent la Judée, le groupe de hassidim avait éclaté en deux nouvelles factions. La première était celle des pharisiens, les séparés, auxquels s'était opposée celle des esséniens, les purs [25]. Les séparés constituaient depuis lors une aile militante du judaïsme oral, soit les traditions non écrites dans la Torah, et espéraient surtout acquérir les droits judiciaires des sadducéens ; autrement dit, jouir de droits dont ils auraient peut-être abusé puisqu'il restait deux cas de figure, dont je toucherai un mot en temps voulu, qui autorisaient le sanhédrin à donner la mort sans passer par la justice impériale relevant du seul procurateur romain.

De leur côté, les esséniens avaient commencé à prendre une certaine importance. Ils s'étaient répandus peu à peu, paisiblement par contre, et étaient devenus une espèce de béquille pour tous les gens qui gambillaient entre les deux autres écoles. Or, ce courant de pensée-là ne suivait plus d'autres préceptes que les siens propres. Des préceptes pacifistes, certes, mais extrêmement ascétiques. En revanche, en ce qui les concerne, en dépit du fait qu'ils étaient de plus en plus éloignés des traditions et des rites de leurs compatriotes, possédant même des dates de fête religieuse différentes – ce qui, soit dit en passant, permettait aux adeptes ou aux sympathisants de louer leur demeure, leur terrasse ou leur toit durant les fêtes orthodoxes –, en revanche, il y avait belle lurette maintenant qu'ils ne représentaient plus d'autres dangers que philosophiques pour les autres écoles juives ou pour les envahisseurs. Cela parce que, comme la plupart des mystiques contemplatifs, ils vivaient d'extases, de prêches, d'aumônes ainsi que de privations sans souhaiter de prendre les armes ou se révolter le moins du monde contre quiconque étant donné qu'ils n'essayaient jamais d'intervenir dans les affaires politiques, économiques ou religieuses de leur pays.

Quant à l'autre école principale, celle des sadducéens, elle avait subi, elle aussi, quelques changements. Dès qu'Hérode le Grand était devenu roi de

_____

[25] D'après Philon d'Alexandrie, dont les pensées philosophiques concernant le Logos ont, sans doute, influencé l'auteur du récit johannique, ce mot grec signifie « saint ou pur ». Il peut cependant provenir d'une racine hébraïque se traduisant par « conseil » ou par « parti ».

Judée, selon les ordres de l'empereur Auguste, elle avait vu ses propres effectifs se réduire drastiquement par exemple. D'un côté, une partie d'entre ses membres s'étaient métamorphosé en courtisans, chantres ou banquiers du monarque – et furent d'ailleurs affublés par le peuple du surnom d'Hérodiens –, tandis que, d'un autre côté, ce roi lui-même avait ajouté son grain de sel en leur donnant une toute nouvelle raison de se honnir et de se combattre ; souhaitant de régenter aussi bien les corps que les esprits – aussi bien le temporel que le spirituel –, non seulement il leur avait confisqué la garde des vêtements sacerdotaux [26], mais, qui plus est, n'avait surtout plus jamais mis au pouvoir d'autres familles sadducéennes que celles d'origine étrangère, plus précisément d'origine babylonienne.

« Des familles qui me serviront d'autant mieux, pensait-il judicieusement, que, quoi que ces nouveaux venus fassent ou disent de positif pour les natifs, tout comme moi, Iduméen d'origine, ils seront abondamment haïs ou rejetés par eux. »

Enfin, dès qu'ils en firent une simple province de la République, les Romains avaient hérité de ce système mis en place par Hérode le Grand et l'avaient conservé. Mais, vers l'an VI de notre ère, peu avant la révolte de Judas de Gamala, une nouvelle division avait séparé le groupe des pharisiens. Une aile ultraconservatrice s'était effectivement enflammée autour d'une interprétation fort rigoureuse de la Loi, celle d'un rabbin décédé dans les premières décennies du premier siècle, le rabbin Shammaï. Son noyau dur se composait d'ardents compatriotes qui, à tout prix, quitte à le payer de leur égalité, voulaient retrouver la liberté de s'assujettir, volontairement donc, à un roi soumis au droit divin... ainsi qu'aux prêtres finalement. Or, ce qui n'était au départ qu'un feu imprudent, un tout petit sursaut de nationalisme, en moins de temps qu'il ne faut pour le dire, de flammèches sans grand danger était vite devenu un très intense brasier. Entre autres choses, parce que les autres branches du judaïsme, dont celle de son plus grand opposant, le rabbin pharisien Hillel, bien au contraire de ces termites de la foi, convertissaient toujours plus d'étrangers en créant, selon les premiers, bien trop de prosélytes ; bien trop de nouveaux convertis qui osaient réclamer cette égalité que promettaient les lois de la République en compensation de la perte de certaines de leurs libertés d'action. Des prosélytes ou des Craignants-Dieu

---

[26] Celle-ci leur serait rendue en 37 par le nouveau procurateur de Syrie, Vitelius, peu de temps après qu'il aura envoyé Pilate comparaître, pour d'obscures raisons, devant l'empereur Tibère qui décéda juste avant néanmoins.

qui, pour comble, venaient parfois carrément s'installer dans leur pays pour être plus proche du temple.

Arriva donc ce qui arrive dans de tels cas d'échauffements des esprits, les plus extrémistes d'entre ces shammaïtes, sous le nom de zélotes, s'étaient mis a prêcher une solution violente. Se plaçant sous la conduite du fanatique de Gamala, ils s'étaient mis à incendier la région ainsi qu'à attaquer des citoyens romains ou grecs... et tous ceux qui étaient amis avec eux ou qui leur venaient en aide. Toutefois, ce mouvement de révolte n'avait guère duré bien longtemps. Il avait rapidement été maté par les légionnaires romains. Et toutes les routes du pays avaient soudain fleuri de milliers de crucifiés. Fruits pestilentiels qui avaient pourri lentement, très, à la vue ainsi qu'au nez de tout le monde afin de rappeler à quels arbres maudits donnait naissance de telles folies révolutionnaires. Puis, en outre, comme si cette punition de voir éclater des perles de sang comme éclatent des bulles de savon sur le visage et sur les corps de leurs parents ou d'entendre geindre et sentir l'effroyable odeur de milliers de frères et d'amis mourants ne suffisait pas, en plus de cette punition déjà fort sévère donc, cette révolte avait donné aussi naissance à un énorme ressentiment contre à peu près tous les israélites, religieux ou pas, de la part des autres citoyens de la région, Romains et Grecs notamment ; plusieurs, parmi ces derniers, n'avaient-ils pas perdu qui une connaissance qui un ami qui un frère ou un parent ? Ils ne comprenaient donc pas – ni ne l'acceptaient surtout – la mansuétude dont avait fait preuve l'empereur Auguste envers ces « chiens de monothéistes » en ne réduisant pas tout de suite leur temple en miettes pour leur apprendre qui était maître en ce pays. Dès lors, depuis une vingtaine d'années, l'ancien royaume d'Israël vivait en fait l'une de ses plus sombres périodes. De surcroît, depuis cette révolte, puisque les zélotes survivants se disputaient toujours régulièrement avec les sadducéens qu'ils jugeaient renégats, mis à part leurs méthodes devenues moins agressives, en réalité, rien n'avait véritablement changé entre eux. Si les zélotes rescapés du massacre de l'an VI reconnaissaient encore une certaine autorité aux pharisiens, y compris aux plus tempérés, ils n'acceptaient par exemple plus aucun ordre des sadducéens ni aucun jugement du sanhédrin.

§

Tant de séparations, tant de fractures, tant d'abîmes ou de gouffres, tant de violence, de frustration poivrée par la colère expliquent pourquoi les paroles du baptiste rencontraient un si important écho parmi celles et ceux qui l'écoutaient. Parce qu'elles se basaient sur l'histoire, faite de bruit et de fureur, d'un éternel recommencement. Un éternel recommencement qui, de longue date, fanait toutes leurs espérances en l'homme... ainsi qu'en eux-mêmes finalement. Parce que, quelle que soit l'origine de ces gens qui l'écoutaient, qu'ils soient d'ici ou de là-bas, d'Israël ou de l'empire, voire d'autres lieux encore, ces susdites paroles prenaient leur assise sur les décombres et sur les ruines engendrées par une guerre aussi perpétuelle que sans issue entre des modèles philosophiques tout-à-fait opposés ; mais des modèles qui ne sont peut-être que d'aussi inépuisables qu'insatiables matrices d'anthropophages, des matrices de prédateurs et de proies...

L'interrogatoire

Sachant exactement dans quelle vallée se trouvait celui qu'ils devaient interroger, les émissaires du sanhédrin parvinrent assez rapidement au lieu où le messager roux subjuguait jeunes et vieux de toute condition et des deux sexes. Puis comme sa tignasse couleur de feu se voyait de loin, sa voix rauque de fauve enroué s'entendant de plus loin encore, ces enquêteurs n'eurent pas besoin de scruter bien longtemps le rivage pour l'y découvrir en train d'œuvrer... paisiblement aujourd'hui. Enfin, ils le tenaient ! Enfin, ce fou qui vidait le temple et les synagogues de leurs fidèles était à leur portée ! Enfin, ils allaient pouvoir faire pression sur cet homme qui prétendait révéler toutes sortes d'exactions et d'aliénations dont ils se rendaient coupables, eux, à ses yeux de fauve des déserts, de lion qui n'hésitait pas à rugir contre l'un ou l'autre de ces faiseurs d'Atlas ! Fendant la foule avec autorité, les investigateurs parvinrent donc assez aisément jusqu'à hauteur du présumé coupable. Ce dernier, d'ailleurs, cuit par le soleil ou glacé par les froidures du soir depuis des jours et des nuits, plus rouge que brun, les cheveux en pagaille, le visage hâve, les yeux plus perçants que ceux d'un aigle, plongé jusqu'au nombril dans l'eau froide, ce dernier baptisait sans se cacher de personne.

À fleuret non moucheté, Phinées, le plus âgé des scribes, en usant d'un ton sec qui exigeait une réponse, en grand duelliste du verbe, chargea en premier :

— Qui es-tu ? Es-tu le Messie promis, le libérateur du joug de l'ennemi ? l'apostropha-t-il d'un ton aussi sec que cassant.

Mais, sans s'arrêter de plonger une jeune fille dans les eaux du passage, une prosélyte dont les noirs sourcils broussailleux cachaient presque ses larges et magnifiques yeux verts, Yéhoanan, finaud, en dépit du fait qu'il ne soit pas lui-même un grand bretteur de la lécheuse, esquiva sans dérobement.

— Non, je ne suis pas celui que tu espères ! Et lui-même n'est pas tel que tu l'espères, se contenta-t-il de lui répondre énigmatiquement.

S'adressant ensuite à tous, tout en sortant la jeune étrangère hors des eaux du changement, il se permit encore de leur reprocher ceci :

— Hommes de la violence et de la colère, hommes du combat et de la séparation, hommes de l'enclos et du duel, hommes des arènes et des théâtres, apprenez que la sève véritable ne naît jamais de l'écorce de l'amandier, seulement de son cœur, jamais en surface, toujours en profondeur !

Là-dessus, étonné par cette incompréhensible parade, Zabulon le pharisien, l'un des plus impitoyables procureurs du sanhédrin, excellent escrimeur de la langue quant à lui, d'un subtil fouetté, l'attaqua à son tour :

— Que nous contes-tu là comme énigme sur l'être ou le paraître ? Es-tu fou ? Un démon vit-il en toi ? Ne peux-tu pas parler clairement plutôt que d'user du langage comme s'il ne servait qu'à cacher ou à révéler quelque secret à propos du sens de l'existence ? Si tu n'es pas l'envoyé, dis-nous seulement qui tu es et épargne-nous ton symbolisme de philosophe ou tes folles ratiocinations de gobeur de sauterelles. Nous ne sommes pas ici, uniquement, pour t'entendre débiter ta doctrine ni pour nous faire enseigner tes pratiques ou pour nous faire critiquer. Nous sommes ici pour te questionner au nom de la justice nationale.

Puis Phinées se permit de préciser :

— N'inverse pas les rôles ! C'est nous qui posons les questions et c'est toi qui y réponds.

Ce à quoi, sèchement, Yéhoanan riposta :

— Mais, j'ai déjà répondu à votre question piège. Je ne suis pas la victime que vous recherchez !

Ce disant, tout en donnant un baiser sur la joue de la jeune prosélyte et en la laissant repartir hors des eaux bleues du grand ophidien liquide, il en profita pour tenter une estocade :

— Il était avant moi et il se perpétuera encore bien après… à cause ou en dépit de ses révélations.

Un autre pharisien du nom d'Éphraïm d'Hébron, qui ne voulait pas s'éterniser en se coltinant, en plus de la chaleur et des regards de plus en plus méprisants de la foule, des prédictions de foire ou de présomptueuses arguties, l'interrompit pourtant dans son mouvement :

— Es-tu Élie, le prophète annoncé par les textes sacrés comme devant précéder le Messie ?

Quoi entendant, le baptiste, prêt à accueillir un nouvel impétrant du salut gratuit qui s'avançait dans sa direction, de se contenter de répliquer :

— Pas non plus !

Or, sa réponse, pour le moins fort peu explicite, bien qu'elle soit claire comme de l'eau de roche – je vous en avais prévenu –, eut le don d'énerver son interlocuteur. Aussi, ce dernier le brusqua-t-il un petit peu :

— Mais alors qui es-tu et au nom de qui ou de quoi dis-tu tout ce que tu dis et réalises-tu tout ce que tu réalises ?

— Je suis celui qui annonce une branche d'amandier [27], un universel amandier semé par l'éternel des conjonctions.

Sans écouter cette fort poétique réponse, turlupiné par une idée fixe depuis le matin, un apprenti scribe, à la grande surprise des pharisiens qu'il accompagnait et dont c'était la prérogative, en s'essayant pour la première fois au combat rapproché, lança alors un assaut :

— T'accordant un don de thaumaturge, beaucoup de gens, parmi les fidèles, te reconnaissent déjà de nombreux miracles, qu'en dis-tu ? Est-ce vrai ? Réalises-tu des miracles ?

Mais, d'une simple esquive silencieuse, en secouant la tête pour montrer à quel point ce genre d'histoires n'étaient que légendes et divagations, le baptiste le remit à bonne distance. Fulminant, un autre sévère procureur, Éléazar, grand ami du premier, tâcha alors de ramener les autres aux conventions qui régissaient ce duel d'escrimeurs pour lequel ils avaient opté plutôt qu'aborder ce trouble-fête en docteurs généralistes ou en chirurgiens, c'est-à-dire en véritables docteurs de la Loi, selon lui.

— Est-ce au nom du dieu vivant, El Haï [28], que tu opères, ou de quelque puissance infernale et démoniaque ? le questionna-t-il. Réponds, cabochard ! Car nous devons rendre des comptes au sanhédrin dont les membres nous ont mandatés pour t'ausculter dans ce trou perdu afin de pouvoir leur présenter ensuite un bon diagnostic.

---

[27] Jérémie 1. 11-12 : « Et la parole de l'Éternel me fut adressée en ces mots : Que vois-tu, Jérémie ? Et je répondis : je vois une branche d'amandier. Et l'Éternel me dit : tu as bien vu, car je veille sur ma parole pour l'accomplir. »
[28] Nom de Dieu qui signifie « Dieu vivant ».

Alors, tout en accueillant un nouvel arrivant en route pour le nouveau royaume qu'il prêchait, le bouffeur de sauterelles (vu qu'effectivement il en mangeait souvent), par une feinte visant la dérobade, se contenta de lui répondre ce qu'il ne cessait de claironner depuis plusieurs mois :

— Je suis une voix criant à qui veut l'entendre son message dans le désert des cœurs humains. Et je crie aux vents que la proie annoncée, cette victime consacrée anciennement pour qui le Roi David écrivit ses chants prophétiques, s'approche de nous. Je suis venu aboyer même ! Je suis venu aboyer comme un chien sauvage et furieux. Aboyer la nécessité qu'il y a de nettoyer l'intérieur de la demeure et de ne plus se contenter de croire qu'une pelure de gentillesse, même agrémentée d'une pincée d'actions charitables, suffit à transformer votre vie ou le monde.

Rompant un instant le combat afin de déposer un baiser sur le front de son nouveau disciple, Michaël, un scythopolien dont une vingtaine d'hivers seulement paraissait avoir gelés jusqu'au souvenir de l'espérance, un homme tout à fait prêt, donc, à se trouver plongé dans ces flots métamorphiques, Yéhoanan l'immergea ensuite complètement et, pendant que ce jeune étranger devenait juif à ses yeux, après un bref coup d'œil, jaugeant ses opposants, le baptiste se tourna devant l'un d'entre eux en particulier. C'était un vieil homme qui était resté en retrait, mais contre lequel il tenta un redoublement, une passe d'armes où le tireur effectue un retour en garde en avant pour lancer une nouvelle action offensive.

— Nettoie l'intérieur de la coupe et tu transformeras l'extérieur ! le sermonna-t-il sans honte. Livre-toi à l'entéléchie qui te hante ! Viens-en aux actes !

Tout le monde se regarda du coin de l'œil... personne n'avait compris. Mais que signifiait cet ordre curieux que ce dingue, en souriant de toutes ses dents, venait d'adresser à l'un des plus anciens magistrats du sanhédrin, l'un des plus conciliants qui plus est ? Et pourquoi diable attaquait-il ce vieillard qui, impressionné par cet oiseau de malheur, s'était tenu en retrait tout le long de la rencontre sans oser l'attaquer ni l'interroger lui-même ? Mais, immédiatement après, le rouquin de lui expliquer les vertus de son attaque :

— Ainsi, lorsque le Messie arrivera, celles et ceux qui ont écouté ma voix d'homme des déserts et de la solitude, celles et ceux qui ont écouté et compris mes paroles d'ensemencement, s'ils le souhaitent, pourront lui présenter leur droiture en gage de bonne foi. Rendez rectiligne le chemin du promis ! hurlat-il alors pour toute la foule cette fois-ci, mais en laissant le vieillard – le seul qui avait compris de quoi il s'agissait – plus courbé qu'il ne l'avait été jusque-là.

Ensuite, relâchant le jeune homme tout essoufflé et très heureux d'enfin sortir de l'eau, le baptiste de beugler encore :

— Lavez donc vos corps dans ces eaux ! Seulement, après, veillez à sanctifier tous vos jours en les rendant charitables ! Cette immersion n'est qu'un signe en effet. Celui d'une décision. Un pas en avant significatif... que l'envoyé n'a cependant pas encore réalisé à ce jour.

Voyant qu'une espèce de fascination malsaine pour ce personnage des plus curieux était déjà en train de gagner quelques-uns des jeunes scribes, subitement, Phinées, le plus âgé d'entre ces duellistes, dans l'espoir de mettre un terme rapidement à ce combat verbal qu'aucun des enquêteurs ne menait vraisemblablement vers la victoire, s'interposa entre les belligérants puis attaqua à son tour :

— Si tu n'es pas le prophète annoncé ni le Messie promis, au nom de qui ou de quoi baptises-tu même des Romains, des Grecs ou des Samaritains ? Au nom de quel dieu ou de quelle secte prétends-tu engendrer, de tous ces étrangers, des prosélytes ou des Craignants-Dieu, soit des gens dont on raconte que tu te fiches éperdument des mœurs ou de l'origine, des gens impies avec qui tu partages même ton pain, des gens avec qui tu pratiques donc un acte interdit de longue date par nos pères ainsi que par la Loi mosaïque ?

— Si je plonge les corps de n'importe qui le souhaite dans les eaux tumultueuses d'une ancienne frontière, d'une ancienne limite entre le monde de l'esclavage [29], terre de solitude, d'angoisse, de désespoir et de mort, et celle des lumières de la liberté, de la sincérité et des promesses, c'est uniquement dans le but de préparer son propre chemin. Cela avec l'espoir, peut-être un peu vain, je te l'accorde, que mes quelques semis lui donneront de futurs beaux plants.

Ses interlocuteurs ne comprenaient pas de qui il parlait bien sûr. Mais, tout d'un coup, Yéhoanan, en regardant deux jeunes hommes en particulier, deux jeunes hommes perdus dans la foule qu'il avait cependant déjà rencontrés quelques mois plus tôt – Lazare, un Samaritain converti au judaïsme, et André bar-Jona –, soudain, Yéhoanan se réjouit.

---

[29] Puisque le Jourdain est, selon la bible, une frontière entre un monde où les juifs furent esclaves, soit l'Égypte, et la terre de liberté que sera leur futur pays.

— Quant à la provenance de ces graines, affirma-t-il en regardant fixement ces deux jeunes gens, sûr de lui, elle n'importe pas à mon commanditaire... parce qu'il est le maître de toute vie.

— Tu n'as donc rien contre les Romains ?

Voilà le nœud du problème qui pointait finalement le bout de son nez ! Alors, non sans conviction, l'inculpé de lui répondre :

— Ni contre eux... ni pour eux.

Rassurés par cette réponse claire et nette, jugeant qu'ils en avaient suffisamment entendu pour conclure que rien, ni dans les manières, certes sauvages, ni dans les discours de toute façon incompréhensibles de cet illuminé-là, ne prêtait à autre chose qu'à de simples remontrances de la part du sanhédrin – une simple mise en garde sans grandes conséquences –, les membres de la délégation se détendirent et s'apprêtèrent à le quitter pour aller faire leur rapport à leur commanditaire. Néanmoins, l'un d'entre eux, le vieil homme à qui il s'était adressé peu auparavant, un certain Nicodème, avant de tourner les talons et de repartir avec ses confrères, se permit de lui poser lui aussi une question :

— Dis-moi, parles-tu du gardien du nom secret ?

Mais, en guise de réponse, le sauvageon fils des déserts se contenta de le dévisager en scrutant à un tel point les traits de sa face ravinée par l'âge et par les soucis que le bonhomme baissa les yeux. Un profond malaise s'ensuivit. Un malaise enveloppé d'un silence de mort, car ce vieillard était fort respecté des sadducéens, des membres de sa propre faction ainsi que de tous les croyants en général. Or, sa question, aussi curieuse qu'elle puisse paraître, touchait à l'essentiel parce qu'elle se rattachait à une croyance ancrée dans l'imaginaire collectif. En effet, selon les légendes ésotériques de son peuple, celui qui possédait la connaissance parfaite du nom secret de leur divinité était censé pouvoir réaliser de très grands prodiges. Dès lors, tout le monde attendait, impatiemment, en retenant son souffle, la réponse du baptiste. Se pouvait-il que cet énergumène-là, ou celui qu'il annonçait ostensiblement, possède cette extraordinaire science mystique ? Le silence devint subitement oppressant, palpable, mais, au bout de quelques minutes qui parurent pourtant des heures, prêt à faire une ultime touche sans pour autant déflorer la virginale ignorance des siens à ce sujet, Yéhoanan y mit fin :

— Toi, tu auras la réponse à la question qui te hante, lui révéla-t-il en lui souriant, tandis que moi, je ne pourrai jamais savoir, uniquement croire et espérer. Je baptise, c'est vrai, mais seulement dans une eau qui ne lave que les corps, alors que lui, j'en suis sûr, ce parangon de la paix, il baptisera les esprits par de cinglantes révélations. Il plongera les âmes dans les flammes d'un grand feu, d'un feu éternel, afin de les en sortir soit purifiées soit calcinées.

Puis, en faisant preuve d'une brusque véhémence qui les fit sursauter parce que cette attitude tranchait avec le comportement qu'il avait eu jusquelà, le baptiste beugla haut et fort :

— Il arrive notre Messie ! Il vient mettre un terme aux jours de la révolte, au jour des eaux furibondes [30] !

Or, dès qu'il eût entendu ces paroles pour le moins fort hermétiques – des paroles dont bien peu saisirent le sens –, le vieux Nicodème versa une larme, car, depuis de très nombreuses années, il était poursuivi par un doute.

« Ai-je fait les bons choix », se demandait-il ?

Adolescent, il avait eu l'occasion de partir pour Rome, d'y obtenir la citoyenneté par adoption et d'y réaliser d'importantes études diplomatiques. Pourtant, obsédé par la seule pensée d'attendre le Messie dans son pays, il avait dédaigné et cet honneur et cette faveur en se contentant d'une place de pédagogue dans une petite école des environs de Jérusalem. Ensuite, dès ses trente ans, il avait été sollicité par les esséniens pour abandonner sa faction et rejoindre la leur, bien plus proche de ses propres mœurs, selon eux… ce qui n'était pas entièrement faux. Mais il avait refusé. Puis, peu après ses cinquante automnes, lorsqu'il avait été nommé procureur du sanhédrin, des membres hauts placés du clergé l'avaient vainement courtisé afin qu'il enseignât dans une de leurs écoles privées. Toutefois, en dépit de toutes ces sollicitudes que beaucoup lui enviaient, empli qu'il se sentait d'une compassion presque sans limites pour tous les affligés de ce monde, Nicodème, l'un des tout premiers disciples de rabbi Hillel, avait toujours refusé de changer de route ou de cap. Presque sans limites, ai-je dit, parce que, pour tout vous

---

[30] Selon les Pirqué de Rabbi Eliezer, un livre fort ancien, le jour de la création des eaux du ciel et de la terre, celles-ci se révoltèrent et furent encloses dans une limite stricte. Elles eurent d'ailleurs un rôle destructeur durant la première rénovation-révision de l'humanité, c'est-à-dire, un prétendu déluge mondial qui aurait eu lieu durant le « huitième » jour du monde, soit le jour après un péché originel du premier couple d'humains. Ceux-ci auraient désobéi à un ordre direct de leur supérieur et créateur, un certain Yahweh-Élohim, qui, de colère, les aurait non seulement chassés d'un merveilleux jardin où ils bénéficiaient de tout plein de facilités, pour aller, à la place, s'énerver les sens, s'abîmer le corps et se meurtrir l'esprit dans le monde réel. Ce péché originel, depuis lors, sert à justifier l'existence des souffrances et de la mort, dans les trois monothéismes, sans ternir ni la charité ni la toute-puissance du Bon Dieu.

avouer, une frontière demeurait pourtant encore en lui. Une retenue qui lui rendait impossible de voir derrière le mince voile séparant le « ce que je crois être » du « ce qui est », la simulation du réel, lui aurait peut-être confié un philosophe de ma connaissance.

— Le véritable secret à rencontrer, auquel se confronter, dans le naos d'un temple [31], lui expliquerait d'ailleurs, bien plus tard, Yéhoshua-Iésous.

Ce qui eut pour conséquence que, le soir même, une fois rentré chez lui après un cheminement aussi pénible que harassant tant certaines routes de Judée, hormis les voies royales, étaient mal entretenues, mais, surtout, tellement sa conscience se trouvait ébranlée par ce qu'il avait entendu, le soir même, tout tremblant, Nicodème s'étendit sur le sol et, tout le reste de la nuit, y demeura couché en se déversant tant et plus en de chaudes larmes.

« Oui, il avait fait les bons choix ! songea-t-il. Oui, le berger arrivait ! »

Mais ses soudaines concussions nerveuses lui prouvaient aussi quelque chose de terrible à admettre. Quoiqu'il ait consacré de très nombreuses années à s'y préparer, à quelques jours peut-être de la venue de l'envoyé, en réalité, il n'était toujours pas prêt. Et, maintenant, il se sentait même bien plus sale que propre. Absolument dégoûtant. À l'avers comme au revers. En outre, il se sentait accablé. Accablé par une terreur sourde, horrible, presque infinie, abyssale. Il avait peur d'obtenir la réponse à sa question : « Ai-je été celui que je devais être ? », mais il était encore plus terrorisé par une réponse possible à une question qu'il avait jusque-là tenue silencieuse, une interrogation qui est bien plus importante pour un croyant :

« Pourquoi ai-je tellement consacré de temps à l'être et au pensé au détriment du faire, de l'agir ? Pourquoi ai-je tellement consacré de temps à l'étude plutôt qu'à pratiquer la charité ? »

Parce que, depuis de très longues années, il pensait que, lorsqu'El Shaddaï [32] viendrait lui demander des comptes, ce ne serait pas le bilan de ses péchés qu'il viendrait dresser devant lui. Il lui demanderait plutôt pourquoi il n'avait pas été un Messie ou agi comme tel. Il lui demanderait pourquoi, étant un être humain, il s'était contenté d'attendre ce parangon des Cieux et d'étudier au lieu d'agir afin d'obtenir l'égalité ainsi que la liberté pour tous. Pourquoi s'était-il contenté d'attendre un sauveur finalement ? Pourquoi ne s'était-il

---

[31] Partie la plus secrète des temples égyptiens. Saint des Saints qui n'était franchissable que par les prêtres ou le Pharaon.

[32] Nom de Dieu qui signifie « Dieu Tout-Puissant », mais se lit : Hachem « le nom ».

pas engagé, lui-même, corps et âme, pour ses prochains en délaissant toute faction, toute facilité et tout confort ? Pourquoi n'avait-il jamais pris le risque de travailler non pas pour un hypothétique lendemain de son âme, mais uniquement pour autrui ; puis non pas sous l'influence d'une crainte métaphysique, mais sous l'impulsion d'une libre volonté de fraternité planétaire ?

C'est donc l'esprit troublé que Nicodème, ce vieux pharisien au demeurant fort paisible et plutôt généreux, resta prostré toute la nuit, en larmes. Des larmes de tristesse, bien entendu, mais aussi de joie pourtant... craignant pour son âme et triste pour elle, mais heureux pour les autres cependant. En revanche, à partir de cet instant, il sut aussi, d'une manière indubitable, ce que la venue du Messie signifiait réellement pour sa religion : la lutte du judaïsme tout entier avait été perdue. Parce qu'il lui apparaissait déjà évident que la venue du Messie prouvait assez que la fidélité à la Loi, vécue sous l'égide des sacrifices, n'avait pas suffi à maintenir le monde sur ses bases. Et donc que les fils du Très-Haut, El Elyon, dont il faisait partie, avaient purement et simplement échoué dans leur mission analeptique et cicatrisante de ce monde déchiré. Aussi en concluait-il fort logiquement que, dès maintenant, étant donné que cette œuvre dépurative s'était avérée un tout cuisant échec, un vulgaire antalgique octroyé aux blessés d'une bataille perdue, dès maintenant, s'ouvrait devant les siens une ère nouvelle ainsi qu'un « jour » nouveau...

— L'ère et le jour des enfants du Très-Bas ! clamerait d'ici peu le patient Jeber-Jésus.

Mais, craignait-il, et il craignait ce mais de manière presque prophétique, ce serait certainement contre eux, contre les juifs, que les « bâtards » de cette nouvelle ère se dresseraient tout d'abord en pervertissant sans doute, comme chaque fois, le message original de leur dieu à leur profit. Alors, un grand nombre parmi ses frères se transformeraient ensuite, certainement, et assez vite, en proies de vautours ou d'aigles, voire en vautours ou en aigles eux-mêmes.

Un curieux batracien... poivre et sel

Le lendemain de la visite de cette délégation, semant de son mieux ses âpres semailles, le baptiste s'était remis au travail depuis quelques heures lorsqu'il vit, de loin, s'approcher une personne qui paraissait avoir tout traversé. L'un de ces êtres qui ont affronté toutes leurs ombres. Subitement, il tressaillit et risqua de tourner de l'œil, car, à cet instant précis, ce maigrichon qui s'avançait des plus humblement vers lui, sans rien qui permette de le distinguer réellement d'un autre homme puisqu'il arborait une abondante barbe qui cachait habilement les difformités de ses lèvres, tel un être surnaturel pourtant, se mit à briller comme le soleil à ses yeux. Patiemment, ayant supporté toutes sortes de cruautés et d'épreuves sa vie durant, ce gaillard-là s'était préparé à ce si difficile pas en avant. Il s'était préparé à traverser la « rivière de nos peines » afin d'accomplir son œuvre… en vérité son scénario de vie suicidaire. Aussi, tôt, ce matin-là, aux petites lueurs de l'aube rosée, après avoir longuement médité et réfléchi aux funestes conséquences de son choix, alerte et joyeux, s'était-il enfin décidé à se faire baptiser.

« Il me faut ouvrir le jour à présent », songeait-il un peu follement.

Parce que, selon lui, en tant que sauveur et proie, il se devait de tracer, pour toutes les victimes à venir, mais aussi pour tous les bourreaux, la frontière entre le sens, son propre mode de vie – comme chaque fois –, et l'absurde… soit celui des autres. Puis, en révélant cette frontière, étant donné qu'il expliquerait clairement en quoi l'ange cache la bête et comment il se fait que tous deux sont les faces d'un seul et même Janus, en révélant cette trop réelle frontière, il espérait faire disparaître, définitivement, tout jugement excessif ou fanatique.

Pauvre homme ! En dépit de ses très louables espérances, comme il se trompait. Nous qui connaissons les pérégrinations de son message, effectivement, nous savons bien que ses paroles ne donneraient naissance, elles aussi, le plus souvent et pour le malheur d'un fort grand nombre d'innocents, qu'à de nouvelles recettes toutes plus farfelues les unes que les autres. Des recettes imposées ou implantées telles du liseron dans le crâne de tout un tas de gens fanatisés dans le seul but de réaliser un illusoire élixir de survie. Une espèce de liquide presque philosophal censé protéger des souffrances… et de la mort surtout.

— Une vulgaire sauce pour accompagner les faisans ou les pigeons ! se moqueraient d'ailleurs d'eux les athées bien plus tard.

§

Quand bien même rien ne distinguait physiquement cet homme des autres chercheurs de vérités qui s'abreuvaient aux paroles du messager, celui qui s'approcha de lui possédait un bien curieux pouvoir. Dès qu'un regard croisait son propre regard, dès que ses yeux de bienheureux plongeaient en vous sans que vous vous sentiez gêné ou envahi, n'étant ni jugé, ni délaissé, dès qu'il rentrait par sa chaleureuse présence dans votre être jeté en ce bas monde, celle ou celui qui espérait avec sincérité en la venue d'un paisible pasteur – et non pas d'un impétueux guerrier – comprenait déjà, en partie du moins, le sens des étranges apologies qu'avait osé le baptiste à son propos. Parce que, dès qu'ils croisaient le regard de Yéhoshua-Iésous – était-ce de l'hypnose, qui sait ? –, ils se sentaient tout soudainement remplis par un merveilleux sentiment... un extraordinaire amour. Un amour inexplicable. Un amour qui, comme tout véritable amour, est aussi inattendu qu'inopiné parfois, mais si terriblement délicieux qu'il chamboule la plupart de celles et de ceux qui le découvrent... ou qui en sont atteints. Or, tous les gens qui étaient présents ce jour-là se sentirent touchés, titillés, palpés, caressés au plus profond d'eux-mêmes par cet amour si abondant qu'ils jurèrent plus tard l'avoir vu irradier de cet homme-là.

— C'était un halo (une aura, dirions-nous aujourd'hui) qui émanait de lui et qui se mit à réveiller en nous quelque chose... un espoir. Puis, une fraction de seconde au moins, à nous relier à tout ce qui existe en cet univers.

Dès qu'il vit s'approcher Yéhoshua-Iésous, dont il distinguait surtout, derrière son visage d'homme, un visage tout éclaboussé d'enfance, le rouquin hirsute se tourna vers Lazare, ce jeune disciple qui avait pris sa défense lorsque Barnabé l'essénien l'avait injurié. Et, sans que ce gamin au visage encore glabre pût dire si ce geste anodin présageait du meilleur ou du pire, il lui sourit largement en le fixant droit dans les yeux... le clouant sur place. Ensuite, heureux, examinant la foule déjà larmoyante qui s'était amassée sur les rives en y attendant parfois des heures avant que ce bâfreur d'insectes ne lui parle, sans plus regarder celui qui s'approchait d'un pas paisible vers son creuset de douleur, fixant au contraire tout cet attroupement d'égarés, Yéhoanan s'exclama :

— Voici le serpent d'airain ! Voici le bouc d'Azazël ! Voici l'animal sacrificiel ! Voici la victime promise... qui vient montrer le chemin. Voici celui qui va apprendre aux hommes à nettoyer l'intérieur de la coupe ! Et, grâce à lui, toutes les brebis parquées dans l'enclos pour la mort et prisonnières des loups seront libérées. Elles seront libérées, car toutes les étincelles s'enflammeront à sa voix. Elles se réveilleront en s'offrant à l'amour véritable et en naissant nouvelles dans son Royaume hors du temps. Elles seront ranimées par son souffle afin qu'elles brillent comme les flammes d'un grand feu, précisa-t-il en souriant de nouveau mystérieusement à ces deux plus jeunes spectateurs, Lazare et André. Elles prendront part à la noce du soleil et de la lune, de l'époux et de l'épouse. Toutes ensemble, elles formeront un nouveau peuple, cria-t-il finalement en fermant les yeux. Une nation spirituelle qui œuvrera pour l'olivier à qui ce bourgeon donnera naissance en signe de nouvelle alliance.

Enfin, lorsque le baptiste rouvrit ses mirettes, l'admirable était là, juste en face de lui. Sans dire un mot, installé avec d'autres voyageurs sur la berge gauche du Jourdain, celui dont il prétendait annoncer l'ère – qu'il croyait sottement bienheureuse – l'écoutait... religieusement. Selon toute vraisemblance, il était sorti des massifs couverts d'acacias rouges et blancs qui bordaient le fleuve un peu plus en aval. Celles et ceux qui l'en avaient vu sortir, tranquille, avaient d'ailleurs eu l'impression qu'il était apparu du milieu d'entre eux... et comme suscité par eux. Après tous les pièges qu'il avait déjà évités, toutes les craintes, toutes les souffrances, tous les doutes qui n'étaient pas parvenus à le faire plier, à assouplir ou à émousser sa volonté d'être lui-même et d'accomplir sa mitzvah [33], c'est-à-dire ce qu'il pensait être la prescription de toute son œuvre à venir, mais qui, comme vous le découvrirez, est un scénario de vie malheureuse en fait, après tous ces écueils qui ne l'avaient jamais brisé au point d'anéantir toute lueur d'espoir en lui, la mouche du coche – c'est le rôle qu'il jouerait avec les sadducéens, les pharisiens shammaïtes, les changeurs et les marchands du temple – la mouche du coche avait voltigé tant bien que mal jusqu'à ce jour. Était-elle à l'orée d'une clairière de paix ? Non, bien sûr ! Elle était à la lisière d'un champ de bataille... le dernier, se figurait-elle un peu benoîtement.

Dès qu'il eût enlevé son turban blanc, déposé son bâton de marche, sa bourse et ses scandales, ne conservant que sa seule tunique, d'un bleu profond, retenue par une cordelette à la taille, d'un pas solennel, cet être apparemment suscité par l'acacia, grand enseignant de l'école buissonnière donc, s'avança en direction du baptiste. Alors, un certain étonnement naquit parmi celles et ceux qui virent cet inconnu se préparer. Parce que cet homme qu'une quarantaine d'années à peine paraissaient éloigner de la naissance, peut-être cinquante, exhibait une bien curieuse chevelure pour quelqu'un de son âge. Effectivement, ses cheveux étaient déjà entièrement blancs, soit une non-

---

[33] Mot qui signifie « précepte ou prescription ». On l'apprendra plus tard, il s'agit d'un précepte reçu du Bon Dieu (selon son analyse, de sa mère en fait, plus précisément du démon de sa mère, soit son état Enfant rebelle). Précepte qui le met en jeu directement... ainsi que tout son message, son contenu tout comme ses implications, car il le pousse à accomplir, au nom de ses ratiocinations mystiques, un suicide assisté... plus précisément, vous le savez certainement, un suicide par « procurateur ». Chose dont il est au courant, qu'il finira par revendiquer puis par faire advenir.

couleur. Une non-couleur qui dénotait très particulièrement avec sa barbe fort noire quant à elle.

Les deux hommes, les yeux dans les yeux, s'entrent-découvrant, se tinrent un moment face à face sans rien dire ni l'un ni l'autre. Cependant, quelques instants d'un pesant silence plus tard, tout ébahi, le baptiste s'approcha de Yéhoshua-Iésous puis, d'un geste familier que l'on réservait à ses parents ou à ses amis – ce que d'aucuns prétendirent qu'ils étaient par la suite –, il lui déposa un baiser sur la joue. Ainsi le messager rencontrait-il enfin l'envoyé, l'être exceptionnel, l'homme admirable, le conseiller, bref, le Messie promis dont il devait devenir le témoin ; témoin de son adoption par Logos. Et, comme je l'ai déjà signalé, vu qu'une plantureuse barbe recouvrait entièrement le visage du gaillard en face de lui, personne ne pouvait distinguer l'horrible handicap qui l'enlaidissait à faire peur... ou à faire rire les moqueurs. Puis, de toute manière, dès que ses disciples le découvriraient, son charisme naturel, son aura, ainsi que ses paroles, ayant déjà joués sur eux, pas un seul n'oserait s'en moquer ou s'en offusquer et aucun d'eux ne s'en effrayerait non plus. Silencieusement, réservant sa première parole pour annoncer sa mitzvah, Yéhoshua-Iésous se baissa tout d'abord devant le baptiste, qui plaça ses deux mains au-dessus de sa tête couleur de neige et qui, satisfait et heureux, entonna l'antique formule consacrée à cette imposition des mains :

— Qu'Adonaï te rende semblable à Éphraïm et à Manassé [34], lui souhaitat-il ! Qu'Adonaï te bénisse et te protège ! Qu'Adonaï éclaire pour toi sa face et te soit favorable ! Qu'Adonaï tourne vers toi son visage et t'accorde la paix ! Shalom.

Ensuite, sans autre préambule, il immergea entièrement le petit batracien de Galilée, Yéhoshua-Iésous, un mètre soixante-cinq environ, son parent, son frère, son cousin, son ami de longue date…

— Le futur coton-tige de sa nation de sourds ! Le futur collyre de son peuple d'aveugles ! La future panacée de tous les humains affamés et malades ! claironneraient même certains de ses adeptes par la suite.

Alors, dessinant une magnifique corolle autour de cette unique fleur aux pistils bicolores, étrange pétale de lin couronnant cet homme à la barbe de jais et aux cheveux de lys, la tunique bleue de ce « parent » se mêla

---

[34] Adonaï est un mot placé en remplacement du nom de Dieu qui signifie « Mon Seigneur ». Référence aux deux fils du patriarche Joseph. De la tribu d'Éphraïm naquit Josué, fils de Nun, présenté comme leur chef durant les « conquêtes » du pays de Canaan.

étrangement aux eaux teintées d'indigo ; teinte dont vous comprendrez la raison dans un instant. Et, soudain, à l'instant même où Yéhoshua-Iésous pénétrait dans l'eau, le baptiste écarquilla les yeux puis rugit :

— C'est lui ! Il est l'oint [35] ! Le semeur de levain. Oint par l'eau et désigné par le Père comme le shamash que les fils de la glèbe attendaient pour allumer le chandelier de la nouvelle alliance et clôturer le huitième jour. Dès maintenant, l'esprit de celui qui « était, est et sera » est descendu sur lui ! Et, aujourd'hui que mes yeux l'ont vu, mon âme se remplit de délices même si je sais que si son jour prend naissance, le mien doit décliner, se radoucit-il en sortant le futur gibier de la croix de la rivière du jugement. Mais notre évangile commun se perpétuera par-delà nos existences fragiles. Je fus la voix qui annonce le neuvième jour [36], il est le son de trompette et le chant du coq qui en permettra l'aurore. Il donnera vie à ce jour de vivification nouvelle, en esprit et en vérité, tout comme la colombe qui vient de descendre sur lui me l'a fait connaître.

Ses disciples demeurèrent plus qu'étonnés de son langage. Ils étaient même presque inquiets pour sa santé mentale… et la leur. Aussi, se doutant bien de ce qu'à peu près personne ne pouvait saisir le sens de sa prophétie, le baptise tenta-t-il de s'expliquer :

— Celui qui m'a envoyé en m'ordonnant : va et baptise dans l'eau de cette rivière en attendant l'élu, m'a signalé aussi que la bête du dernier sacrifice baptiserait le monde de son propre feu et rendrait le jugement d'El Ghana [37] effectif pour ce pays. Mais il a ajouté aussitôt que ce dernier émissaire naîtrait sous le signe de la vie [38] afin de prophétiser, contre les habitants de la Ninive juive, la nécessité de retourner humblement vers Origine. Puis, devant mes craintes, l'ange au nom secret [39] m'a confié un autre message, un

---

[35] Le mot Messie (ou Christ) signifie « oint », celui qui recevait l'huile en signe d'élection à la royauté.

[36] Selon la Bible, les sept premiers jours, Dieu créa tout ce qui existe mais l'homme et la femme churent pendant le repos du créateur, soit le dernier jour, et ils furent sévèrement punis. Parce qu'ils avaient mangé de l'arbre de la connaissance du bien et du mal, ils ne purent plus manger de l'arbre de Vie, soit un arbre qui à la fois les nourrissait et les soignait en leur accordant la santé et la vie éternelle. Depuis lors s'est donc commencée l'œuvre du huitième jour, soit le jour du malin…

[37] Nom de Dieu qui signifie « Dieu jaloux ».

[38] Selon l'histoire de Noé, lors du déluge, seule la colombe revint avec un brin d'olivier au bec, signe que la terre était asséchée.

[39] Selon Juges 13, 18 : un homme demande à l'ange de l'Éternel son nom et lui de répondre : pourquoi demandes-tu mon nom, il est secret (traduit parfois par merveilleux ou admirable)

message de joie : celles et ceux qui reconnaîtront son étincelle marcheront par des chemins de paix ! m'a-t-il promis. En dépit des ombres, filles du chaos, ils avanceront affermis. Enfin, lorsque je lui ai demandé comment reconnaître cet homme d'exception dont il parlait, il m'a précisé que notre Messie naîtrait sous le signe de Jonas [40].

Enfin, dans l'espoir que l'un ou l'autre confirme ce qu'il était certain d'avoir perçu pour sa part dès l'instant où il avait plongé Yéhoshua-Iésous dans les eaux du Jourdain, à savoir une colombe, il leur demanda :

— Quoi, n'avez-vous pas vu ce signe, vous aussi ?

Mais, de gêne, ces derniers se regardèrent du coin de l'œil et se turent parce qu'aucun d'entre eux n'avait distingué le moindre volatile. Ils ne savaient donc ni quoi penser ni quoi lui dire. Ce qui fait que le baptiste ne put obtenir d'eux autre chose que leurs moues dubitatives et qui eut pour conséquence que, dès ce moment où un doute s'installa en eux, convaincus à présent de la douce folie de ce curieux phénomène de foire, un grand nombre de gens le quittèrent tout de suite.

— Une colombe ? Et puis quoi encore, se disaient-ils !? Comment espérait-il leur faire accroire, cet halluciné, que leurs yeux leur mentissent à ce point ? Au point où ils ne pourraient distinguer un oiseau que tout le monde connaissait pour en avoir sacrifié des centaines, et peut-être des milliers, d'un mirage créé par un genre de frénésie métaphysique, voire par une volonté perfide d'asseoir sur eux sa domination...

Par la suite, dès qu'ils rentrèrent dans leurs villes ou dans leurs villages respectifs, ces mécontents ne cessèrent non plus d'essayer, tant bien que mal, de prévenir leurs proches contre les menées de ce fou rubicond ; lequel, c'était certain, selon eux, prêchant un remède frelaté, ne tarderait pas à pousser les plus crédules de leurs frères à boire, jusqu'à s'en saouler sans doute, comme eux-mêmes l'avaient fait, de cette espèce d'alcool de bois qui finirait par les aveugler tous... ou par tous les rendre fous eux aussi.

Tout de suite après son immersion, sans plus se présenter après qu'avant ce baptême, toujours aussi silencieux, mais toujours aussi souriant, Yéhoshua-Iésous traversa d'un pas assuré le fleuve pour se rendre sur l'autre berge où il espérait se recueillir et méditer. Et au même instant, le baptiste quitta lui aussi cette bruyante foule, cette foule qui n'était rien moins que divisée au sujet de ses paroles. Elle s'était d'ailleurs éclatée en de multiples petits

---

[40] Nom qui signifie « colombe ».

groupes. Des grappes d'hommes et de femmes qui discutaillaient ou se disputaient au sujet de ce que ce prétendu prophète avait énoncé. Tant et si bien que les deux évangélistes s'esquivèrent sans que personne ne les remarque faire. Néanmoins, si Yéhoanan se contenta de se rendre près de montagnes proches afin d'y louer son dieu non loin de son lieu de travail, non loin du point de départ de l'infection en quelque sorte, Yéhoshua-Iésous, qui ne savait comment interpréter ce miracle qu'il n'avait pas lui-même constaté – vu qu'il avait la tête dans l'eau –, continua d'avancer droit devant lui, dans le désert, sans véritable but. Pourtant, après quelques kilomètres, sous un soleil déjà écrasant, comme pour lui demander conseil, il s'arrêta et s'assit tout près d'une source fluette. Un faible crachement d'eau qui, sous un gros bloc de pierre noire de basalte, peinait à sortir de terre en chuintant timidement. Enfin, là, tout le reste du jour, apaisé, rafraîchi et bercé par cette mélodieuse compagne, il médita sur son propre chant à venir ; une oraison funèbre en fin de compte, comme vous le savez certainement, la sienne tout d'abord... puis celle du prince de ce monde et de ses manigances surtout, disent les chrétiens depuis lors.

§

En soirée, les routes se vidèrent complètement. Dans tout le pays commençait la fête de Roch Hashana, Nouvel An des rois et commémoration de la création de l'homme [41], soit une réjouissance que la plupart des habitants de ces régions, juifs ou pas, aimants tous cette fête joyeuse, souhaitaient de vivre en famille. Mais, le lendemain matin, sans rencontrer âme qui vive, Yéhoanan revint sur la même rive du fleuve où seuls deux disciples l'attendaient, deux disciples seulement qui grelottaient en espérant son retour. En guise de salut, le baptiste s'approcha de ces deux courageux, Lazare et André, et les serra fort contre lui. Par contre, au lieu de s'épandre en paroles de réconfort, les enveloppant chaleureusement de ses bras aussi puissants que poilus, scrutant attentivement la rive opposée, d'un geste de la tête, il les invita à l'imiter. Bientôt, tandis que ses deux élèves se demandaient ce que pouvait signifier son attitude, son visage, calme et serein, s'illumina d'un large sourire. Réjoui, il les pria alors de regarder attentivement vers la rive opposée. Il l'avait vu venir et il espérait leur permettre de l'apercevoir à leur tour. Mais, durant la nuit, et de la même manière dont ils l'accomplissaient depuis plusieurs nuits en dépit de l'interdiction formelle de leurs parents –

---

[41] Durant cette fête, un bouc était envoyé dans le désert au démon Azazël en guise de victime rédemptrice.

qui voyaient-là une source de revenus leur échapper par simple plaisir de détruire ou de commettre de stupides farces –, de jeunes garnements des villages avoisinants s'étaient amusés à couper les guèdes qui poussaient en amont et à bleuir l'eau du fleuve en y lançant des lambeaux de plantes écrasées. Suivant les méandres du fleuve ainsi que les courants, ce colorant naturel badigeonnait donc ces rives d'un bleu profond, d'un bleu royal. Dès lors, comme le nazar ha, qui s'approchait d'un pas léger, était vêtu d'une tunique de même teinte que celle qui coloriait aujourd'hui ces rives, les deux jeunes gens eurent bien des difficultés à distinguer les contours de cette frêle oasis humaine qui s'avançait dans leur direction, de cet envoyé dont seule l'ombre mouvante permettait de distinguer l'approche... celle de l'ecce homo.

Les serrant toujours contre lui, le baptiste leur confessa ensuite ce qu'il pensait être la vérité en laquelle il croyait fermement et pour laquelle eux-mêmes avaient bravé le doute ainsi que le terrible froid de la nuit :

— C'est lui, il est la proie ! Il est celui que vous devez rejoindre et accompagner, écouter, soutenir et aimer.

Quoi entendant, de joie, ses deux disciples tressaillirent-ils. Leurs yeux s'ouvrirent et, en leur cœur, ils comprirent ce que leur maître leur avait confié en aparté quelque temps auparavant. Un discours qui leur avait paru fort étrange à ce moment-là, car il avait usé d'un ton plutôt décalé par rapport à ce qu'il leur annonçait. Ne leur avait-il pas affirmé, en effet, une nouvelle que tout autre professeur eût considérée comme mauvaise, mais avec un ton si empli de joie que ces deux-là en étaient demeurés interloqués ?

— Un jour prochain, vous devrez me quitter, leur avait-il déclaré tout joyeux. Soyez heureux cependant ce jour-là parce que vous marcherez alors, pendant un temps, avec l'époux. Après tout, des jours de noce ne sont-ils pas des jours de fête ? Aussi, si je vous dis bientôt, il est ici ou il est là, suivez-le sans poser de questions ni vous retourner. Vous êtes d'aujourd'hui... pour demain, mais moi d'hier. Je suis la clôture du dernier jour des hommes sous la Loi, des hommes de Dieu, des hommes du huitième jour de la création. Un jour aliéné. Un jour enchaîné à des temples de bois, de toile, de pierres ou d'or. Mais, lui, il est la pierre philosophale que tous attendent. Il est la pierre angulaire. Il est la clé de voûte. Il est le soleil d'une toute nouvelle aurore, celle des êtres pour et par la grâce du pardon gratuit, celle des hommes selon Dieu.

Se souvenant de ces curieuses affirmations, sans même lui dire adieu, les deux jeunes amis le quittèrent sans attendre ni même lui dire au revoir et, à une certaine distance de lui par contre, de concert, se mirent à emboîter le pas de celui qui deviendrait d'ici peu leur tout nouveau professeur. Au bout de trois heures environ d'une marche aussi pénible que fort dessiccative, sachant qu'ils le suivaient, mais souhaitant vérifier s'ils étaient réellement prêts à l'accompagner jusqu'au bout de sa route – et, surtout, suffisamment proche de son propre modèle subconscient pour lui permettre de réaliser son scénario de vie –, Yéhoshua-Iésous se retourna et les attendit... brûlant sans doute de prononcer la première parole de son ministère de semeur de questions. Parvenus à sa hauteur, Lazare et André, qui ne savaient par où commencer ni quoi lui dire, l'écoutèrent à la place les interroger. Car, évasivement, celui qu'il suivait non sans peine, ouvrant son jour par une question qu'il méditait depuis longtemps et qui lui venait de deux lectures – l'une, du prophète Esaïe : « Cherchez l'Éternel pendant qu'il se trouve » et l'autre du prophète Amos : « Cherchez l'Éternel et vous vivrez ! » [42] –, Yéhoshua-Iésous se contenta de leur demander :

— Qui cherchez-vous ?

Bien qu'il fût le plus jeune, Lazare, qui n'avait pas sa langue en poche, choisit de lui répondre pour eux deux, mais, persuadé avoir affaire à un homme semblable au plus grand nombre, il commença par le flatter en employant un titre que cet ancien charpentier n'avait jamais aimé :

— Nous cherchons le lieu où tu vis, maître (rabbin), tenta-t-il de l'amadouer, afin d'écouter tes paroles dont le messager nous a clairement indiqué qu'elles permettraient de s'abreuver à la source éternelle.

Mais, à ces mots, courroucé, le frais baptisé de le réprimander :

— Ne m'appelle pas maître ! le tança-t-il. Je ne le suis en aucune matière. Je ne suis qu'un humain, comme vous, se radoucit-il pourtant en voyant la mine déconfite de l'adolescent. Un gardien du Royaume cependant. Un nazar ha malkhout [43], ajouta-t-il énigmatiquement. Une personne qui a choisi de suivre son chemin et d'avancer dans sa voie, soit-elle semée d'embûches, avec Logos pour guide, soit l'esprit de sagesse de notre Dieu. Et si vous avez soif de questions, richesses des esprits chercheurs de vérités, ou faim de paix,

---

[42] Esaïe 55, 6 & Amos 5, 6

[43] Nazar ha : ce terme peut se traduire soit comme le « gardien de » ou comme le « bourgeon de » ou « le veilleur ». Le nazar ha malkhout signifie donc « le gardien, le bourgeon ou le veilleur, voire l'éveillé » du Royaume.

gloire des hommes vertueux en quête de la vie abondante, de la vie qui se perpétue, alors discutons ensemble un moment.

Ce disant, il les scruta attentivement et, sans plus d'hésitation, les deux amis le regardèrent droit dans les yeux. Or, dès cet instant, à l'instar de bien d'autres après eux, en dépit du fait qu'ils discernèrent vaguement son infirmité sous sa barbe, ils furent tous les deux à la fois vaincus et conquis. Ils furent transpercés. Ils furent transpercés par ses paroles, bien sûr, des paroles qui, à leurs yeux, les révélaient à eux-mêmes, mais, surtout, par son regard aux yeux vairons. Parce que celui-ci paraissait les clouer sur une croix à venir, la leur peut-être, tout en chassant d'eux toutes leurs ombres... furent-ils persuadés. Ces deux jeunes gens jouaient donc à un jeu dangereux, si je puis me permettre, un jeu qui finirait par les mener exactement là où, inconsciemment, ils voulaient aller tous les trois en revanche, à savoir au-devant des coups et des souffrances – au nom d'une Cause – puis de la mort elle-même.

— Partageons donc quelques instants ensemble, leur proposa ensuite le nazar ha, et je vous présenterai cette divinité éternelle que vous cherchez en réalité. Ce dieu qui n'a aucun lieu puisqu'il est tout et en toutes choses, puisqu'il est tout présent. Accompagnez-moi là où je médite et prie, ce n'est pas très loin d'ici et bien plus frais. Enfin, là-bas, près d'une source pure, regardons ensemble ce qui se trouve derrière le voile ! Pénétrons ensemble dans la maison du pain levé !

Aussi l'accompagnèrent-ils étant donné que, plus encore qu'une nouvelle doctrine révolutionnaire ou qu'une manière de vivre différente de celle de leurs parents, et plus encore que du pain à manger aussi, ces deux oiseaux là cherchaient surtout du levain ou des graines à semer par la suite. Origine, donc, ce « Père » dont vanterait très rapidement les mérites ce gourou qu'ils avaient décidé de suivre jusqu'au bout du monde s'il le leur demandait, croyant même déjà l'avoir trouvé venu charitablement vers eux pour leur apporter une réponse, LA réponse, espéraient-ils naïfs ; mais aussi assouvir leur propre volonté de puissance... Cette proposition de sa part fit donc grand effet sur eux. Eux qui étaient fils de rien ou fils de peu se sentirent privilégiés par ce choix qui leur était proposé. Un choix audacieux, s'il en est, puisqu'irréversible en fait, au moins à leurs yeux ébahis. Un pas, une décision qui leur permettrait, croyaient-ils, d'échapper aux pièges tendus par les grands-prêtres de leur peuple, qu'ils pensaient aveuglés par le ritualisme, ainsi qu'à ceux des pharisiens, devenus sourds et presque aphones à force de le crier aux ministres de leur nation. Ainsi, à leurs propres yeux, accomplissaient-ils un très important pas en avant hors de cet asile où les représentants de leur divinité des déserts consommaient leur malice d'abominables faussaires de poids [44] en y ajoutant – sauce, ô ! combien onctueuse – un mercantilisme si rémunérateur, grâce au commerce des animaux pour les péchés ainsi qu'aux taux de change, qu'ils pouvaient aisément se permettre d'acheter maisons et villas sur le compte du trésor du temple, sur le compte des vices de leur peuple en définitive ; qu'ils préféraient sans doute nombreux. Ce qui fait que, en suivant celui qui leur avait été maintes fois présenté par Yéhoanan le baptiste comme un être admirable, un conseiller, un prince de la paix, ces deux jeunes hommes se libéraient, à leurs yeux, de l'influence néfaste de tous ceux qui, puisqu'ils avaient trouvé dans l'or et la puissance leurs uniques maîtres, leurs nouvelles idoles, ne pouvaient plus entendre avec leur cœur les paroles du baptiste ou maintenant de leur guide, Yéhoshua-Iésous.

Finalement, toute la journée, les deux adolescents demeurèrent en sa compagnie. Ils se tinrent à l'écoute en espérant de nouvelles révélations, mais, à leur grande surprise, au début en tout cas, en guise de toute première leçon en quelque sorte, Yéhoshua-Iésous – ou Jeber-Jésus, je suppose que vous aurez compris qu'il s'agissait du même patient –, avait décidé de leur enseigner les mystérieuses et formidables vertus du silence. Puis, peu de temps après avoir médité de la sorte, le semeur de significations que se voulait leur nouveau maître à penser s'était surtout contenté d'énumérer des qualificatifs, des noms, ceux de leur divinité, en se taisant longuement entre chacun et, entre deux épiclèses, c'est à peine s'il les avait gratifiés de quelques regards de connivence. Toutefois, malgré ce peu, il est difficile d'expliquer ce qui se passa dans l'esprit de ces deux adolescents fébriles. Une déferlante d'images, de sons et de musiques les envahit par exemple durant la méditation. Puis un calme et une sérénité sans bornes leur parurent les élever de la Terre, durant un long moment, pendant qu'ils écoutaient réciter les différents qualificatifs-noms de leur divinité par celui dont ils ne connaissaient rien sinon qu'il rayonnait à présent comme s'il fût recouvert d'or. L'un et l'autre se tinrent alors, durant de très longues heures, les yeux fermés, face contre terre, persuadés qu'ils étaient, l'un comme l'autre, d'être en présence de l'esprit du buisson ardent lui-même [45] ; l'esprit du buisson ardent fait soudainement

---

[44] Quelqu'un qui modifie certains poids en fonction du client, qui pratique le système « deux poids, deux mesures », qui a une balance faussée, qui fait attention aux apparences des personnes…

[45] Le patriarche Moïse, lorsqu'il monta sur le mont Sinaï, est supposé avoir rencontré l'esprit divin « incarné / apparu » dans un buisson enflammé mais qui ne se consumait pas. Selon

chair. Un esprit tout puissant, bien que paradoxalement placé, par l'éternelle bienfaisance, dans un corps de douleur, dans un corps voyageur et passager, dans la matière évanescente et corruptible que seule la forme de toutes les formes pouvait sublimer [46].

Peu à peu, sans qu'ils s'en aperçoivent, durant tout ce temps, le jour fit place à la nuit puis la nuit au jour. Et, dès que l'aurore fut venue, Yéhoshua-Iésous les releva d'un geste de la main puis, en pointant son menton en direction du Jourdain, leur fit comprendre de rentrer chez eux. Décontenancés, ces deux jeunes gens obtempérèrent, quoique mollement puisqu'ils ne savaient pas s'il s'agissait d'un test ou du signe de leur échec vu que leur Messie ne leur avait donné aucun rendez-vous ultérieur ni confié aucune mission. Obéissants, bien qu'ils se sentissent déjà envahis par le désir de l'accompagner jusqu'au bout de ses rêves et de tout quitter pour les accomplir en sa compagnie, ils retournèrent donc un peu déconfis, mais sagement cependant, vers les rives du Jourdain. Ensuite, quelques minutes après qu'ils eurent quitté ce portier-gardien du Royaume sans consistance, marchant dans un silence que la seule fatigue ne pouvait expliquer – un silence « extra physique » –, André aperçut, de loin, son frère aîné Simon qui, visiblement furieux, s'approchait d'eux en gesticulant comme un forcené.

Simon était pêcheur et vivait avec sa famille à Capernaüm, en Galilée. Mais, à la place de vendre son poisson à Tibériade, bien plus proche de sa maison, haïssant cette toute récente cité romaine, il descendait régulièrement à Jérusalem avec sa cargaison en empruntant la voie royale, laquelle voie contournait la « détestable » Samarie. Et comme il avait ses habitudes, à force, il s'était acoquiné avec d'autres marchands dans le même cas que lui et pouvait compter sur plusieurs d'entre eux pour le transporter dans leur charrette. Néanmoins, lorsque la pêche était bonne, il lui fallait demander de l'aide pour transporter sa cargaison jusqu'à la Ville Sainte, ce dont son cadet André se chargeait volontiers. Ils revenaient justement de la capitale religieuse lorsque son frère et Lazare, meilleur ami d'André, Lazare qui, en compagnie de ses sœurs Marthe et Myriam, vivait à Béthanie depuis de nombreuses années, s'étant entichés tous les deux du baptiste lors d'une précédente visite, avaient souhaité de demeurer quelque temps près de lui afin de

---

Maïmonide, il s'agit d'une allégorie à ne pas prendre au pied de la lettre, ce que feraient les chrétiens par contre.

[46] À cette époque, et durant fort longtemps, la dualité entre matière corruptible (les corps) et forme incorruptible (les esprits…) régnait encore en maîtresse.

l'écouter prêcher. Au début, d'ailleurs, Simon les y avait accompagnés de bon cœur. Il avait bien vendu et savait de toute manière qu'aucun marchand ne circulerait durant cette période de fêtes. Mais son travail et ses passions lui incombant plus que les jacasseries de la voix qui cancanait dans le désert, très vite, celle-ci lui avait déplu au point de vouloir rentrer sans attendre… quitte à marcher de nuit.

« Hélas ! pensait-il aujourd'hui, oui, trois fois hélas ! il avait fini par céder et avait accepté de demeurer quelques jours encore en Judée. »

Lui-même, pourtant, laissant ces niaiseries aux femmes, aux dévots ainsi qu'aux enfants, mis à part pour les récupérer, ne remit plus les pieds dans cette vallée ; cet endroit maudit où, comme il le leur cracha en vue de les prévenir, ce fou de Dieu enchantait les esprits faibles. Enfin, voyant qu'il n'y avait rien à espérer de ces têtes folles, après avoir convenu d'une date de retour, il s'en était allé camper et pêcher à quelques kilomètres de là, en amont, dans une petite vallée bien plus ombragée que ce trou perdu où gigotait ce faiseur de César, se moqua-t-il… cet affranchi rubicond. Bien que Simon ait été surpris par la décision de son cadet André, qu'il savait peu enclin à la spiritualité, il l'avait pourtant laissé faire. Mais comme il le regrettait à présent ! À l'opposé, la décision de Lazare ne l'avait pas étonné du tout par contre, attendu que, depuis sa plus tendre enfance, ce jeune garçon était toujours fourré dans les synagogues et s'entichait facilement d'hurluberlus dans le genre de ce pêcheur d'hommes qui les avaient si bien appâtés avec son asticot métaphysique. Ce gamin-là lui paraissait donc un bien meilleur client des faiseurs de signes et de singes du même genre que ce noyeur d'anciennes vies que son cadet. D'ailleurs, Marthe et Myriam, les sœurs de Lazare, ne l'avaient-elles pas, un peu pompeusement, surnommé Êri, c'est-à-dire « mon éveillé » ?

Lorsqu'il était revenu à l'heure dite pour repartir en Galilée, Simon n'avait trouvé aucun des deux, ce qui l'avait mis en rage tout d'abord. Néanmoins, petit à petit, il avait fini par s'imaginer mille horreurs bien plus que mille punitions. Il aimait son frère et c'est ainsi que cela se passe lorsque l'on aime une personne. On craint pour elle bien plus qu'on souhaite de la châtier si elle se trompe ou manque à l'appel. Il était pourtant encore furieux. Aussi son sang ne fit-il qu'un tour dès qu'il vit les deux jeunes gens s'approcher de lui. Ces deux gamins qui étaient heureux, débonnaires, radieux même. Alors son angoisse, une fois apaisée, laissant s'ouvrir les vannes de sa colère tout compte fait, se transforma en une pseudo justice. Une pseudo justice qui lui commandait de se diriger vers ces deux zigotos la main déjà envieuse d'une gifle cathartique. Mais, à sa grande surprise, parvenu à leur hauteur, André, tout exalté, se posta devant lui droit comme un i puis, tâchant de présenter son explication avec un ton de voix en contre point de son agitation intérieure – car son aîné, pragmatique, n'avait rien d'un adepte de quoi que ce soit d'autre que lui-même et sa famille –, émerveillé, il s'exclama :

— Simon, mon frère, sois béni en même temps que nous ! Ne t'égare pas sur un chemin de réprimande ! Accompagne-nous plutôt... parce que nous avons trouvé le Messie !

Entendant cela, d'un ton sarcastique, en souhaitant le rappeler à la réalité, Simon de le remettre à sa place :

— Allons bon, tu dérailles, André ! se gaussa-t-il. Ce fou de vieux singe t'a berné avec ses grimaces et ses simagrées d'animal torturé. Le Messie, cet animal-là ? Reviens donc plutôt à la raison et suis-moi à la maison !

Ensuite, tout en pensant à leur génitrice qu'une constitution fragile poussait régulièrement à pénétrer fort au-delà des portes du territoire de la douleur, il poursuivit :

— Je voudrais rentrer à Capharnaüm au plus vite. Non seulement papa doit commencer à s'inquiéter, mais je te rappelle que maman était fort malade lorsque nous sommes partis, argua-t-il encore dans l'espoir de ramener cet entêté.

Entêté qu'il vit pourtant, non sans un grand étonnement, tourner les talons au contraire. Parce que André, effectivement, sans paraître entendre ses appels à la raison, au bon cœur ou à l'amour filial, rebroussa chemin. Il rebroussa chemin afin de retourner vers le lieu dans lequel il espérait retrouver, pour le lui présenter, Yéhoshua-Iésous. Et, tout en lui lançant quelques énigmatiques paroles, il se mit même à courir.

— Viens avec moi, mon frère, lui cria-t-il, suis-moi ! Courons ensemble vers le salut !

Ce après quoi Simon, rouge de colère, avant qu'André ait disparu complètement derrière un gros rocher de basalte qui entachait d'un noir particulièrement profond l'ocre étincelant des dunes, ce après quoi Simon n'eut plus que le temps de le gourmander :

— Mais, tu es devenu fou, ma parole ! Espèce de sot, reviens ici tout de suite !

Curieux, fâché et inquiet, Simon regarda ensuite Lazare avec insistance. Le jeune garçon ne savait plus où se mettre. La stature du marin pêcheur, sa voix sèche et comme sortie des entrailles mêmes de la Terre, sa mine générale surtout, de colosse, bourrue et dense, presque brutale, l'intimidait depuis toujours. Aux yeux du gamin, ce colosse de Galilée – Simon mesurait un peu plus de deux mètres en effet, soit deux têtes de plus que Lazare et une de plus que tous les autres futurs apôtres, et il exhibait quelque cent vingt kilos de muscles et de bedaine –, aux yeux de Lazare, ce colosse de Galilée demeurerait toujours inébranlable. Il était aussi dur que du basalte. Or, après quelques instants d'hésitation, vu qu'il craignait qu'il leur faille marcher longtemps, d'une voix aussi sèche que glaciale, l'inébranlable intima l'ordre à Lazare de le conduire tout de suite jusqu'à son frère. Presque honteux, sans rien ajouter qu'un acquiescement de la tête, le gamin lui obéit, mais non sans en craindre les conséquences.

« Qu'allait-il donc arriver de funeste s'il conduisait ce furibond géant de Galilée vers cet être de paix et de bonté – un gars minuscule ou presque au demeurant – qui les avait illuminés toute la journée précédente ? », se demandait-il non sans un certain bon sens.

Cependant, dès qu'ils furent parvenus à l'endroit où demeurait le gardien en question, la première réaction du pêcheur fut surtout la surprise étant donné que la position qu'avait adoptée son cadet en train de prier, nez contre le sol, était – et est toujours – particulièrement rare pour un juif. Ce qui le laissa lui-même pantois. Mais Yéhoshua-Iésous, qui les avait vus arriver, les regarda droit dans les yeux et leur sourit. Étrangement, tandis que les deux nouveaux venus s'étaient approchés d'André, un grand calme les avait envahis soudainement en les poussant à avancer presque à pas feutrés. Puis, tout d'un coup, Lazare, touché au plus profond de lui-même par la paix qui émanait du nazar ha, stoppa net tandis que le colosse, bien que cette paix commençât de l'ébranler lui aussi, avança encore d'un pas plus ou moins décidé. Pourtant, contre toute attente, sans rien comprendre de ce qui l'y poussait, dès qu'il parvint à la hauteur de Yéhoshua-Iésous, qu'il se tint juste en face de lui, Simon mit un genou à terre à son tour. Lui, le géant de Galilée, lui, le colosse du grand lac de la Lyre, lui, l'inébranlable, il venait d'être vaincu sans fronde ni caillou par un nabot poivre et sel – pour rappel Yéhoshua-Iésous mesurait à peine un mètre soixante-cinq environ –, par un nain qui l'assaisonnerait bientôt à sa guise et selon sa propre recette, si je puis me permettre cette indélicate remarque.

Finalement, sans en comprendre la raison lui-même, s'abaissant de la sorte devant cette demi-portion qui, adossée au soleil, paraissait rayonner de dix mille feux, cette demi-portion dont l'aura de compassion, bien qu'invisible pour les yeux, vous enjoignait à la louange, au pacifisme et à la joie, finalement, Simon le colosse fondit en larmes. Ce qui fait que Lazare, ébahi de voir l'homme dont il craignait le plus les colères rendre les armes aussi facilement devant Yéhoshua-Iésous, rejoignit immédiatement André dans le Royaume invisible puisqu'il tomba face contre terre, lui aussi, où il se mit à prier avec ferveur. En revanche, parce que beaucoup plus de colère, de ressentiment et de frustrations bouillaient et brûlaient en lui, l'ex-inébranlable géant se releva brusquement, agacé, et s'apprêta à fuir. Mais, se ravisant subitement, ne pouvant s'imaginer tourner les talons aussi lâchement, il s'avança au contraire d'un pas encore jusqu'à pouvoir sentir le souffle de Yéhoshua-Iésous sur son visage… prêt au pire. Toutefois, parvenu là, nonobstant la hargne qui bouillonnait en lui, à la place d'exploser en torrents d'invectives ou d'arguments incisifs contre ce tout nouveau César, voire le frapper, ce qu'il avait pensé faire au départ, là, lorsqu'il se trouva face à face avec l'élu de l'invisible oiseau blanc, il perdit de nouveau tous ses moyens. Le regardant fixement droit dans les yeux, le « nain » lui sourit alors une seconde fois et, à cet instant précis, ce fier gaillard qu'était ce colosse réputé avoir un cœur de pierre, les deux yeux toujours embués de chaudes larmes, rendant enfin les armes devant ce qui lui parut être, à lui aussi, une évidence, à cet instant précis, Simon s'abaissa devant Yéhoshua-Iésous jusqu'à se retrouver les deux genoux au sol.

Quoi voyant, tout guilleret, mais d'une manière fort mystérieuse, le nazar ha de l'accueillir ainsi :

— Tu es Simon… fils de Janus.

Surprise ! Était-ce une première erreur de sa part ? Car le père de Simon et d'André ne se nommait pas Janus, mais Jonas. Néanmoins, quoiqu'ils fussent étonnés d'entendre cela, les trois hommes demeurèrent dans la même position devant celui qui les avait déjà conquis. Bien plus tard, ils comprendraient que cet hybride mi-batracien mi-volaille, ce petit têtard-fils-de-colombe, n'avait pas fait référence au géniteur de Simon et d'André, mais qu'il avait seulement désigné le premier par son appartenance au grand troupeau des bêtes dangereuses et mortelles, les bêtes croyantes ; ces animaux criminels à deux faces auteurs de tous les bûchers, passés, présents et à venir.

Puis, d'un même ton péremptoire, le nazar ha de lui assurer encore ceci :

— Suis-moi et, de glaneur de fretin, tu deviendras gardien de banc ! Avec nous, ajouta-t-il non sans sourire de sa plaisanterie poissonnière, tu passeras des eaux déchaînées sous la tempête aux paisibles montagnes emplies de vignes et d'oliviers ainsi qu'aux plaines couvertes de blés à moissonner. Ouvre ton cœur à présent ! le supplia ensuite l'hybride. Comprends la parole qui t'unit au Père tout Un ! Comprends et vis ce lien intime, cette rencontre essentielle dans et par la charité ! Tu es Simon, fils de Jason, continua-t-il d'une manière tout aussi symbolique [47]. L'écorce est rugueuse, l'aubier solide, mais le cœur est tendre. Accompagne-moi sur le sentier de la sincérité et tu deviendras une inébranlable pierre. Une clé de voûte pour tes frères et tes sœurs, pour toutes celles et pour tous ceux dont tu guériras les maux, pour toutes celles et pour tous ceux que tu libéreras de la toile tissée par le séparateur.

Un hoquet nerveux, bientôt suivi d'une bruyante éructation, prit subitement l'inébranlable. Ce qui n'empêcha pas son futur maître à penser de terminer son apologie en citant enfin la signification du nom de son véritable père ainsi qu'en lui faisant une promesse :

— Tu es Simon, fils de la colombe (Jonas), mais, aujourd'hui, tu deviens mon frère Képhas (roc ou caillou), nouvel habitant du Royaume, petit-fils d'Amittai [48], futur père de nombreux enfants [49]. Puisses-tu ne jamais devenir une pierre maudite par contre ! Une pierre d'achoppement pour tes sœurs et tes frères… ou un caillou pour la mort.

Après ce curieux préambule, Yéhoshua-Iésous les pria de se relever tous puis, dès qu'il eût chaleureusement salué Lazare qui devait rentrer à son domicile, il leur confia que, tout comme eux, d'autres rencontres l'attendaient dans cette province, il souhaitait de rentrer le plus vite possible en Galilée ; leur apprenant de cette manière qu'ils étaient concitoyens et voisins. Aussi, bien qu'ils jeûnassent tous depuis le soir précédent, comme ils le devaient en ce troisième jour suivant le Nouvel An des rois, aussi est-ce en chantant des cantiques qu'ils marchèrent toute la journée ainsi qu'une bonne partie de la soirée. Et, chemin faisant, Yéhoshua-Iésous commença de leur expliquer sa gnose.

— Une connaissance qui frisait l'hermétisme, diraient plus tard certains de ses détracteurs.

---

[47] Jason signifie « le guérisseur ».

[48] Amittai, signifiant « Ma vérité » et est le nom du père du petit prophète Jonas (qui signifie Colombe).

[49] Le mot hébreu pour pierre est « éven », il peut se lire « ab /en » - père / fils. Jeu de mots qui n'est possible qu'en hébreu.

Parce qu'il employait des notions qui, si on les personnalise, en effet, comme cela arriverait par la suite, donnent naissance à d'incroyables aliénations d'hallucinés. Il octroyait par exemple à leur divinité le terme de Père, le nommant aussi « Origine » ou « commencement ». Un Père qui possédait un esprit de sagesse qu'il désignait par le mot grec très particulier de « Logos ». Un Esprit Saint dont ce Père lui avait fait part, affirmait-il. Chose qu'il avait montrée à son baptême selon le baptiste lui-même en envoyant une colombe virevolter au-dessus de sa tête. De quoi le Père était-il exactement l'origine ou le commencement ? De la vie tout entière, bien sûr, et de la mort aussi ; de tout ce que nous considérons comme biens et comme maux en général. De tout ce qui existe en somme. Et que souhaitait-il, son Logos ? Affranchir les hommes de la peur des quatre ombres. Les libérer de leur oppressant sentiment de solitude, de leurs terribles angoisses existentielles, de leur insupportable désespoir ainsi que de leur crainte de la mort. Toutefois, bémol aux oreilles de ses tout nouveaux élèves, même s'il l'avait voulu, il n'aurait pas pu leur communiquer cet esprit de sagesse qu'il avait reçu lors de son baptême.

À ce propos, il leur confia d'ailleurs ceci :

— Seul l'accomplissement de mon vœu, de ma mitzvah, permettra de révéler à Paraclet – soit un tout puissant gratuiciel antiviral et antispasmodique enseigné par le grand programmeur-médecin Logos ; Paraclet qui, lui, leur serait offert plus tard –, tous les trésors que lui apportera ce Logos après ma mort.

Enfin, pour conclure, empli d'émerveillement, il leur expliqua que, à ce moment-là, Logos octroierait à quiconque recevrait cet esprit de vérité, c'est-à-dire toujours Paraclet, la possibilité de venir en aide à toutes les créatures malades de la création d'Origine ; cette œuvre aussi pathologiquement que méthodiquement pervertie par l'entremise sournoise – et à peu près générale – de toutes les séparations bipolaires, ces matrices de tous les « ou »… et de tous les « on ». Or, aussi fou que cela puisse nous paraître aujourd'hui, ces deux-là l'écoutèrent déblatérer de telles idées – pour ne pas dire des sottises – sans broncher aucunement, bienheureux même. Ce n'était pourtant pas parce qu'ils comprenaient ce qu'il leur racontait, loin de là, mais parce qu'ils étaient convaincus qu'il s'agissait du Messie ; soit un batracien qui, après avoir connu le baiser de la mort, reviendrait vers eux transformé en petit prince… un gentil petit prince qui, en leur octroyant ce cadeau spirituel, les sauverait alors de tous les vilains ogres que peuvent être les hommes entre eux ou pour eux-mêmes parfois.

En chemin vers le cercle des Gentils

Depuis deux bonnes heures au moins, Nathanaël avait faim, très. Puis il était crevé surtout. Éreinté. Exténué même. Et une horrible soif lui tenaillait aussi la gorge. Du début jusqu'à la fin de son périple, il n'avait pas eu de chance et s'était fait berner. Berner puis dépouiller. Cascade de faits malheureux qui, ne faisant qu'accroître ses peines, avait commencé le jour précédent à Tibériade. Dans quelques jours, l'un de ses fils se mariait et, parce qu'il voulait y acheter du vin avant le père de la mariée, en dépit de sa pauvreté, par orgueil donc, il avait pris l'initiative de se rendre dans cette cité romaine en pensant ainsi damer le pion à Simon le cordonnier, le susdit père de sa future bru. Un être brutal avec qui ce petit jeu du « je vaux mieux que toi » auquel ils se livraient tous les deux depuis des années s'était transformé en une si mauvaise habitude qu'il les rongeait aujourd'hui viscéralement, l'un comme l'autre, en les poussant à commettre toutes sortes de vilenies ou de mauvais coup l'un contre l'autre. Par exemple, ce jour-là, une fois parvenu chez l'unique marchand de vin de cette toute nouvelle cité pas du tout exotique, Nathanaël y avait appris que ce même Simon avait déjà pourvu à tous les débours concernant ce très important achat et l'avait fait conduire, le soir précédent, à Cana. De surcroît, par moquerie ou par bravade, par moquerie et par bravade certainement, Simon l'avait fait au nom de Nathanaël lui-même. Pourquoi donc son ennemi de toujours avait-il agi de la sorte ? Il ne pouvait pas le dire avec certitude, mais il l'apprendrait sans doute plus tard, songea-t-il. Puisque, connaissant le cordonnier de longue date, il demeurait persuadé que ce n'était pas par bon cœur. Ce en quoi il avait bien raison d'ailleurs. Aussi, vexé, enflammé de colère contre son rival, Nathanaël était-il tout de suite reparti vers Cana afin d'en avoir le cœur net. Mais, cheminant d'un pas nerveux, tandis qu'il était à peine à un kilomètre environ des faubourgs, il s'était souvenu qu'une autre importante raison avait motivé ce voyage dans cette ville construite à la romaine, cette ville qu'il détestait cordialement. Tellement que, lorsqu'il s'y rendait, dès qu'il la quittait, il ne manquait jamais de secouer la poussière de ses sandales et de ses vêtements afin que rien de cet endroit impur, pas un seul grain de poussière ou de sable, ne franchisse la porte de son domicile. Sous le coup de la colère et de la frustration, il avait effectivement oublié qu'il devait aller chercher l'anneau de mariage que son épouse avait commandé, et payé déjà, chez un orfèvre fort habile. Ce qui l'avait obligé à faire marche arrière puis, à la place de retourner sur-le-champ dans son village pour régler son différend avec le cordonnier, se rendre illico chez le bijoutier qui tenait boutique dans l'une de ces vilaines rues toutes droites découpant cette cité plus romaine qu'orientale.

Car cette ville qu'il honnissait, Tibériade, n'avait en effet rien d'une cité du Moyen-Orient. Entre autres choses, parce qu'une cité moyen-orientale est une cité aux rues et ruelles fraîches, certes, mais labyrinthiques. L'une de ces villes qui exhibaient, aux yeux des Romains, des rues et des ruelles peu conçues pour circuler aisément ou pour mater sans coups férir d'éventuelles rébellions en bloquant quelques avenues ou quelques carrefours. Commencée une dizaine d'années auparavant sous l'impulsion du tétrarque Hérode Antipas dans le but de complaire à l'empereur Tibère, Tibériade proposait effectivement – au contraire des imbroglios de rues, de ruelles ou de venelles parsemées d'ombrageuses placettes où naissaient dix milles discordes dans les cités traditionnelles du Moyen-Orient –, Tibériade proposait une architecture tout à fait latine. Donc une architecture tout à fait apte à répondre à ces deux exigences toutes latines elles aussi qu'étaient la circulation pour le commerce et le plaisir ou le maintien de l'ordre pour la paix… ainsi que la domination, bien sûr. Mais, en conséquence de ce plan plus pragmatique qu'acclimaté à la région, revers de la médaille, Tibériade s'en trouvait beaucoup moins bien adaptée aux intenses chaleurs ainsi qu'aux détestables moiteurs qui régnaient souvent, dès le printemps jusque l'automne, aux alentours de l'ancienne mer de Galilée ; mer intérieure rebaptisée depuis lors, toujours pour lécher les bottes de l'empereur romain, la mer de Tibériade. Il y régnait d'ailleurs, presque continuellement, l'air le plus exécrablement suffocant de toute la côte. Presque constamment bombardée de soleil, l'on y étouffait à peu près tout le temps en vérité. Pourtant, plus encore que son atmosphère aussi épaisse que suffocante – qui déplaisait même aux polythéistes –, une autre raison poussait les croyants à haïr cet endroit, à savoir l'exécrable fait que cette espèce de nouvelle Sodome, que le Tétrarque de Galilée avait osé ériger sans leur demander leur avis, y rameutait quantité d'éleveurs et de mangeurs de cochons. Or, cette proximité avec des gens que rien ne retenait de se livrer à l'une des plus graves atteintes aux exigences de la loi mosaïque, la loi du soi-disant père fondateur de leur religion, Moïse, cette proximité était vécue comme une véritable collusion avec les ennemis de leur monothéisme anti porcin. Une collusion qui risquait, évidemment, de rendre impur tout ce qui vivait dans cette ville, voire de rendre impur toute cette mer ainsi que le Jourdain lui-même à cause des déchets de ces animaux interdits ou de l'évacuation des eaux contaminées par ces porcs… à deux ou à quatre pattes.

Aussi, afin de ne pas demeurer plus qu'il n'était nécessaire dans cette ville aux rues aussi rectilignes qu'étaient torves ses mœurs, Nathanaël, dès qu'il eût visité l'orfèvre et pris sa commande, s'en était-il retourné le plus promptement possible à Cana… presque en courant comme s'il avait le diable aux trousses. Néanmoins, à peine était-il sorti des murs de cette cité maudite que, luisant sous les rais du soleil, une pièce d'or romaine avait attiré son attention. Une pièce d'or. Une fortune pour un homme de sa condition. Non qu'il fut pauvre à l'excès, mais, hier comme aujourd'hui, qui doit peiner sa vie durant pour subvenir à ses besoins n'est jamais bien loin de la précarité, n'est-ce pas ? D'autant plus que, à la suite d'un incendie peut-être criminel, il y avait quelques mois qu'il avait perdu son travail et qu'il en cherchait un autre. Après avoir regardé tout autour de lui sans voir personne, il l'avait ramassée et s'était retrouvé, en dépit de l'image réaliste de l'une de ses faces – autre fait que les juifs considéraient comme une véritable idolâtrie –, bien plus heureux d'être venu dans ce lieu de perdition. Malheureusement, quelques heures plus tard, trois brigands l'avaient arraisonné sans aucune retenue puis l'avaient volé en s'amusant à faire pleuvoir des coups sur lui ainsi qu'à l'insulter. Cependant, finalement, les bandits, grâce à cette pièce d'or ainsi qu'à l'anneau de mariage, lui avait avoué leur chef qu'un brin de piété paraissait encore animer, de piété ou d'amour familial, considérant cet or comme le prix de son rachat, les bandits avaient décidé de lui laisser la vie sauve. Mais lorsqu'ils l'abandonnèrent à son triste sort, il était temps parce qu'il était très sérieusement blessé de partout. Puis ce n'est pas tout. En outre, inconscience ou méchanceté de leur part, en ce jour torride, ces gredins avaient osé abandonner leur victime toute cruentée en plein cagnard, sur le bord de cette route déserte, sans une seule goutte d'eau.

Au bout de quelques heures, toutefois, Nathanaël était heureusement parvenu à traîner sa carcasse un peu plus à l'ombre en profitant de ce magnifique bienfait que lui faisait en cadeau un vieux figuier. Désespéré, il s'était affalé au pied de cet arbre au lait médicinal et, là, perdu dans ses pensées, certain que le retard accumulé à cause de Simon ainsi que, surtout, le fait d'avoir pris en poche l'or idolâtre, étaient les principales causes de son malheur, là, perdu dans ses pensées, il s'était calfeutré quelques instants dans le sinistre continent des larmes. Quelques instants qui, vous le savez probablement, vous aussi, durent une éternité pour celles et ceux qui s'y abandonnent lorsqu'ils y sont conduits par le malheur. Or, pendant cette éternité d'un seul instant, une seule idée s'était présentée à son esprit endolori pour le réconforter :

« Adonaï Jireh [50] t'a donné puis il a repris [51] ! Que perds-tu en somme ? Quelques rêves. Ceux auxquels l'or, ce cadeau du démon, t'a permis de songer le temps qu'il fût dans ta poche, que ton orgueil et ta vanité ont fait miroiter pour te permettre de te croire à la hauteur de ce pendard de Simon. Ne se pourrait-il pas, pourtant, que Dieu t'ait fait arraisonner par la suite afin de te libérer de ta propre emprise, de la prison dorée de ton ego et de ses désirs de puissance ou de vengeance ? N'y as-tu pas plutôt gagné le sens de la vie à bon compte, en quelque sorte ? »

Alors, réconforté par cette sapientiale réflexion, s'aidant du figuier tout tordu, le boulanger, au chômage depuis que son commerce avait brûlé quelques mois plus tôt, s'était relevé tant bien que mal tout d'abord puis, une fois remis sur pieds, de nouveau prêt à affronter tous les périls du chemin, était reparti en proclamant à voix haute cette fois-ci :

— Loué soit notre Père, le vivant, pour les joies comme pour les peines, pour la vie, notre mère, tout comme pour les douleurs et la mort, nos sœurs !

Depuis lors, à la limite de perdre conscience, claudiquant ou tombant parfois sur cette longue voie merveilleusement bordée de grenadiers et de caroubiers, le regard fixé droit devant lui, ce petit homme au teint bistre, aux yeux marrons et à la chevelure de jais, ce petit homme qui s'était relevé de ses cendres en louant celui qu'il pensait être son créateur, en s'abandonnant et en louant le destin en fait, avançait en posant machinalement les pieds l'un devant l'autre. Or, Il y avait maintenant des heures et des heures que, péniblement, sous un soleil de plomb, dans une tunique maculée de son sang, sans vivres ni eau, hagard, il traînait sa carcasse à moitié déglinguée sur ce chemin sans avoir rencontré âme qui vive. Son gosier le brûlait à présent. Il était assoiffé. Assoiffé et affamé. D'eau et de pain, bien sûr, mais aussi, en priorité, d'espoir et de miséricorde. Car, pendant ce bref épisode durant lequel il avait craint pour sa vie, au plus profond de son être, il avait pressenti l'extraordinaire folie qui se cache derrière les pensées de l'être qui souffre. Il avait pressenti le cri de cette bête vouée au trépas qui tente de rompre, malgré tout, l'infernale alliance de notre inextinguible volonté aux inexorables obligations de ce monde du fatum. Le hurlement à peu près désespéré de cet animal mortel qui tente d'échapper, malgré tout, à ce diabolique alliage, à cet inéluctable fatum justement, dont les conséquences que sont la souffrance et la mort nous brisent et nous re brisent depuis la fonte de la toute

---

[50] Nom de Dieu qui signifie « L'Éternel pourvoira ».
[51] Nathanaël signifie « Dieu a donné ».

première faute. Pourtant, Nathanaël, à la place de pester, à la place de se lamenter sur son sort, de maudire ou de chercher un coupable, une victime à rendre responsable de son malheur, Simon le cordonnier par exemple ou les Romains ou le vilain diable ou qui sait quoi encore, Nathanaël, à la place de tout cela, en véritable juif en fait, lui avouerait Yéhoshua-Iésous peu de temps plus tard, avait choisi de louer [52] UN, son dieu de la communion.

— Le père de toutes les conjonctions et de tous les avenirs, lui enseignerait très bientôt Yéhoshua-Iésous.

Et, s'il avait agi de la sorte, c'était parce que, au lieu de s'énerver contre le sort ou contre son ennemi de toujours, au dernier instant, quelque chose l'en avait empêché. Une lutte intérieure qu'il pensait à présent avoir gagnée en décidant de bénir malgré tout, en décidant de louer la vie toute puissante malgré tout. Ce qui fait que, bien qu'il ne le sache pas encore, assoiffé de miséricorde et affamé de générosité qu'il se trouvait à présent – puis tout réjoui, qui plus est, par le merveilleux désir d'être aussi probe que sincère, c'est-à-dire d'être authentique –, ce petit louangeur était donc déjà tout à fait prêt à pénétrer dans le Royaume des enfants de la colombe, dans le Royaume imaginaire du patient « Jeber-Jésus ». Ce même jour d'ailleurs, ce dernier chamboulerait sa vie en lui permettant d'accepter qu'il existe d'importantes différences pour qui marche sur la voie de la considération ; ce respect moral qui nous pousse à ne pas faire aux autres ce que l'on ne voudrait pas qu'ils nous fassent. Voyant s'ouvrir devant lui de nouveaux horizons, convaincu par les paroles et les espoirs de ce beau parleur, Nathanaël se déciderait alors. Il choisirait d'œuvrer uniquement pour la vie, la paix et le bien-être social. Cela, bien sûr, en travaillant de concert avec Yéhoshua-Iésous et les siens uniquement pour le Royaume du « Tu » éternel, croirait-il dur comme fer.

§

Ce matin-là, quoiqu'ils aient très longuement marché et se soient couchés fort tard le jour précédent, Yéhoshua-Iésous se leva au chant de l'aurore. Il pria avec les deux fils de « Janus-Jason-Jonas », soit Simon et André, puis ceux-ci lui proposèrent de les accompagner jusqu'à leur maison à Capharnaüm, ce qu'il accepta de bon cœur. Ensuite, la bonne fortune paraissant leur sourire, sur le coup de huit heures environ, un marchand débonnaire, une connaissance de Simon-Képhas, leur proposa de monter dans sa carriole. Ainsi, grâce à cette aide inespérée, eurent-ils le plaisir d'embarquer quelques

---

[52] Le mot yehudi (juif) signifie : celui qui loue.

heures plus tard seulement dans le petit bateau des deux frères, lequel navire étaient amarré tout près de l'embouchure de la mer et du fleuve. Or, à ce moment-là, un vent puissant, mais doux, un vent qui soufflait sur cette mer intérieure aux eaux grisâtres, vint à leur secours en aidant le petit navire, entre la chaloupe et le boutre, à cingler à pleine voile vers Capharnaüm.

Leur voyage semblait se dérouler pour le mieux lorsque, tandis qu'ils avaient déjà couvert la moitié du chemin, sous le coup d'une bourrasque qu'ils crurent fort malvenue, la voile se déchira. Accident qui les obligea d'aborder entre Tibériade et leur destination. Après le débarquement, et avant de constater les dégâts, les trois hommes, fatigués, s'installèrent par terre un instant afin de se sustenter d'un repas de fortune, un peu de pain accompagné d'eau. Mais, soudain, une voix les interrompit. Celle d'une personne charitable qui, de loin, les ayant vus accoster, les pensait à juste titre en difficulté. Il s'agissait d'un homme chichement vêtu d'une belle tunique cramoisie et coiffé d'un merveilleux turban de soie jaune d'or.

— Bonjour ! les salua-t-il poliment. Avez-vous besoin d'aide ? Je suis couturier. Peut-être puis-je vous donner un coup de main ?

— Ton aide sera la bienvenue, Philippe, lui confirma Yéhoshua-Iésous en laissant son interlocuteur étonné de s'entendre désigner par son véritable prénom alors qu'il ne s'était pas encore présenté.

« Comment cet inconnu peut-il donc connaître mon véritable patronyme ? » se demanda-t-il même.

Car il s'agissait, effectivement, d'un prénom qu'il avait toujours tenu dans le plus grand secret. Sa mère, une Grecque originaire d'Éphèse, une Grecque convertie au judaïsme depuis l'enfance, c'est-à-dire une prosélyte, avait épousé son mari fort jeune et avait tout quitté pour venir s'installer dans la patrie de son époux et, vu que la Galilée était l'endroit le moins xénophobe de l'ancien royaume hébreu, ils s'étaient installés à Césarée. Malheureusement, vers la fin de sa grossesse, une fièvre maligne avait porté Thalia, sa mère, jusqu'au tout dernier seuil. Sachant son heure proche à la fois d'une arrivée et d'un départ, sur son lit de mort et de naissance, elle avait alors fait jurer à son mari de prénommer l'enfant d'un prénom grec. Attristé de devoir prêter ce serment-là, un odieux serment à ses yeux, le père lui avait cependant donné sa parole. Parole qu'il avait tenue tout en accolant à ce premier prénom, quelques années plus tard, un second bien plus traditionnel, un prénom juif sous lequel tout le monde connaissait aujourd'hui son fils, celui de Joël. Enfin, quelques années après le décès de Thalia, dès qu'il s'était remarié avec

Esther, une juive de Galilée avec qui ils s'étaient installés près de Tibériade, il avait fini par ne plus jamais appeler ce premier fils par son prénom grec, Philippe.

L'invitant à s'asseoir afin de partager leur frugal repas, débonnaire, le nazar ha ajouta une parole qu'il voulait significative de son état d'esprit bienveillant :

— Origine n'a lui-même aucune origine ! lui certifia-t-il. Il ne place aucune frontière entre ses enfants. Il est tout et, à ses yeux, aucune caste ni différence de culture ne compte. Tout être vivant est planétaire, voire cosmique, l'étonna-t-il encore. L'esclave vaut autant que le maître, le gueux que le noble, le pauvre que le riche, l'homme de couleur que l'homme qui n'en a pas… (le blanc n'était pas considéré comme une couleur à cette époque).

Conquis par ce préambule des plus accueillant, et fort peu orthodoxe, Joël-Philippe s'installa pour manger un peu avec eux. Ensuite, après une bonne heure passée tout de même en leur compagnie à deviser, il les quitta afin d'aller chercher les outils nécessaires pour raccommoder la voile du navire à son domicile.

Simon-Képhas, qui voulait se faire une idée du temps qu'il leur faudrait patienter, lui demanda alors :

— Où habites-tu, Philippe ?

— À… à Tibériade, souffla timidement le couturier.

À ce nom qu'il avait hésité à leur confier puisqu'il savait que cette cité était fort peu appréciée de ses compatriotes, les deux frères se regardèrent en coin, mais Yéhoshua-Iésous ne broncha pas. Le couturier apprendrait, avec les années, que son futur professeur ne jugeait ni sur l'apparence ni sur l'origine, ni sur le passé, ni non plus sur les fréquentations. Non, au lieu de cela, il accueillait chaque personne comme ce qu'elle était à ses yeux, un enfant du Très-Bas. Ce qui, bien entendu, peut être considéré comme positif si l'on ne tient pas compte d'une donnée que nous apprend la psychologie contemporaine, une donnée qui provient de ses parents, à savoir sa devise : « on n'est pas sur Terre pour soi-même, mais pour être au service des autres » ; soit une devise qui s'acoquine assez bien avec l'injonction principale à laquelle il obéissait inconsciemment. Une injonction qui lui venait de l'état Parent de sa mère (l'aspect normatif) : « ne sois pas toi-même, n'existe pas… pour toi ». Qui plus est, lorsqu'une telle injonction s'accouple ou dirige un scénario suicidaire du genre de celui qu'il avait déjà en tête, cela ne fait-il pas qu'augmenter son envie de mourir en courant vers tous les ennuis puisqu'il obéit alors à l'Enfant rebelle de sa mère (l'aspect révolté ou sorcière) qui le pousse à commettre des choses pour être rejeté ? Enfin, tout compte fait, en plus de sa mort, cela ne ferait-il pas qu'accroître le sentiment d'injustice des adeptes qui resteront en même temps qu'augmenter l'impact « publicitaire » de son suicide assisté au détriment, infiniment plus important, de qui l'aura assisté ? Cela parce que, plus la proie est faible ou bienveillante, plus honorable elle est, plus le crime commis contre elle paraît injuste et déshonorant aux yeux du plus grand nombre… et ses meurtriers pires.

§

Au bout d'une grosse demi-heure, avançant comme un fou sur la route en face de lui, Joël-Philippe aperçut au loin son ami Nathanaël. Or, grâce à leurs pères, qui étaient amis de longue date, ces deux-là se connaissaient depuis l'enfance. Pourtant, dès qu'il fut à portée de voix, sans s'inquiéter du sort de son ami ensanglanté, sans le voir plutôt parce que convaincu et aveuglé par sa propre conviction, Joël-Philippe de lui lancer :

— Nathanaël, Nathanaël, mon ami, mon frère, viens avec moi, le supplia-t-il presque, car j'ai trouvé le Messie !

Évidemment, Nathanaël ne s'attendait pas à cela. Étant blessé, du sang séché bien visible barbouillant sa tunique poussiéreuse et déchirée, il espérait un peu plus de commisération de la part de ce presque frère. Mais, à sa grande surprise, son ami ne l'interrogea pas tout de suite sur sa mise ou sur sa mine et pas plus sur ce qui lui était arrivé. Intrigué, en dépit de ses douleurs, le boulanger, qui aimait suffisamment Joël-Philippe pour ne pas lui en vouloir, au lieu de se plaindre, lui demanda :

— Le Messie ? Mais de qui parles-tu, Joël ?

— Le sauveur promis, l'amandier et l'olivier annoncé par les saints prophètes, je l'ai rencontré, il y a à peine une demi-heure, s'époumona le couturier.

Subitement, au moment où il parvint à la hauteur de son ami, Joël-Philippe se rendit compte du grand état de faiblesse de celui-ci ; comme si cette misère d'autrui lui avait été cachée par sa très grande joie, ce qui arrive souvent. Quoi constatant, sincèrement, il s'effraya :

— Mon Dieu ! Mais que t'est-il arrivé, mon frère ?

— Je viens d'être attaqué par des voleurs, se soulagea enfin le boulanger, heureux de constater que cet ami en était vraiment un.

— Viens avec moi, lui proposa l'autre. Je rentre à Tibériade. Tu resteras chez moi un moment pour t'y soigner et te reposer avant de rentrer à Cana.

— À Tibériade ? Il ne vaut mieux pas, lui dit Nathanaël dégoûté. Les voleurs qui m'ont agressé se cachent peut-être encore le long de la route. Je préfère continuer tout droit jusqu'à Capharnaüm et me rendre chez mon cousin.

— Qu'importe ! Si le chemin du retour est impossible, répondit Joël-Philippe, suis-moi rencontrer l'élu ! Peut-être est-ce là le signe que j'attendais secrètement... un chemin se terminant tandis qu'un autre s'ouvre vers une nouvelle vie.

Cela dit, sans paraître le moins du monde tracassé par son passé et ses biens qu'il abandonnait presque sur un coup de tête, ou par cet avenir incertain auquel il ouvrait les bras sans en percevoir déjà complètement l'horizon, Joël-Philippe, prêt à repartir vers le gourou qui l'avait conquis – et à embrigader son ami dans sa secte naissante –, tourna les talons en tenant fermement sa manche afin de l'entraîner à sa suite ; bien que, ce dernier, peu convaincu par les dires du couturier, rechignait à le suivre. Ne connaissant pas encore personnellement le nazar ha, et Joël-Philippe ne lui ayant rien confié d'autre qu'une simple impression, Nathanaël avait crainte, en effet, de ne rencontrer que l'un de ces aliénés qui sévissaient depuis toujours dans leur pays. L'un de ces tarés en quête de gloire – et de guerre – qui, sporadiquement, mais d'une manière chronique, semaient la discorde puis récoltaient la souffrance, la honte et la mort. L'un des trop nombreux serviteurs de la potence et du gibet donc... ce qui, on le sait, n'était peut-être pas complètement faux.

S'inquiétant de l'origine de l'envoyé qui, selon ce dont il se souvenait de son catéchisme, devait correspondre à quelques critères bien précis : être Judéen ; descendant du Roi David ; annoncé par un prophète ; etc., il le questionna tout de même en se laissant entraîner par contre :

— Et d'où provient-il ton Messie ?

Ce à quoi Joël-Philippe, qui venait à peine de rencontrer Yéhoshua-Iésous, de lui répondre franchement :

— Je n'en sais rien du tout en fait. Il nous a seulement confié qu'il était un gardien du Royaume, un nazar ha malkhout.

Puis, emporté par sa joie, tandis que l'autre demeurait interdit, il s'exclama :

— Il est venu en automne afin d'œuvrer jusqu'au printemps pour ouvrir l'été contre tous les hivers !

Là-dessus, entendant de tels propos sibyllins, des propos insensés pour lui, sinon seulement poétiques, persifleur, Nathanaël de le railler :

— Mais qu'est-ce que tu racontes, Joël ? Es-tu devenu fou ou quoi ? Un naza quoi ?

Car, lui qui se vantait de connaître à peu près toutes les villes, tous les villages et tous les hameaux de Galilée, il n'avait jamais entendu le nom du moindre lieu qui ait pu donner naissance à ce label-là.

— Et tu sais où cela se trouve, toi, Nazara ? ajouta-t-il fort peu convaincu.

— Non, je n'en sais rien moi non plus, lui avoua son ami un peu gêné à présent. Mais beaucoup de hameaux troglodytes ne se sont-ils pas créés ces dernières années ? tenta-t-il de le convaincre et de se convaincre en même temps. Et, vu qu'il paraît vivre aussi pauvrement que Job après qu'il eut tout perdu, je me demande s'il ne s'agirait pas, justement, d'un habitant de l'un de ceux-ci. Peut-être s'agit-il de l'un de ces troglodytes qui, sortant enfin de sa grotte, vient éclairer ses prochains à propos de ses ombres... ou de ses lumières ?

— Eh bien, quel portrait enjôleur ! s'amusa le boulanger. Et que pourrait-il venir de bon d'un tel endroit ? Un animal ou une plante... un Natzar-hethien ou un Netseréen [53] ?

Sans se vexer de l'attitude désobligeante et du ton plaisantin de son ami, ne cessant de le tirer par la manche, allongeant même son pas, Joël-Philippe insista et lui ordonna alors :

— Viens avec moi, tu verras par toi-même ! Et, si tu souhaites le savoir, il se prénomme Yéhoshua.

Quoi disant, sans rien ajouter d'autre, le couturier de se mettre à avancer de plus en plus rapidement en traînant le boulanger presque de force maintenant. En même temps, entre deux alléluias, il lui expliqua, avec force détails, tout ce qu'il avait ressenti lors de sa rencontre avec cet engendreur d'âmes. Or, il va sans dire que Nathanaël avait beaucoup de difficultés à saisir le sens des propos de Joël-Philippe, lequel s'égosillait comme un illuminé ou un frénétique en s'échinant à le convaincre de ce que son sentiment quant à ce

---

[53] Heth, la huitième lettre de l'alphabet hébreu, signifie la vie, la crainte de Dieu et la circoncision. Le mot que je place dans la bouche de ce futur disciple peut donc se lire soit comme le gardien (natzar) de la vie soit comme le bourgeon (netser) de la vie.

Yéhoshua-Iésous-le-troglodyte-sorti-de-sa-caverne était justifié. Mais, comprenant que, s'il ne le suivait pas, il ne parviendrait jamais à le calmer, et attendu qu'ils allaient de toute façon dans la même direction, le boulanger finit par se laisser faire et accepta de l'accompagner pour rencontrer celui qui paraissait avoir séduit son presque frère en s'étant accaparé à la fois de son cœur et de ses pensées. Or, si Nathanaël était loin d'être convaincu, c'était parce que des Messies, depuis ces derniers siècles, il y en avait déjà eu un bon paquet. Beaucoup de traumatisés ou de détraqués qui s'étaient autoproclamés libérateurs du peuple en se targuant, à peu près tous, d'avoir été choisis par l'instance supérieure pour devenir les nouveaux concessionnaires du deux-pièces divin qu'était le naos de leur temple. Des hallucinés qui criaient à tue-tête vivre corps et âme pour le propriétaire des lieux alors que, à l'usage, au lieu d'être de bons gestionnaires, ils se révélaient être d'exécrables commissaires-priseurs surtout. Des directeurs de vente prêts à transformer leurs brebis en simples adjudicataires du salut pour fort peu de choses pourvu qu'ils en obtiennent la soumission aveugle ; n'étant donc plus les récipiendaires d'une grâce, mais les marchands et les acquéreurs de celle-ci au prix de quelques semences, d'animaux, de courbettes, de rituels annuels, de la didrachme [54], du respect, etc., soit, à l'instar des sadducéens soit dit en passant, de quelques transactions procédurales bien définies et établies une fois pour toutes. Ainsi, par eux tous, au bout de leur course de toqués, le salut se retrouvait-il toujours mis à prix en fin de compte.

« Aucun, parmi eux, n'a jamais véritablement compris la volonté d'Adonaï Raah [55], pensait d'ailleurs Nathanaël à ce propos. L'Éternel ne te veut pas corps et âme, se disait-il souvent. Il ne veut de toi qu'une seule chose. Il veut que tu habites dans la considération et le respect de la vie, véritable levain de ses pains azymes [56] ; que tu vives uni par l'amour à chaque créature. Alors, vivant ce lien continuellement, transcendé par lui, transfiguré en lui, métamorphosé en toi-même, à chaque instant, que tu deviennes un homme selon l'Éternel : un pèlerin qui va « vers » ou qui se met en marche « pour » le prochain, pour l'autre « tu » et jamais contre lui. Au lieu d'agir aveuglément, au lieu d'agir selon la lettre uniquement, selon le devoir, se disait Nathanaël – plutôt sage pour un boulanger –, le divin veut que tu agisses par devoir. Il veut que tu ouvres les yeux et que tu n'agisses pas comme un serviteur aliéné à une autorité invisible, absente et silencieuse la plupart du temps, si pas

---

[54] Impôt annuel religieux de deux drachmes.
[55] Nom de Dieu qui signifie « L'Éternel est mon berger ».
[56] Pour rappel : le pain azyme n'a pas levé, il n'a pas été pétri avec du levain.

toujours, soit une espèce d'esclave qui applique scrupuleusement ce qui lui est demandé sans même le comprendre ou chercher à le faire, mais plutôt comme un être conscient de ce que toute manière d'agir perd son sens lorsqu'elle n'est plus qu'un rituel mécaniquement accompli, de même que toute manière de penser demeure un système hypocrite tant qu'elle n'engendre pas des comportements qui l'appliquent en la confrontant au réel, des comportements qui la montrent vingt-quatre heures sur vingt-quatre et non pas via d'épisodiques convulsions de générosité ou de charité plus émotives ou sentimentales que raisonnées et fraternelles.

Or, cette croyance que s'était forgée ce si sagace faiseur de pain quant aux volontés divines ainsi qu'à l'attelage humain – lequel ressemble à s'y méprendre à celui du philosophe grec Platon ou plus judicieusement encore aux parties de l'âme d'Hippocrate, la naturelle, l'animale et la spirituelle –, cette croyance qu'avait Nathanaël, il n'osait pas trop en parler autour de lui. Car il se doutait bien qu'elle lui eût très certainement valu de nombreux ennuis avec tout plein de gens hauts placés. Entre autres choses, parce que, en continuant dans cette voie de l'union mystique, d'une union entre chaque chose et chaque être, il est clair que la divinité se met à la hauteur des hommes et non l'inverse. Puis, si l'idée d'un dieu qui s'abaisse à ce point dans la fange, au point de risquer devenir une proie, serait déjà jugée hérétique par la plupart des juifs de son époque, une hérésie aux racines hellénoromano-égypto-babyloniennes qui faisait de leur dieu un Hercule ou un Hermès juif, il n'osait pas s'imaginer ce que diraient ses compatriotes en général de celle d'une espèce de premier moteur universel, un Être à la sauce aristotélicienne qu'aucun tribut ne pouvait corrompre ni aucun don satisfaire, mais qui n'avait plus grand-chose de personnel. Perte tellement sèche pour les prêtres et les idéalistes de tous les pays, de toutes les croyances et de toutes les époques que même les moins hargneuses de ces répugnantes araignées-là, de ces petits scorpions vicieux là, voire de ces serpents venimeux là, s'étaient réjouis de la fermeture du Lycée aristotélicien… où l'on professa ce modèle si paupérisant pour ces « clergés » en tout genre en même temps que l'on y avait créé une quasi entomologie linguistique, la logique, qui permettait de clouer une fois pour toutes tous ces sales petits animaux là dans tout plein de petites boîtes…

Et Nathanaël, conscient de ces conséquences, conservait donc, précieusement enfouie dans le secret de son cœur, cette croyance dangereuse qu'il n'avait jamais confiée à personne, pas même à ses proches. Maintenant, s'il n'avait eu qu'une seule chaîne et un seul boulet, soit l'attirail classique du prisonnier dont je viens de parler, sa vie se serait sans doute déroulée sans trop de tracas... se confectionnant, par l'habitude mélangée de manière subtile à une silencieuse hypocrisie ainsi que de très sournois mensonges et quantités de fictions, un baume antalgique aux douleurs lancinantes de cette plaie spirituelle là ; cette plaie qui, en réalité, ne le tarabustait que de temps à autre. Cependant, il est bien rare que nous ne nous attachions que par un seul membre. Plus souvent par les quatre ou les cinq si l'on compte le cou. La seconde chaîne du boulanger, par exemple, sa seconde certitude à peu près irréconciliable avec l'orthodoxie de sa religion, provenait d'une autre folle croyance. Il était persuadé que Yahvé-Sabaoth, le créateur de l'univers, non seulement en était le créateur et maître, mais, en outre, qu'il était tout et en toutes choses ; qu'il était d'une totalité si totale, si absolue, si infinie, si éternelle, qu'il ne pouvait qu'être à la fois le bien et le mal... en même temps. Autre folle certitude qu'il taisait aussi, bien entendu, ce qui le minait en fait. Et il se sentait d'ailleurs de plus en plus tiraillé, et presque complètement perdu, parce que cette croyance absolutiste là, il le savait pertinemment, étant à l'opposé de celle d'une divinité personnelle qui désire être servie et posséder une demeure, fût-ce un simple deux-pièces, le plaçait en complet porte-à-faux avec le judaïsme de ses pères et de nombre de ses frères... mais beaucoup moins de celle de Yéhoshua-Iésous par contre, apprendrait-il rapidement. Aussi, rêvant de résoudre le conflit qui ne manque pas de naître à la suite de ce tiraillement intérieur, espérait-il déjà, si pas de trouver des réponses à ses questions ontologiques, au moins pouvoir sortir du dilemme éthique engendré par ces conceptions si contradictoires entre lesquelles il hésitait depuis longtemps sans parvenir à trancher une fois pour toutes : Dieu est-il possiblement victime ou est-il aussi possiblement prédateur ?

Voilà une bien difficile question pour un croyant, non ? Une question métaphysique qui engendre une interrogation morale sans véritable solution, uniquement un choix. Le même depuis toujours, ballottés que nous sommes tous entre le désir de maîtriser et celui d'obéir : vaut-il mieux pâtir plutôt que faire souffrir [57] ?

---

[57] Ni l'un ni l'autre, répondrait sans doute un analyste transnationaliste. Il vaut mieux vivre sa vie sans jouer à ces jeux-là. Des jeux qui sont ceux de la victime et/ou du prédateur. Et pas plus aux jeux du sauveteur d'ailleurs. Soit les trois grandes places que tout un chacun peut occuper dans l'un ou l'autre des divers jeux psychologiques auxquels tellement de gens s'adonnent si souvent... à leur détriment et à celui d'autrui, bien sûr ; sauf si l'on possède un scénario de vie dit « gagnant » dès le départ ou si l'on parvient, grâce à une bonne analyse de soi-même, à transformer ce scénario en son inverse, soit un scénario « perdant », en un

Pour comble de difficulté, cette seconde croyance qu'avait Nathanaël le boulanger philosophe, seconde chronologiquement, mais devenue depuis lors principale, justifiait selon lui la première, lui donnant du sens. Ce en quoi il n'avait pas tort puisque, selon ce qu'il croyait de son dieu, celui-ci ne souhaitait pas d'une personne qu'elle lève un couteau pour sacrifier, ou se sacrifier elle-même, puisque cela reviendrait à sacrifier une part de lui s'il est la totalité. Il ne désirait pas plus que l'on sacrifie son esprit ou son corps en obéissant aveuglément à des ordres qui nous échappent ou nous ruinent, à des prescriptions rituelles qui font croire que s'achètent ou s'obtiennent, à coup de prières, de lamentations, de regrets, d'oboles, de dons, de pèlerinages, de sacrifices ou de pratiques insensées, l'amour, le pardon et la grâce. Et la divinité à laquelle songeait ce petit boulanger sans emploi ni diplôme, fort proche de celle de son futur maître à penser, ne pouvait pas plus avoir commandité avec plaisir les nombreux massacres commis par ses ancêtres, les premiers Hébreux, sous les ordres de leurs premiers conducteurs [58]. Pour tout vous avouer, Nathanaël hésitait même à tirer un trait définitif sur ce dieu-là. Un dieu aussi jaloux que vengeur ou vindicatif. Le Seigneur des violences. Et il ne savait plus trop si cet être aussi vorace que sanguinaire, cet être que leur présentait leurs prêtres en le vénérant copieusement, méritait d'autres qualificatifs que celui d'ogre, d'atroce ou d'abominable. Après tout, n'était-ce pas une entité qui, prenant pour prétexte de prétendus sacrifices d'enfants innocents offerts à des idoles par les Cananéens – chose dont on n'avait cependant jamais trouvé aucune trace –, avait ordonné à son peuple, à ses pères donc, de tuer y compris tous les enfants survivants de cette nation contre laquelle il leur avait demandé d'entrer en guerre afin de leur prendre leur pays… qu'il leur avait promis, paraît-il ? Tous les enfants auraient dû y passer, sauf les petites filles impubères. Cela dans le but de les faire féconder par la suite par leurs propres enfants dès qu'elles seraient en âge d'être ~~violées~~, converties puis mises enceintes. Le même être affreux qui les avait ensuite punis sévèrement – et régulièrement – de ne pas l'avoir fait, d'avoir été miséricordieux et non pas inhumains donc. Ce qui fait que, tant au niveau du

---

scénario « gagnant ». Ce qui se réalise en se libérant de certaines injonctions et en se donnant des permissions nouvelles. Par exemple : « être heureux, être libre ou ne pas être comme ci ou comme ça, etc. » En se libérant de ses chaînes, donc, ou en sortant de la « taverne / caverne », voire en sortant d'autres lieux du même genre. Puisque les ruines, les repaires, les grottes sombres, les cavernes au dragon ou autres monstres, bref tout ce qui est glauque, louche et sordide, conviennent tout à fait à ce genre de scénario perdant.
[58] Moïse, Josué, les juges…

comment que du pourquoi, dans les mains lourdaudes des sadducéens ou sous la langue d'aspic de certains pharisiens, les lois du judaïsme traditionnel lui paraissaient n'être devenues que de honteuses transactions. Elles s'étaient transformées en échanges qui conduisaient les fidèles à espérer que les sacrifices, les prières, les louanges, les libations, les Actions de grâce, les vœux, les expiations, les rituels, les contritions, les regrets, la résipiscence ou les aveux sauveraient ce que d'aucuns appellent l'âme ou la conscience-soi ; accordant donc à celle-ci une importance que lui-même ne lui octroyait pas... et qu'elle ne possède probablement pas.

Nathanaël rêvait, vous l'aurez compris, de ce qu'il s'imaginait être une réelle divinité. Une divinité juive et non pas scélérate. Une divinité équitable et miséricordieuse qui n'exigerait pas de libations ou d'offrandes – comme les dieux païens – ni de sacrifices d'expiation ou de culpabilité inutiles. Il s'imaginait une divinité qui ne prend plaisir à l'application de ses ordres ou de ses conseils que si l'impétrant possède un cœur pur ainsi qu'une langue droite qu'accompagne et soutient la volonté réelle de changer, soit la volonté de ne plus commettre l'acte qui lui vaut cette expiation ainsi que cette reconnaissance d'une faute. Il rêvait à une divinité qui aime autant le prochain que le vivant en général et qui exige donc une véritable résipiscence, et beaucoup de contrition, lorsque l'on a commis un délit ou un crime, en même temps qu'une réelle compassion et autant de commisération pour tous les êtres vivants, dont les hommes bien sûr, ignorants qu'ils sont du mal qu'ils font et se font le plus souvent ; des ignorants qu'il faudrait, c'est ce qu'il souhaitait le plus ardemment, éclairer afin de les libérer des ombres de leur caverne (eh oui, lui aussi était donc fin prêt à coasser avec la petite grenouille !). Ainsi s'imaginait-il cette divinité presque nouvelle, ainsi la rêvait-il. Mais en désespérant aussi pourtant puisque, cette merveilleuse divinité-là, il ne la trouvait nulle part, évidemment... vu qu'elle n'existait pas encore, d'une certaine manière, dans les différents courants de pensée et d'action auxquels avait donné naissance la religion de ses pères.

La noce symbiotique

Ne s'en trouvant pas tellement éloignés, le couturier et le boulanger parvinrent assez vite jusqu'au lieu où l'ancien ébéniste, accompagné des deux pêcheurs, essayait de réparer du mieux qu'ils le pouvaient la voilure de leur embarcation. Cheveux blancs aux vents, sentant s'approcher d'eux Nathanaël, Yéhoshua-Iésous le regarda venir de loin et leva la main en guise de salut. Ensuite, dès qu'il le jugea à portée de voix, il l'encouragea à se rapprocher d'eux en lui présentant une outre d'eau pure.

— Sois le bienvenu, heureux Nathanaël, fils d'Alphée ! lui lança-t-il en même temps.

Curieux de contempler cette espèce de bourgeon divin au visage de nuit et de jour, de poivre et de sel, cette espèce de nouvel assaisonnement sur pattes qui prétendait rendre du goût à la viande juive ainsi qu'à toute autre carnation, le voyageur s'étonna :

— Comment me connais-tu et connais-tu ma famille ?

— Dorénavant, tu entendras et tu verras des choses bien plus formidables, mais, auparavant, prends ceci !

Et Yéhoshua-Iésous de lui montrer, dissimulée sous les cailloux, une pièce d'or romaine. Effrayé par ce prodige, le nouvel arrivant qui, tout à coup, ne souffrit plus du tout de ses horions et qui, de surprise, en oublia aussi de ramasser cet or pourtant si bien venu, lui demanda de nouveau :

— Mais… mais qui es-tu donc ?

— Tu sais qui je suis, Nathanaël. Ne l'as-tu pas confessé à ton ami en chemin ? Or, maintenant, tu possèdes le moyen de payer ta quote-part du vin pour le mariage de ton fils aîné. N'était-ce pas cela que tu souhaitais lorsque tu trouvas une pièce semblable ce matin ?

— Si… si fait… tu… tu es un grand magicien et… et un grand devin ! s'étonna alors le boulanger. Ou… ou alors tu… tu es… tu es véritablement…

Sans terminer sa phrase, Nathanaël se courba et se prosterna afin de lui rendre hommage. Mais, s'approchant doucement de lui, Yéhoshua-Iésous le tint par les épaules, le fixa droit dans les yeux et, en le relevant, lui déclara :

— Lorsque tu étais sous le figuier, j'ai vu ton combat ainsi que ta victoire. J'ai entendu ta louange de véritable yehudi. Ta place est auprès de nous, mon frère. Tu te trouves à la porte, mais tu hésites encore à la franchir. Tu as compris, mais tu n'oses pas encore avancer sur le chemin de compassion universelle qui t'appelle. Viens avec nous, le pria le nazar ha, et deviens qui tu dois être !

Le boulanger, en guise de réponse, baissa la tête et versa une première larme.

— Aujourd'hui, continua cependant Yéhoshua-Iésous, Nathanaël, fils d'Alphée, mon frère, deviens un Jacques (celui qui protège) ! Deviens qui tu es ! Deviens un véritable fils protecteur de troupeaux ! Un fils du grand bouvier [59] ! termina-t-il en imposant les mains sur la tête de ce tout nouveau compagnon qui versa une seconde larme.

Fortement impressionné par le discours de Yéhoshua-Iésous – qui fit preuve de connaissances que je ne saurais expliquer autrement qu'en ayant recours à l'imagination seule, pas à la raison –, Nathanaël en oublia tout le reste et demeura en sa compagnie le jour suivant, le jour du shabbat, en l'écoutant expliquer les écritures et répondre aux questions qu'ils lui posaient tous comme aucun autre docteur de la Loi ne l'avait fait avant lui ; tout cela sans demander le moindre argent, chose déjà exceptionnelle à l'époque, ni la moindre complaisance ou flagornerie, chose plus rare encore... à toutes les époques. Or, le boulanger avait même été tellement subjugué que, le sixième jour après son baptême, Yéhoshua-Iésous fut obligé de lui rappeler ses obligations familiales. Là-dessus, Nathanaël, effaré d'avoir oublié jusqu'à prévenir sa famille de ne pas s'inquiéter de son sort ou de sa mésaventure, brutalement, se souvint avec effroi de l'irremplaçable perte qu'il avait subie, celle du précieux anneau de mariage et, tout empli de tristesse, il la leur avoua. Il avait certaines craintes aussi qui le retenaient un peu, celle d'affronter sa femme par exemple, mais plus encore son rival, Simon, qui ne manquerait pas de le moquer.

— Que diable avait-il fait durant tout ce temps ? s'imaginait-il déjà l'entendre le rabrouer devant tous. Quoi ? À la place de chercher à tout prix un moyen de faire plaisir à son fils ainsi qu'à sa belle-fille en respectant la tradition, il avait préféré manger et boire en compagnie d'inconnus... non, mais, quel mauvais père !

Certes, Nathanaël n'espérait pas de ses nouveaux amis le moindre argent, seulement un soutien moral. Il ne s'attendait donc pas au cadeau qu'il allait recevoir étant donné que, dès qu'il eût terminé d'exposer son affaire, Yéhoshua-Iésous enleva son propre anneau d'or et le lui tendit. Ne sachant que dire ni quoi faire, voyant qu'il s'agissait là du seul bien de valeur que possédait cet homme généreux, il ne put que balbutier quelques incompréhensibles borborygmes en guise de remerciements. Car, en effet, un tel présent n'était pas courant en Israël, pour ne pas dire tout à fait singulier puisque, à cette époque, tout voyageur possédait au moins un bâton pour la marche ainsi qu'un anneau qui lui servait de sceau pour les signatures ; outil et symbole identifiant dont personne ne se délestait volontiers. Enfin, lorsque Nathanaël

---

[59] Alphée signifie « bouvier ».

retrouva ses esprits, il tenta de le lui rendre ou de le remercier plus cordialement que par des bégaiements, mais Yéhoshua-Iésous ne lui en laissa pas le
temps. À la place, il lui proposa de l'accompagner jusqu'à Cana en lui
avouant, à sa grande surprise, que c'était sans doute sa propre mère qui s'occupait des réjouissances. Aussi, de joie, Nathanaël les invita-t-il tous. Puis,
chemin faisant, tandis qu'il inspectait plus en détail ce bijou que lui avait
confié le nazar ha, un élément pour le moins inhabituel l'intrigua. Comme
s'il était lui-même un anneau de mariage, et non pas un signe d'appartenance
à une famille en particulier, cet anneau ne possédait effectivement aucune
marque de reconnaissance, aucun nom, ni aucun symbole…

§

Rachel, la femme de Nathanaël, tout comme ses fils dont celui qui se mariait ainsi que sa bru, était dans tous ses états. Et seul Simon, le beau-père
canaille, ricanait dans sa barbe soignée en constatant que le boulanger n'avait
donné aucun signe de vie depuis qu'il était parti à Tibériade. Étant donné
qu'il le savait dans les tracas financiers depuis la cessation involontaire de
son activité – qu'un tout petit charbon de bois à peine, une petite braise jetée
presque sans le faire exprès, avait suffi à éteindre pour longtemps –, il se
figurait celui-ci en train de battre désespérément la campagne afin de glaner
quelques sous, de-ci de-là, pour parvenir à payer à parts égales le mariage de
leurs enfants. Il se riait aussi à l'avance du vilain tour qu'il lui avait joué avec
l'histoire du vin… vilain tour dont la conclusion ne tarderait pas à éclater au
grand jour en déversant un nouvel opprobre sur le père de son futur gendre ;
gendre qu'il appréciait beaucoup par contre et souhaitait de détacher de l'emprise paternelle à tout prix. Ce qui fait que, dès que son grand ennemi était
entré en compagnie de nouveaux invités pas du tout prévus, des gens visiblement tout aussi pitoyables et sales que lui, des vagabonds déguenillés et lo-
queteux qui venaient probablement grappiller quelques mets, l'ancien zélote
avait presque jubilé. Presque, parce que, dès l'entrée de Yéhoshua-Iésous à
la suite de Nathanaël, étrangement, toute la colère, toute la rancœur et tous
les mauvais sentiments qui empoisonnaient encore cet endroit peu de temps
auparavant avaient complètement disparu en faisant place à un exemplaire
apaisement. C'était un autre don qu'avait Yéhoshua-Iésous qui lui était des
plus utiles en effet, celui d'apaiser autrui par sa seule présence. Tout le
monde se sentait aussi tranquille que le cœur léger lorsqu'il était là. Une sensation intense d'une paix intérieure qui, à ce moment-là, se mit d'ailleurs à
pénétrer brusquement jusqu'au plus profond du cœur de Simon la brute lui-
même. Personne, pourtant, n'eût rien pu dire de ce qui lui arrivait au juste,

mais quelque chose, en chacune et en chacun, Simon y compris donc, s'était soudainement réveillé en se mettant tout d'un coup à vibrer au contact de cet inconnu aux yeux étranges.

§

Comme l'avait pensé Yéhoshua-Iésous, c'était bien sa mère, Myriam, qui régissait les noces. Quoiqu'elle n'ait jamais tout à fait compris son aîné, elle ne lui en voulait plus d'avoir abandonné son rémunérateur travail de charpentier pour prendre la route... enfin, encore un petit peu tout de même ; cela ne l'avait-il pas obligée de travailler deux fois plus, entre autres choses, en faisant payer ses services pour la gestion de telles réjouissances ? Dans la famille de Yéhoshua-Iésous, Jude et Simon, des enfants d'à peine une dizaine d'années, étaient toujours à sa charge tandis que Jacques, le second des garçons, avait repris l'affaire du défunt père et que Jose, plus jeune d'une année seulement que Jacques, travaillait quant à lui en tant que maçon à Tibériade. Mais, si cette triple rentrée d'argent leur assurait un revenu suffisant pour obtenir le nécessaire, elle était néanmoins assez maigre s'ils voulaient profiter d'un peu de superflu. Or, côtoyer la richesse, la splendeur ainsi que la beauté – toujours se trouver nez à nez avec les plaisirs et les réjouissances qu'offrent l'or ou le pouvoir – a toujours suscité, parmi le plus grand nombre, autant d'envies que de nouveaux besoins. Dès lors, pour ces gens que la civilisation occidentale, parmi les plus jouisseuses de toutes, mais aussi la plus hypocrite de toutes, venait de rattraper depuis peu de temps, pour ces êtres que des siècles de techniques et d'hédonisme avaient conquis en quelques décennies seulement, mille années de traditions et de rituels avaient été balayées comme on balaie de la poussière ou les mies du pain le jour précédent la Pâque. Ainsi, en ces jours difficiles où ils côtoyaient tous, quotidiennement, les coûteux privilèges associés aux plaisirs de ce monde, la tentation de vouloir plus était-elle devenue à peu près générale. À vrai dire, elle régnait même presque en maîtresse dans la plupart des familles ainsi que dans leur pays tout entier... comme une sorte de nouvelle ashéra de leur dieu solitaire [60].

Vu le scrupuleux respect des pharisiens pour le Yom Kippour, le jour du Grand Pardon, lequel allait avoir lieu pendant ces noces qui dureraient une semaine, à une telle période de l'année, en Judée, ce mariage eût été rigoureusement interdit. Mais celui qui s'occupait de ces unions à Cana, un certain Aaron ben Yacov, rebelle et dissident ou tout simplement plus libre et plus

---

[60] Ashéra : déesse compagne.

frondeur ou sage que d'autres, l'avait cependant autorisée... et présidée de grande joie.

— Une alliance nouvelle, avait-il expliqué à tous ceux qui s'en étaient plaints – il y en a toujours –, est un évènement si heureux qu'il donne du bonheur à beaucoup. Puis si l'amour y préside, ce qui est le cas entre ces deux jeunes gens, je le sais, cela devient un moment si heureux qu'il donne ce dont tous ont bien besoin de découvrir ou de retrouver en ces temps difficiles... à savoir l'espérance et la joie de vivre.

§

Se déroulant fort agréablement depuis le retour au bercail du père du marié, la fête battait son plein depuis trois jours à présent. Ce qui fait que c'était le jour du Yom Kippour justement, lequel jour se fête dix jours après Roch Hashana puisque cette dernière fête, considérée comme étant le jour du jugement de l'humanité, donne lieu, normalement, à dix jours de pénitence ; raison pour laquelle on n'organisait pas de telles réjouissances en Judée. Quoi qu'il en soit, les époux, qui étaient amoureux l'un de l'autre depuis fort longtemps, ne se trouvant pas contraints par leurs familles de se lier à la vie et à la mort pour quelques sordides raisons, rayonnaient d'un ineffable bonheur. Et une joie sans autres contenances que celles imposées par la bienséance et la morale se répandait d'ailleurs tout autour d'eux. Seule la maman de Yéhoshua-Iésous, qui veillait à ce que rien ne manquât et qui gérait d'une main de fer le bon déroulement des noces, au bout de ces trois jours, commença de s'inquiéter du peu de vin qui restait déjà. Selon toute vraisemblance, celui qui l'avait acheté s'était montré fort avare, à moins qu'il ait été peu favorable à cette union ou très mauvais calculateur. En fait, Simon, le petit salaud, avait joué là son dernier vilain coup à Nathanaël, le grand niais. S'il avait acheté le vin au nom de ce dernier, ce n'était pas pour lui enlever une épine du pied, ce dont Nathanaël se doutait, mais pour la lui enfoncer plus méchamment encore au pire des moments, car, en toute connaissance de cause, et surtout de conséquences, il n'en avait pas acheté en suffisance.

Voyant les réserves diminuer, bien que la fête n'en soit qu'au milieu à peine, Myriam se mit alors à paniquer et à chercher un moyen de continuer de fournir tous les gosiers assoiffés sans demander d'argent à celui dont elle connaissait les récents déboires financiers. Coupant, premièrement, ce qui restait avec de l'eau de source, elle se rendit pourtant compte assez rapidement que ce petit subterfuge ne pourrait pas durer bien longtemps sans en altérer trop le goût. Dès lors, en dernier recours, et uniquement parce qu'il semblait ami avec son employeur, elle se rendit dans la salle de noces où elle se permit d'appeler son aîné à la rescousse (*hé, hé, hé, se dit-elle peut-être en même temps* [61]).

Pourtant, ce fut lui qui l'interrogea.

— Que me veux-tu, mère ? lui demanda-t-il d'un ton fort badin bien que fort sec. (*hi, hi, hi*)

Et elle, comme s'il y pouvait quelque chose, de gémir :

— Le vin vient à manquer cruellement…

Soit dit en passant, c'était là des manières et une question bien irrespectueuses de la part de ce fils qu'elle n'avait plus vu depuis plusieurs mois et un accueil tout aussi sec de la part de sa génitrice. Mais, c'est bien de cette glaciale manière qu'eurent lieu leurs retrouvailles, à savoir par le biais d'une question irrespectueuse suivie d'un gémissement de lamentation (*et de deux rires silencieux*).

« Oui, curieuses retrouvailles, pensèrent les amis de Yéhoshua-Iésous qui comprirent tout de suite ce que cela signifiait : sa mère ne croyait pas en sa mission salvatrice ! »

Le nazar ha, adoptant un air que sa mère ne lui connaissait pas, se contenta de lui sourire, ce qu'il faisait décidément très régulièrement. Il avait franchi le fleuve depuis neuf jours maintenant et il vivait depuis autant de temps de l'autre côté. Il pensait avoir compris le sens des chants laissés par le bien-aimé du Père, David, ce brave berger devenu roi, et avoir saisi les conseils que d'autres sages avaient eux aussi saignés par-delà le temps, entre autres choses, des conseils destinés au juste, à l'orphelin, au fils de la veuve ; or, à tort ou à raison, il était persuadé d'être ce juste, cet orphelin, ce fils de la veuve.

— Le seul élu qui puisse éclairer, en les accomplissant, prétendrait-il d'ici peu, les prophéties des temps anciens.

Conséquemment, croyait-il fermement être venu clore ce qu'il appelait le huitième jour [62] et dédicacer un tout nouveau sanctuaire pour le Très-Bas,

---

[61] Ce rire cynique, de même que les autres rires qui vont suivre, vous en comprendrez le sens dans l'épilogue. Sachez cependant que, ce rire-ci, c'est le rire de celle ou de celui qui s'amuse à l'avance d'une mauvaise farce... et d'une belle déconfiture future.

[62] C'est-à-dire, selon la Bible, le huitième jour de la création. Lequel « jour », c'est-à-dire « délais de temps », appartient, depuis la chute d'Adam et Ève, au tentateur, soit le diable des

celui de Sagesse et de Vérité, celui de Logos et de Paraclet. Il était convaincu d'avoir pour mission de devoir ériger un tout nouveau temple en effet. Un tabernacle idéal et parfait, mais pas du tout matériel par contre. Un temple uniquement spirituel. Un tout nouveau tabernacle dans lequel n'entreraient que les récipiendaires de la panacée Paraclet ; récipiendaires qui n'auraient alors, pour unique nation, que son Royaume hors du monde et pour unique nationalité celle que leur offrirait bientôt son non-pays…

Évidemment, ne croyant pas aux dires ni à la soi-disant vocation de prophète de sa progéniture, Myriam ne s'attendait pas du tout à ce qui allait suivre. Elle pensait que son aîné, discrètement, organiserait une collecte puis enverrait l'un ou l'autre des forts gaillards qui l'accompagnaient chercher de quoi continuer les festivités sans rupture. Mais, au lieu de cela, elle aurait droit à un beaucoup plus triste constat qu'une simple insuffisance de vin. Parce que, ne croyant pas que son fils fût un nazar ha malkhout, un gardien du Royaume – elle ne savait d'ailleurs même pas de quoi il s'agissait –, elle penserait seulement, après son inexplicable miracle, que son aîné avait troqué son très digne métier d'ébéniste contre celui, nettement moins apprécié, de vulgaire prestidigitateur ; donc que son aîné, de juif, était devenu un hérétique magicien de Babylone ou d'Égypte.

Mais n'allons pas trop vite. Dès qu'elle lui eût parlé de cet ennui qu'elle rencontrait, tout en retournant vers les cuisines, à sa plus grande satisfaction, elle le vit discuter avec le maître de céans et s'imagina que des amphores ne tarderaient pas à arriver en nombre. Elle réunit alors ses trois jeunes aides, Ethan, Samson ainsi que Jean, et les pria de se tenir prêts à exécuter les ordres que leur donnerait l'homme qui allait venir à sa suite ; un homme au sujet duquel, par souci du qu'en-dira-t-on, elle préféra ne rien dire de plus, surtout pas qu'il était l'un de ses fils... surtout pas qu'il était l'aîné de ses enfants.

Quelques instants plus tard, accompagné de deux inconnus ainsi que du père de la mariée, c'est-à-dire Simon – qui riait dans sa barbe –, Yéhoshua-Iésous pénétra dans cette cuisine où l'attendaient les trois assistants ainsi que sa mère. Or, six jarres de pierre servant aux ablutions rituelles se trouvaient disposées à côté des outres de vin. Des outres dont il ne restait déjà plus qu'un maigre fond. Mais, contre toute attente, Yéhoshua-Iésous ne confia aux assistants de sa mère ni argent ni instructions quant à une heure, même approximative, durant laquelle ils pourraient réceptionner leur futur achat.

---

chrétiens qui serait parvenu, grâce à une habile ruse, à faire chasser le premier couple d'un prétendu paradis terrestre nommé jardin d'Éden.

Au contraire, s'adressant à eux avec autorité, il les pria de remplir jusqu'à ras bord les six jarres d'eau pure après les avoir méticuleusement nettoyées. Cela étant accompli, il leur commanda de porter ces jarres dans la salle et, en tout premier lieu, d'en donner une mesure à celui qui avait uni le couple, Aaron ben Yacov. Ensuite, ce dernier, une fois ce breuvage goûté et apprécié à sa juste valeur, se sentant tout ragaillardi, invita les trois échansons à le distribuer à tous les convives. Là-dessus, quelques instants plus tard, de la même manière dont il avait été lui-même revigoré, toutes celles et tous ceux qui portèrent leurs lèvres à cette nouvelle manne liquide sentirent, au plus profond d'eux-mêmes, dans cette part la plus intime et la plus secrète de leur être, une joie si intense qu'ils furent presque persuadés que c'étaient leurs propres épousailles que l'on fêtait cette semaine-là à Cana. Subtilement, une gaîté sans ivresse ni mal de ventre ou de tête s'empara de tous les invités et ce fut alors dans une joie parfaite que, grâce à cette ambroisie, dont nul n'est parvenu à reproduire l'exemple ou le goût depuis lors, les réjouissances se prolongèrent jusque la fin du mariage.

Personne n'y avait pensé, mais, au même instant pendant lequel Yéhoshua-Iésous avait demandé aux jeunes gens de servir le vin, le premier ministre du judaïsme avait écarté le voile du très saint salon et, pour la énième fois, y avait découvert ce que tant d'autres avant lui avaient eu la charge de taire, à savoir que ce voile-là ne cachait rien d'autre que le vide aux yeux des mortels ; beaucoup de vide, de silence et plus encore de poussière. Parce qu'il y avait bien des années maintenant que cette petite pièce toute sombre ne recelait plus rien d'autre que du vide en effet. Lorsque son peuple avait été attaqué puis en partie exilé à Babylone, là d'où provenait sa famille, les conquérants avaient volé le peu qu'il restait des trésors sacrés, soit les seules Tables de la loi mosaïque, les dix commandements, étant donné que le bâton fleuri d'Aaron et la manne – deux autres objets qui y auraient été placés jadis – avaient disparu des siècles auparavant… du temps des juges déjà. Quant à l'arche qui les contenait ainsi que les Tables de la Loi elles-mêmes, jamais elle n'était revenue d'exil [63]. Aussi, à l'instar de tant d'autres avant lui, de

---

[63] Selon le canon biblique, elle a disparu Dieu sait comment. Le second livre des Maccabées indique que le prophète Jérémie l'aurait cachée tandis que d'autres légendes la font disparaître en Éthiopie (où il existe d'ailleurs un temple interdit au public dans lequel les prêtres prétendent qu'elle se trouverait) ou sous le mont du Temple, car les sadducéens auraient eu le temps de la cacher peu avant que Pompée ne pénètre dans le temple puis dans le sanctuaire… complètement vide, d'après lui. Bref, personne, apparemment, ne sait ce que sont devenus ces objets sacrés.

tous ceux qui avaient osé franchir ce seuil, en pénétrant dans ce réduit, Josèphe-Caïphe avait-il simplement baissé les yeux en pleurant amèrement sur ce vide enveloppé de tellement de ténèbres et de silence ; un silence que seuls les battements de cœur du visiteur emplissaient en le déchirant... mais peut-être était-ce là un symbole ?

§

Peu de temps avant que repartent Yéhoshua-Iésous et ses élèves, profitant de ce qu'il se trouvait seul avec ceux qu'il avait beaucoup entendu discuter durant ces quelques jours de fête, Jean, l'un des trois jeunes assistants-cuistots-échansons de Myriam qui était aussi un grand ami de Pierre et André, afin d'en comprendre la technique surtout, se permit de le questionner à propos de ce « tour de magie » qu'il venait d'effectuer sous leurs yeux. Flatteur, il lui demanda :

— Dis-moi, maître, comment es-tu parvenu à réaliser ce prodige ? Et, pour autant qu'il en possède une, quelle histoire significative peut-elle l'accompagner pour le rendre plus attrayant encore ? Enfin, une dernière chose, m'apprendrais-tu à le réaliser ?

Quoi entendant, Yéhoshua-Iésous, sans lui reprocher sa fausse croyance en un fort habile tour de passe-passe, le corrigea-t-il sur la manière flagorneuse qu'il avait employée pour s'adresser à lui :

— Ne m'appelle pas de la sorte, Jean ! lui ordonna-t-il de ce même ton sévère qu'il employait avec toutes celles et tous ceux qui commettaient la même bêtise.

Comme beaucoup d'autres avant lui, Jean fut étonné de ce que cet inconnu connût son prénom sans que personne ne le lui eût confié auparavant, mais Yéhoshua-Iésous ne lui laissa pas le temps de l'interroger à ce sujet. Sans déjà l'instruire sur le fait qu'il n'était en rien magicien ou illusionniste, ce qu'il apprendrait de toute manière tôt ou tard, il lui expliqua, à la place, la raison de son mécontentement :

— Je t'en prie, Jean, gratifie-moi uniquement du titre d'ami ou de frère, voire de professeur, mais réserve ce terme de maître à Adonaï et à lui seul, le supplia-t-il presque. Car, à lui seul, il appartient puisque, de lui seul, les vivants sont amenés à devenir des esclaves. Des esclaves libérés des entraves matérielles et des besoins du corps non parce qu'ils seraient plus ascètes que d'autres, mais parce qu'une raisonnable gestion, le partage, l'égalité et l'amour peuvent régner en ce monde... selon nos choix. C'est là le poids de notre servage volontaire ! proclama-t-il à la ronde. C'est là notre responsabilité d'êtres librement assujettis à la volonté du Père ! Tu veux savoir quel pacte je viens de signer aujourd'hui ? lui demanda-t-il ensuite en particulier. Tu veux connaître le sens de ce signe paradoxal, de ce signe à la fois triste et heureux, de ce signe de libation, mais accompagnant une offrande volontaire, accompagnant le sacrifice d'une vie pour la joie du plus grand nombre [64] ?

Autant vous le dire tout de suite, Jean n'y comprit pas grand-chose… pas plus que les disciples du nazar ha ; ce qui serait d'ailleurs récurrent dans le récit de ce héros au moins littéraire qu'est Yéhoshua-Iésous et qui correspond assez à un jeu psychologique qu'il avait peut-être mis en place, inconsciemment, celui du « *personne ne me comprend* ».

Mais Yéhoshua-Iésous de continuer :

---

[64] Comme je l'ai signalé, le scénario de vie de ce patient-là contenait en effet, dès le début, l'idée du don de sa vie, d'un quasi-suicide en somme. Un suicide par personnes interposées avec, comme motivation principale, l'idée d'un bienfait universel à venir pour autrui, mais seulement possible par et après sa mort… à sa résurrection, si l'on y croit. Un scénario perdant, bien sûr, sauf pour qui croit en la résurrection. Un scénario qui engendre, qui plus est, une contradiction, celle de vivre « esclave » de leur divinité pour espérer « maîtriser » la mort grâce à son secours. Pour espérer être sauvé de la mort et, donc, de l'absurdité de la condition humaine qui repose pourtant, quoi que nous fassions ou pensions, sur un scénario perdant dès le départ puisque nous mourrons tous. Sa mère, son « démon », lui a inculqué comme mot d'ordre : « sois parfait » et son papa (soit l'aspect bienfaisant de son père charnel), sans doute l'idée de « fais plaisir »… à ta maman, notamment, à ton papa, à Dieu le père, etc. Par ailleurs, vous l'aurez remarqué peut-être, le fait qu'il parle toujours de son dieu en le nommant Père, est assez significatif, à mon avis, de ce que l'absence du papa physique – mort peut-être –, est fort mal vécue par lui. En outre, il semble que le probable décès de son père charnel lui ait laissé un autre mot d'ordre dans la tête, à savoir « essaye plus fort ». Je dirais que, d'une part, sa sorcière de mère lui a inculqué l'idée du « sois parfait » tandis que son père lui enfonçait l'idée du « fais plaisir » puis que, tour à tour et ensemble parfois, l'un et l'autre, ses parents ont aussi appris à leur gentil petit crapaud une semblable devise : « on n'est pas sur Terre pour soi-même, mais pour être au service des autres ». Pourtant, en changeant de stratégie, en abandonnant son premier métier d'ébéniste pour devenir évangéliste, soit un prédicateur-professeur itinérant dont les leçons étaient gratuites, ne transforma-t-il pas ce scénario me demanderez-vous ? Eh bien, non ! En fait, les grandes lignes sont restées les mêmes. Ce ne sont que les polices de caractères qui ont changé. Au lieu de s'en remettre à la rigueur de son père, Josèphe, il a décidé de s'en remettre, d'une manière plutôt extrême d'ailleurs et en adoptant le modèle du « dévoué » implanté dans son esprit par sa mère, il a décidé de s'en remettre, uniquement, à la générosité du Père ; soit un super être qui, jamais, n'abandonne personne ou ne meurt… puisqu'entité métempirique, c'est-à-dire par-delà le matériel. Mais cela en continuant pourtant avec la même devise, vu qu'il est venu accomplir, selon ses propres dires, non pas sa propre volonté, mais celle de cette susdite entité supra physique.

— Ce prodige, comme tu dis, célébrait les noces de la proie avec son destin de gibier. En le voyant, en le vivant, vous avez été témoins, à l'avance, que mon périple, tout comme le baptême de l'esprit dont j'ai parlé à mes frères, n'est pas une alliance de complaisance ni une sinécure, mais un véritable mariage. C'est une noce en effet. Une noce pour le meilleur et pour le pire. Une noce qui ne prendra pas fin avec la mort cependant. Jean, par cette eau transformée en vin, ajouta-t-il sans lui laisser le temps de le questionner à propos de ce qu'il venait de lui confier d'étrange, j'ai signé et montré un pacte aussi définitif que symbolique avec le Très-Bas. Un pacte contre le haut mal qui frappe le monde. Un pacte de guerre à mort et sans merci. Dès lors, vu que bientôt, très bientôt, viendra le temps des moissons, il nous faut semer sans tarder le blé de la parole du Très-Bas [65], le prévint-il finalement en commençant de partir pour retrouver ses quatre disciples.

Mais il n'eut guère le loisir de le faire parce que, dès qu'il eût terminé sa curieuse explication et qu'il se fut levé, une autre personne se dressa devant lui. Couvert d'une seule tunique, un bâton en main, son anneau d'or enlevé et abandonné pour qui en voudrait, le visage blême, le regard hagard et la voix rauque, ce triste sire qu'une cinquantaine d'années environ avaient déjà éprouvé tomba nez au sol.

— Laisse-moi te suivre partout où tu iras, le supplia-t-il… prêt à partir en leur compagnie pourvu qu'ils l'acceptent comme l'un des leurs. Je reconnais en toi le netzer du prophète Esaïe [66]. Apprends-moi à devenir un gardien du royaume, moi aussi ! Car, depuis le moment où tes paroles m'ont conquis, j'ai juré de délaisser cet homme de violence qui rugissait en moi, cet homme mort qui pesait trop lourd et qui me poussait toujours à commettre le pire pour les autres tout comme pour moi-même. Et, puisque je vois que tu vis selon la grâce de celui que tu nommes le Très-Bas, je jure donc pareillement de délaisser l'être de possessions qui m'a hanté jusqu'à présent, lui confia-t-il haut et fort afin que tous l'entendent. Puisse l'abondance de celui que tu nommes Origine s'avérer prodigue envers toi, nazoréen d'Élohim [67], gardien

---

[65] On pouvait commencer à semer le blé au cours de ce mois de Tishri.
[66] Isaïe 11, 1
[67] Élohim : ce terme pose de gros problèmes aux religieux et il est présenté comme étant l'un des noms de Dieu lorsqu'il préside à la création. Le terme est au pluriel cependant et laisse entendre qu'Origine créa les Élohim en premier lieu (Gen. 1, 1 : Béréshit (Commencement) bara (créa) Élohim (les sept esprits de Un, selon les Pirqué de Rabbi Éliézer). Mais on peut aussi lire : Origine créa les Dieux. Le monothéisme était-il donc, au départ, un courant qui dénigrait l'existence des autres divinités ou simplement un courant qui prétendait le sien plus

des étincelles de la vie… ainsi qu'envers nous tous, si tu daignes m'accepter comme élève.

Ému par un tel acte de contrition – et un tel pacte de soumission –, le nazar ha accepta sans rechigner ce sixième adepte. Ce sixième adepte que, fraternellement, mais très traditionnellement, afin de le rassurer, il congratula d'un retentissant :

— Qu'il en soit ainsi !

Ce qui rassura effectivement Simon, cette brute épaisse de cordonnier qui avait été touchée, sinon par ses paroles, au moins par son miracle. Ensuite, sans ajouter un mot, l'ancien charpentier releva l'ancien zélote puis l'accueillit en le serrant fort dans ses bras. Ce faisant, zieutant alentour, il remarqua que le terme de nazoréen [68] que Simon venait d'employer avait fort impressionné ses autres élèves. Tellement que, à partir de cette fête du Grand Pardon, cette étiquette deviendrait le seul label qu'ils emploieraient pour désigner et faire connaître leur groupe. Ainsi, ce jour-là, ce pyromane de cordonnier, cet être au cœur de cuir, de feu et de fer, devint-il le sixième à tout quitter pour ne plus vivre que selon l'enseignement de ce prétendu gardien d'un Royaume invisible, pour ne plus vivre que selon l'enseignement de ce prétendu gardien en espérant de devenir plus tard… pyromane de Dieu, récipiendaire et colporteur du feu de l'Esprit cette fois-ci ; ce qui ne serait peut-être guère mieux…

En revanche, ce serait une toute autre mélodie qu'un hymne à la joie et à la paix d'un doux dingue qui parviendrait aux oreilles des dirigeants du sanhédrin. Car plusieurs témoins de son miracle, des gens qui avaient entendu les étranges paroles qu'il avait prononcées peu après ce merveilleux tour de magie, mais ne les avaient pas comprises, plusieurs témoins s'étaient mis à claironner à travers toute la contrée ce qu'ils disaient être une heureuse nouvelle, la meilleure depuis longtemps :

— L'évangile d'un certain Yéhoshua-Iésous de Galilée s'engage à rallumer le feu, s'exaltaient-ils. Il s'engage à reprendre la chasse au loup afin de

---

fort que tous les autres sans pour autant en nier complètement l'existence ? C'est possible, mais, tout compte fait, ces Élohim sont peut-être aussi seulement les « entités » idéales que nommait Jeber-Jésus, à savoir Logos, Vie, Paraclet, Malkhout, etc. ou les séphirots de la Kabbale.

[68] Sans doute un mot dérivé à partir de la contraction de l'expression « natzar ha », gardien de, veilleur. Au début du siècle suivant, les premiers chrétiens seront d'ailleurs appelés, par moquerie, des Nozrim.

les exterminer jusqu'au dernier. Et bientôt, suggéreraient aussi ces ignorants, en veillant à ne pas trop en dire non plus, oui, bientôt, très bientôt, le sang de ces sauvages animaux coulera donc de nouveau... comme offert en holocauste... comme un doux parfum aux narines de notre Adonaï (*sic*).

Ce qui eut pour résultat que la surveillance des routes s'accrût considérablement vu que, en dépit de la vingtaine d'années qui les en séparaient, ne se souvenant que trop bien des horreurs et des très nombreuses nécroses sociales qu'avait causées la rébellion des zélotes, les Romains, tout comme les sadducéens, redoutaient véritablement qu'un tel virus enfiévrât de nouveau toute la société. Par contre, paradoxalement, le sentiment d'insécurité s'accrut lui aussi parmi le peuple vu que la populace avait bien plus peur des soldats romains – des impurs qui se mirent à grouiller de partout – que des brigands juifs ou grecs.

§

Diagnostic préliminaire : le patient « Jeber-Jésus » souffre d'une phobie de l'abandon et de la solitude. Il a peur d'être lui-même, mais il a plus peur encore d'être heureux sans être au service de... ; de vivre autrement qu'en servant une Cause. Une Cause qui aurait probablement pu être autre chose pour autant qu'elle l'eût mené au même genre de conclusion ou de sortie de scène, pour autant qu'elle lui eût permis de mettre en place un semblable arrêté de scénario suicidaire... par procuration. Bref, il a peur de ne pas assez faire plaisir (à son père invisible) et cherche à être parfait en faisant toujours plus d'efforts... (pour recevoir des coups et accroître d'autant les torts de ses futurs Judas ou tortionnaires) ; le tout épicé par une volonté sournoise de faire des bêtises afin d'être rejeté et pouvoir donner libre cours au jeu du gendarme et du voleur...

2ᵉ jour de lumière : Pessa'h – 1ʳᵉ fête du passage de l'ange assassin

« La lumière se lève dans les ténèbres pour les hommes droits, pour celui qui est miséricordieux, compatissant et juste. » Ps. 112, 4

De la « consolation » vers la « paix » ou de l'étang vers l'égout

Après la noce de ce mois de septembre 3787, Yéhoshua-Iésous le nomade, Yéhoshua-Iésous le vagabond, Yéhoshua-Iésous le clochard, Yéhoshua-Iésous l'illuminé – comme le surnommeraient bientôt la plupart de ses opposants –, prit de nouveau la route en compagnie de sa « bande ». Suivi du jeune apprenti Jean, de sa mère Myriam ainsi que de ses disciples, il se rendit jusque Capharnaüm. Là, pendant que son mari pêchait, Salomé, la mère d'André et de Simon, les reçut cordialement dans sa maison. Quoique sobre, sinon frugal, l'accueil y fut généreux parce que, même s'ils vivaient plus chichement que beaucoup d'autres – puisqu'ils possédaient tout de même deux bateaux de pêche –, la richesse n'était pas maîtresse de la famille de ces marins pêcheurs. Toutefois, en dépit de cette situation économique plus ou moins précaire, ils savaient recevoir comme il faut un hôte. Parmi les personnes présentes d'ailleurs, seul Jean possédait un certain avoir familial. Son père, Zébédée, vendait en effet quantité d'animaux à Tibériade ainsi qu'à Césarée. Car, depuis la création de cette cité multiculturelle, sachant qu'il avait là un moyen de bien gagner sa vie, Zébédée s'était spécialisé dans le commerce des espèces les plus hideuses de la création, du crapaud au serpent en passant par la chauve-souris, le scorpion, le scarabée, l'araignée, etc. Et, quand bien même il se doutait que les gens à qui il les vendait leur réservaient un usage occulte, à vrai dire, n'étant pas plus croyant que cela, leur sort ou leur destin lui importait fort peu. En outre, vu la demande exponentielle de ces créatures-là, au point où son commerce florissait en toutes saisons à présent, il se répétait souvent, en se tapant le poing droit dans la main gauche, avoir agi pour le mieux lorsqu'il avait abandonné la pêche pour la chasse ;

tant il est vrai que les devins, les magiciens ou les trifouilleurs d'entrailles, tous ces gens que les Romains nommaient non sans dédain des « mathématiciens » [69], sont d'autant plus révérés et consultés que les temps sont durs et que les gens souffrent en craignant vaines et absurdes toutes leurs épreuves, sinon leurs espérances elles-mêmes.

Néanmoins, pour Jean, que son jeune âge protégeait pour le moment de ce travail fort impie aux yeux de la Loi mosaïque, cette richesse n'était que virtuelle étant donné qu'il ne pouvait guère en jouir. D'autant moins que son père, un homme assez bourru, un homme devenu aussi laid qu'asocial depuis qu'il avait eu la petite vérole, appréciait fort peu que son cadet traînât régulièrement avec des gens tels que Simon et André. Il lui avait déconseillé de le faire, mais, vu qu'il était veuf, le fait que son puîné puisse trouver un hébergement de temps à autre n'avait rien pour lui déplaire non plus. Ce qui fait que, maintenant, comme il y était toujours fourré, son puîné se sentait plus en famille chez Salomé que dans sa propre maison. Son état de cadet lui laissait, qui plus est, une certaine liberté dont son frère aîné, Jacques, par contre, ne jouissait malheureusement pas. De fait, son aîné était obligé, pour sa part, d'assister leur paternel soit en chassant soit en vendant avec lui ces animaux infernaux qui les faisaient vivre… et bien vivre en plus. Puis, il faisait cela si bien que, si leur géniteur ne plaçait presque plus aucune espérance dans les aptitudes de son petit dernier pour ce commerce-là, il croyait de plus en plus fermement que le premier de ses fils pourrait très certainement – et très heureusement parce que fort lucrativement – lui succéder sans aucune difficulté. En revanche, autant vous le dire franchement, personne d'autre ou presque que les fils et la femme de Jonas, le père de Pierre et André, n'appréciait cette famille sans honte de gagner sa pitance sur l'impureté [70].

— Zébédée, disait-on derrière son dos, vend son âme ainsi que celle des siens en échange de l'argent maudit du malin.

Or, il faut bien l'avouer, attendu que, de tout temps, avec les dévots tout comme avec les superstitieux, ce sont toujours les pires sottises qui rapportent le plus, l'argent coulait à flots sur sa maisonnée. Quel luxuriant commerce que celui des chaînes et des boulets pour troglodytes aliénés, n'est-ce pas !? Quelle enrichissante entreprise que celle-ci ! D'autant que, soit dit en passant, en dépit de ce que la plupart considéraient sa provenance d'un fort

---

[69] Authentique.

[70] La plupart des animaux cités sont considérés comme impurs dans la religion judaïque.

mauvais œil, personne ne refusait non plus d'en empocher un peu au passage de cet argent maudit du malin.

Pourtant, malgré le merveilleux accueil de Salomé, leur hôtesse, Yéhoshua-Iésous ne s'attarda pas bien longtemps chez elle… parce qu'il la savait fébrile. Tout à l'inverse de son époux, qui était un robuste gaillard jouissant d'une santé de fer, il n'en allait pas du tout de même pour elle, qui était fort souvent languide ou malade. Quant à Myriam, sa propre mère, elle était repartie la première vers leur village et, bien qu'elle ait vu le miracle que son rejeton avait accompli durant la noce, elle demeurait dubitative et rien moins qu'incrédule… comme je l'ai dit, elle le pensait seulement habile à réaliser des tours de prestidigitation ou de magie ; des tours qui, elle en avait peur, finiraient sans doute, un jour ou l'autre, par se retourner contre lui et par jeter le discrédit sur toute sa famille ou sur tous les habitants de son village caché. Aussi, Yéhoshua-Iésous et ceux auxquels il enseignait depuis peu non seulement ne l'y suivirent-ils pas, mais s'établirent-ils plutôt dans une demeure attenante à celle de Jonas et de Salomé ; un vaste local que le cousin de Nathanaël mit généreusement à disposition de leur petite communauté religieuse. Ensuite, lorsque l'hiver fut passé, peu avant la fête de Pâque de l'an 3788 (an 28), accompagné de Joël-Philippe, de Nathanaël-Jacques, de Simon le zélote, de Simon-Képhas, d'André, de Jean ainsi que de son frère Jacques qui était parvenu à échapper à leur père sous prétexte de surveiller son cadet, mais qui avait été, entre-temps, entièrement conquis aux enseignements du nazar ha – au point de désirer s'installer avec eux au grand dam de son paternel –, ensuite, disais-je, les nazoréens se rendirent tous à Jérusalem. Or, pour le judaïsme d'alors, cette commémoration de la Pâque était déjà la fête la plus importante. Chaque croyant, selon son état de santé ou ses disponibilités financières, se devait de se rendre au temple afin d'y célébrer la fin de l'esclavage et de l'exil en y sacrifiant un agneau ou une colombe. Mais, si l'on y célébrait la liberté retrouvée, l'on y fêtait aussi un tout joyeux massacre d'innocents puisque la Pâque juive commémore non seulement la libération hors d'Égypte qu'aurait vécu le peuple hébreu sous la conduite de son grand gourou Moïse, mais, bien plus encore que cette prétendue sortie miraculeuse, elle signale surtout le passage nocturne de l'ange massacreur d'enfants – sens véritable du mot Pessa'h –, que trop de croyants vénéraient ardemment, selon Yéhoshua-Iésous. Bien entendu, un tel déplacement s'avérait souvent aussi pénible que coûteux vu que chaque croyant se devait d'y sacrifier les différents animaux prescrits par la Loi et achetés sur place, plus ou moins chèrement selon le taux de change en vigueur, dans l'une des florissantes officines du temple. Lesquelles officines appartenaient toutes au seul sadducéen Anne, le beau-père de l'actuel grand-prêtre Josèphe-Caïphe. Et, tout en s'y rendant d'un bon pas, Yéhoshua-Iésous, mystérieux, de leur confier :

— Nous allons vers le Saint Lieu dans le but d'y célébrer un grand jour, mais, en vérité, l'ange de la mort n'est qu'un oiseau de nuit tandis que celui de la vie est présent tout le temps. Car c'est tous les jours et toutes les nuits, à présent, que chacun pourra sortir de la vase des terres du limon (c'est-à-dire de l'esclavage au « cela »). Et, tous les jours ainsi que toutes les nuits, le « Tu » éternel le guidera alors vers la terre des promesses… vers les véritables arpents de sa liberté. Qui plus est, seuls celles et ceux qui comprennent ces paroles peuvent espérer entrevoir le Royaume du salut, le Royaume de Un.

§

Selon les textes du judaïsme, inventions sacralisées pour les uns ou généreux cadeau pour les autres, plusieurs siècles auparavant, à la suite d'une famine, la tribu descendante d'Abraham, un Mésopotamien [71] pérégrinateur – nomade donc – qui avait, paraît-il [72], vagabondé jusque Canaan, s'était rendue jusqu'au royaume des pharaons afin d'y demander asile. Mais, lorsque l'intendant du maître de l'Égypte, toujours selon la Bible, encore un Joseph, un Joseph qui était même l'arrière-petit-fils du susdit Abraham, lorsque l'intendant du maître de l'Égypte qui y avait accueilli son père et ses frères en dépit de leur faute à son égard – ils avaient voulu le tuer, l'avaient enfermé dans un puits puis l'avait finalement vendu comme esclave –, lorsque ce Joseph-là ne fut plus qu'un vague souvenir, que des centaines d'années se fussent écoulées entre son temps de bontés et les quatre siècles d'opprobre et d'esclavage qu'auraient connues les membres de sa famille-tribu, une

---

[71] Abraham venait d'une région qui couvrait l'actuelle Syrie, la Mésopotamie, l'Arménie, la Chaldée, l'Élam et l'Assyrie. Selon ce que l'on croit en savoir, son père aurait été un vagabond. Un araméen voyageur sans attaches ni identité territoriale, bref un nomade pasteur. Abraham aurait quitté Ur en Chaldée (Mésopotamie) pour venir s'installer à Canaan.

[72] Cela dit parce qu'aucune de ces histoires n'est encore un fait historique, corroboré par de multiples sources éventuellement contradictoires ou dont la vérité eut été révélée par quelques trouvailles archéologiques. La Bible est un livre religieux, pas un livre d'histoire. En tant que tel, aucun des « faits » qui y sont présentés n'est véritablement un fait au sens contemporain du terme, uniquement une interprétation. Une interprétation, dont le critère, l'étalon de mesure, est la seule foi. Rien, actuellement, ne semble contredire l'idée que l'Ancien Testament et ses histoires ont été écrites, et inventées peut-être, vers le VIᵉ ou VIIᵉ siècle av. J.-C. par exemple, voire plus tard encore, vers le IVᵉ s.

personne, un certain Moïse, se serait levée pour la cause des siens en prenant tous les risques pour eux. Un parangon du salut qui serait parvenu à libérer son peuple du joug d'un maître sans états d'âme après dix vilains tours pas piqués des vers, dont le dernier consista – aidé en cela par l'ange assassin de la seule et unique divinité qui existât selon lui –, à faire mourir tous les premiers-nés égyptiens [73].

Pourtant, si les Hébreux, au début, soit la majeure partie de celles et ceux qui deviendraient les Israélites, quittèrent la terre noire d'alluvions emplis d'une joie sans bornes, assez vite, ils se mirent à rechigner et à regretter ces terres réelles qu'ils avaient abandonnées au profit de terres uniquement possibles, de terres virtuelles qu'il leur faudrait conquérir les armes à la main de surcroît. Possédés qu'ils furent alors par le sentiment croissant, aussi lourd qu'angoissant, d'avoir lâché la proie pour l'ombre, ils regimbèrent sans arrêt à continuer de suivre leur guide.

— La marche est trop rude, se plaignirent-ils régulièrement.

— Le désert trop chaud le jour ou trop froid la nuit.

— La nourriture introuvable, voire dégoûtante.

— Et que dire de l'eau ?

Pour ne rien améliorer à cet état de fait, n'ayant plus du tout l'expérience de telles expéditions dans le désert, puisqu'ils s'étaient sédentarisés depuis plusieurs siècles, n'étant pas prêts non plus à faire la guerre comme des sauvages aux peuples qu'ils voulaient spolier de leurs terres, leur divinité maligne ne fit, dit-on, que leur faire réaliser détour sur détour en les faisant s'arrêter ici ou là pendant quarante ans. Car acquérir la liberté ne suffit pas – et ne suffit à personne –, encore faut-il savoir quelle en est la valeur et comment la gérer en effet. Trop habitués à servir ou à voir les idoles ainsi qu'à vivre

---

[73] Plusieurs archéologues israéliens pensent, aujourd'hui, que ce récit imaginaire pourrait trouver son origine au VIe - VIIe siècle av. J.-C. Une certaine logique les accompagne, me semble-t-il, puisque le texte biblique, dès le début, accorde une énorme importance à la Mésopotamie, berceau des nations, lieu du déluge (reprise des figures angéliques telles que les séraphins), berceau de la famille d'Abraham (faisant des Hébreux de lointains parents de ces peuples qui vivaient au-delà de l'Euphrate). Il présente aussi l'Égypte comme étant le pire ennemi des juifs. Les Égyptiens les ayant maintenus en « esclavage » le plus longtemps et sans faire preuve d'aucune pitié à leur égard. Mais, actuellement, tout porte à croire que les Égyptiens de l'antiquité étaient l'un des rares peuples à ne pas pratiquer l'esclavage cependant, tel qu'il est décrit dans ce récit mythique... Et aucun témoignage ni aucune découverte ne viennent corroborer l'existence d'un peuple monothéiste, les Hébreux, vivant en Palestine durant cette période.

des avantages qu'offrent les villes surtout, ces citadins redevenus brutalement nomades furent donc vaincus par ces nouvelles épreuves et demeurèrent tous dans l'aride sécheresse du doute… en renâclant jusqu'à la fin de leur vie. Une génération entière de déracinés qui, plus d'une fois, souhaitèrent de retourner vers le bourbier qu'ils avaient si coûteusement quitté en espérant de ré ingurgiter au plus vite les mets qu'ils avaient « vomis » peut-être un peu rapidement. Ils maudirent d'ailleurs tellement de fois, à gorges déployées, leur saint sauveur Moïse que ce fut uniquement leurs enfants qui finirent par en sortir libres de ce désert-là ; des enfants énergiquement nettoyés des cités égyptiennes par le sable omniprésent ainsi que par la seule grâce d'une divinité des nécessités, d'une divinité d'aujourd'hui. Nourris par la manne, trop rare, par des cailles, plus rares encore, abreuvés par des sources si fluettes que, lorsqu'elles n'étaient pas taries, il fallait des heures pour que leurs troupeaux s'y puissent désaltérer, rendus presque fous par la furie de vents indomptés par des murs et échaudés en diable durant quatre décennies, leurs enfants furent effectivement, selon leurs textes sacrés, les seuls survivants qui purent franchir le Jourdain, soit l'ultime frontière naturelle qui les séparait de ce pays qu'ils devaient conquérir. Mais cette rivière-là, dernière limite entre l'ancien et le neuf, ne les sépara que le temps de trouver un gué favorable. Un passage pour enfin débouler et prendre possession de leurs terres espérées ; de bien tristes terres pourtant… en comparaison des immenses richesses naturelles du delta du Nil qu'avaient abandonnées leurs parents.

Or, selon cette légende dorée, le jour qui précéda leur départ d'Égypte, les Hébreux avaient préparé un agneau sans tache dont ils avaient badigeonné de sang les linteaux de leur porte pour indiquer à l'ange de la mort de ne pas prendre de vie en ce lieu protégé par le sang d'un sacrifice. Aussi, depuis qu'ils croyaient en cette sanglante fable-là, afin de commémorer la venue de cet infernal fléau céleste, prémices de cette miraculeuse libération qu'aucun autre texte que les leurs ne relate par contre, tous les croyants respectaient-ils cette fête de réjouissances au nom de leur divinité solitaire, mais fort peu solidaire, en sacrifiant au moins un tel animal. Toutefois, selon Yéhoshua-Iésous, dans l'esprit de beaucoup trop de ses compatriotes, cette fête du repentir – qui eût dû amener les hommes à considérer sérieusement quel était le prix de la liberté, celui de l'inégalité et du favoritisme, de l'horreur, de la violence et du carnage, celui de la mort d'innocents humains et d'innocents animaux – cette fête du repentir n'avait, pour ainsi dire, jamais été vécue comme telle.

— Elle n'a donné naissance qu'à une fête pour Azraël, l'ange de la mort, pérorerait d'ailleurs le nazar ha assez souvent à ce sujet. Azraël, leur véritable père donc… tandis que leur maître, toujours dixit le Galiléen, s'appelait Mammon pour sa part.

Pendant qu'ils erraient dans le désert, les fuyards avaient cependant construit un tabernacle, leur tout premier. Une immense tente rectangulaire dans laquelle ils avaient déposé la célèbre Arche d'alliance. Arche que, en bons campeurs qu'ils étaient redevenus, en bons nomades, ils trimballèrent plus tard d'un lieu à l'autre, y compris lorsqu'ils se furent répandus dans l'ancien pays de Canaan. Puis la légende signale que, vers l'an mille avant notre ère, Salomon, le troisième roi légendaire de ces anciens nomades de nouveau sédentarisés, aurait fait remplacer ce tabernacle de bois et de tissus par leur premier temple de pierres, à savoir un vaste sanctuaire dans lequel il aurait fait installer cette boîte à souvenirs dans laquelle, longtemps, s'empoussiérèrent les deux Tables de la Loi. Une espèce de boîte temporelle ou une trousse médicale. Une boîte temporelle-médicale censée venir à bout de tous les maux que n'avait pu nous épargner le maigre reste de celle de Pandore en somme… Une boîte qui était bien le seul souvenir rescapé de leur périple, à son époque, puisque ni le bâton fleuri d'Aaron, le frère de Moïse, ni le peu de manne que ce même Aaron, premier des souverains sacrificateurs, y avait déposés, ne s'y trouvaient déjà plus. Ainsi, ce prétendu Roi Salomon, présenté comme un homme aussi sage que fin stratège, afin de mieux diligenter son royaume sans doute, en agissant de la sorte, aurait-il donc obligé ses sujets à se rendre chaque année dans l'ancienne ville des Jébuséens que son père David, après qu'il l'eût acquise, avait renommée Jérusalem [74], devenue la capitale de son royaume ; réunissant ainsi dans la même cité à la fois le pouvoir temporel et spirituel... afin de le mieux surveiller probablement. Mais, ce faisant, en voulant agir diplomatiquement tel un gouvernant subtil et malin, tel un gouvernant centralisateur qui se voulait, sinon équitable, au moins sage – puisqu'il pourrait de la sorte toujours garder un œil sur leur plus grand trésor en même temps que sur les détenteurs du pouvoir spirituel et d'une partie du pouvoir judiciaire –, ce monarque détenteur du pouvoir temporel avait ainsi créé une caste de prêtres citadins de plus en plus déconnectés des réalités de la vie paysanne, de plus en plus détachée de la vie que

---

[74] De « Jireh : qui pourvoit », selon Abraham, et « Salim : la paix », selon Sem. Elle se nommait cependant, lors de son rachat, Jébusalem (la paix de Jébus). Dans le Pentateuque, dans le livre de l'Exode, notamment, le nom de YHWH est employé à cet endroit comme s'il le révélait enfin aux hommes.

menaient la majorité des sujets de son royaume donc, de son royaume recentré.

Quoi qu'il en soit, depuis lors, et mises à part les quelques décennies où l'aristocratie judéenne aurait été emmenée en captivité à Babylone à la suite d'une guerre perdue au VIᵉ siècle av. la petite grenouille-crapaud-pas-du-tout-prince-charmant, tandis que, pour sa part, la plèbe s'exilait volontairement en Égypte en compagnie de l'un de ses prophètes, un certain Jérémie – mis à part aussi la brève période d'occupation grecque qui avait précédé la révolte des Maccabées puis l'alliance qu'ils avaient conclue avec les Romains en -161, laquelle s'était terminée en fiasco puisque Cnaeus Pompée tout d'abord s'était permis de violer le Lieu Très Saint en y pénétrant puis que Marcus Crassus, peu après, leur en avait dérobé tout plein de trésors –, depuis lors, pas une année ne s'était écoulée sans que cette importante célébration ne soit rendue avec de vibrants hommages de la part de toutes les communautés religieuses ; des communautés qui avaient essaimé, entre-temps, un peu partout autour de la Méditerranée.

Importante était donc cette fête du passage de l'ange protecteur d'Israël. Plus qu'importante, essentielle ! Car elle marquait, notamment, le décompte du jour où Ehyeh [75], dardant ses rayons de feu au travers d'un buisson tout en haut d'une montagne, leur avait proposé un pacte. Un contrat qui, en échange du respect de dix lois prétendument dépuratives de tous les vices et de toute mauvaise foi, leur offrait le pardon. Dix recettes en tout qu'ils avaient immédiatement tous acceptées avec complaisance et joie… afin de mieux les rompre dix mille fois par la suite. Dix pseudo remèdes qui, rapidement, et bien que leurs prophètes, au contraire de leurs prêtres, les aient progressivement réduits par la suite à peau de chagrin, à savoir l'obligation de s'entre-aimer uniquement [76], étaient passés peu à peu, après l'érection du Tabernacle, de dix à six cent treize ; six cent treize juges de glace et de feu.

En conséquence de quoi, à cette période de l'année, toutes les routes de Judée se couvraient-elles d'une gigantesque marée humaine. Donc, durant cette période de liesse qu'était la Pâque, de leur côté, les légionnaires romains ne savaient plus du tout où donner de la tête. D'autant plus que, comme partout ailleurs dans le monde, à toutes les époques, en de telles occasions, si beaucoup de croyants se rendaient avec un cœur sincère vers leur fête joyeuse, d'autres personnes en revanche, parfois aussi nombreuses sinon

---

[75] Nom de Dieu qui signifie « je serai ».
[76] Selon le livre d'Amos.

plus, y voyaient surtout quantité de bonnes occasions d'y commettre toutes sortes de larcins profitables, de délits rémunérateurs ou de funestes crimes. Or, si les légionnaires s'y répandaient en grand nombre à ce moment précis de l'année – et presque uniquement à ce seul moment-là d'ailleurs – c'était parce que, entre autres choses, à ce moment-là, parmi cette populace échaudée, se trouvaient toujours de fervents disciples de la solution finale et barbare à la sauce zélote. Ce qui rendait le maintien de la paix des plus compliqués et des plus risqués tant ces fanatiques étaient convaincus que l'ange assassin les aiderait, encore une fois, contre leurs ennemis. Dès lors, si, en d'autres temps, leurs conquérants sournois ne s'affichaient pas trop ostensiblement dans cette cité-là, préférant l'abandonner à la surveillance des soldats du temple ainsi que d'une unique garnison romaine, durant cette importante commémoration, y grouillaient-ils. Car la Judée se mettait à si vite pulluler d'âmes – des âmes aussi anxieuses que promptes à la bagarre parfois – que l'ancien village de Jébus, du jour au lendemain, se métamorphosait en un gigantesque brasier… qu'un souffle suffirait probablement à aviver puis à faire s'étendre à l'ensemble du pays.

Effectivement, pendant toute cette semaine sainte, tellement il y avait de pèlerins qui s'agitaient les sens et l'esprit en craignant perdre qui leurs biens qui leur santé qui d'autres leur âme, l'autel des sacrifices – le grand barbecue –, du matin jusqu'au soir, y crachait sans relâche flammes, cendres et poussières crématoires. Aussi, chose exceptionnelle pour eux, durant ce rassemblement qui voyait débarquer des croyants de souche, des prosélytes et des Craignants-Dieu d'un peu partout du monde connu, les soldats romains se devaient-ils de s'y rendre en beaucoup plus grand nombre afin de contenir les possibles débordements de ces gens que risquait d'enivrer le sang de tous ces sacrifices présentés en holocauste pour leurs péchés ou présentés en offrande à leur divinité aussi jalouse que prétendument conquérante. Puis, vous le savez sans doute, plus la misère est grande, plus le nombre de victimes offertes sur les autels de nos peurs augmente. Et plus grande est la peur, plus valeureuse et innocente doit être la proie. (Plus le vêtement est sale, plus riche en enzymes doit être la lessive…)

§

Parmi toutes les villes de Judée, Jérusalem était la plus vaste, la plus bouillonnante et la plus vénérée surtout. Toutes ses places et tous ses carrefours n'étaient-ils pas remplis de mille vestiges du passé ? Des ruines antiques qui ne cessaient de rappeler à tous les natifs du pays ces temps bénis où personne d'autre qu'eux n'y régnait en maître, ces temps bénis où leurs lois religieuses – et donc le droit de vie et de mort – prévalaient sur les lois romaines. Certains en étaient d'ailleurs devenus tellement toqués qu'ils se mettaient à sombrer dans la pire des idolâtries, celle qui consiste à sanctifier un lieu ou une cité comme s'il s'agissait du seul endroit où ils pouvaient vivre leur foi ; vivre leur foi, sacrifier… et massacrer pour leurs ~~folies~~ croyances. Cela malgré le fait que, pendant de très longs siècles avant ce début du premier millénaire chrétien, chose peu connue, il est vrai, et moins documentée encore, ce n'était pas un, mais trois temples juifs qui avaient plus ou moins coexistés. Trois sanctuaires dans lesquels les croyants avaient apparemment pu offrir des holocaustes, l'un ayant été érigé en Mésopotamie, l'autre, qui avait disparu depuis lors, en Égypte (à Éléphantine) et le dernier en Judée. Néanmoins, depuis l'arrivée au pouvoir des familles sadducéennes venues d'Égypte et de Mésopotamie sous l'impulsion d'Hérode le grand, celui de Jérusalem avait pris une importance fort exagérée pour l'identité nationale ; symbolisant, pour la plupart des croyants – mais pas des esséniens ni non plus des zélotes ou des nazoréens –, la révolte contre l'oppresseur du simple fait que leurs chefs religieux avaient osé soustraire à l'empire sa taxe sur les échanges monétaires… chose sur laquelle nous reviendrons dans un instant.

Pour le moment, sachez que, lorsque l'on abordait cette cité en arrivant de Galilée via l'une des routes qui traversaient la Palestine, la première impression qu'elle laissait était celle d'une imprenable forteresse… de blancheur. Car une épaisse et haute muraille immaculée se dressait tout autour d'un flot continu de petites maisons chaulées si peu espacées que l'on ne savait trop dire s'il s'agissait d'une seule immense habitation ou d'un amoncellement de plusieurs, imbriquées les unes dans les autres, voire posées les unes sur les autres. De loin, Jérusalem paraissait être un gigantesque gâteau. Un gâteau dont d'immenses bougies, des tours sur lesquelles de vigilants soldats romains se postaient nuit et jour, garnissaient le pourtour. Or, trois de ces tours, titanesques et presque monstrueuses, dépassaient toutes les autres en hauteur : la tour Hippicus, haute de 36 mètres ; la tour Phasaël, de 4 mètres 50 son aînée ; et leur cadette, la tour de Mariame, qui ne culminait qu'à 27 mètres 50. Puis, comme toutes les trois étaient construites sur des collines, elles jouissaient d'une situation géographique qui leur permettait de dominer la cité en l'ombrageant de leur très envahissante présence. Une présence oppressive. Une présence qui scrutait les moindres faits et gestes des gens d'en bas… de tous les grouillants au ras du sol. Colossal signe de soumission donc, qui ne manquait jamais de rappeler, à toutes et à tous, l'infamie que représente la condition de peuple conquis par la ruse et la force ; toutes fourmillantes qu'étaient toujours ces horribles bougies de pierre d'odieux soldats en jupette.

Ensuite, derrière ces trois beffrois de la honte, occupant l'est et le nord-est de la ville haute où trônait aussi le sanctuaire, se dressait, et s'étalait, le somptueux palais qu'Hérode le grand s'était fait construire durant son règne. Un palais plus splendide et plus richement décoré encore que le temple lui-même et que l'on voyait de très loin. Bâti en marbre blanc, ce palais royal, devenu par la suite le siège du tribunal romain et le lieu où vivaient les procurateurs pendant leur séjour à Jérusalem, ce palais était ceinturé par une enceinte de 13,50 mètres de haut, soit une muraille si haute, pour une demeure citadine, qu'elle lui donnait l'air d'être une forteresse plutôt qu'un palais. Une forteresse à l'intérieur de laquelle se trouvaient un grand nombre de très luxueuses salles de festin. Des salles immenses, garnies de cent banquettes au moins, où quantité de pierres précieuses, aussi rares que variées, embellissaient les murs. Et l'on y trouvait aussi, outre de gigantesques miroirs, des plafonds si admirablement peints qu'ils éclaboussaient les yeux des quelques privilégiés qui avaient la chance de pouvoir les contempler de plus près. D'après ce que ces rares visiteurs en racontaient, de somptueuses chambres, en grand nombre elles aussi, ainsi qu'un ameublement fait des bois les plus précieux vous y enchantaient les sens et les narines. Somptuosité, luxe, préciosité et faste que rehaussaient, pour le plus grand plaisir des yeux et des narines, de merveilleux jardins privés ou publics pourvus des essences les plus diverses, les plus chères ou les plus rares. Des jardins où d'agréables bassins, desservis par d'imposants aqueducs, permettaient aux convives ou aux gens du peuple, pour ce qui était de la partie publique, de s'y rafraîchir tranquillement ou d'y sentir cent parfums tous plus suaves et agréables les uns que les autres. Ainsi, rien d'enchanteur et de beau ne manquait-il à cet édifice. Un lieu que d'aucuns venaient même admirer de fort loin tellement ses charmes étaient connus dans tout le Moyen-Orient ou tout autour de la Méditerranée.

Toutefois, dès que l'on se rapprochait un peu plus de cette cité éblouissante de blancheur, cette cité dont ces trois bâtisses gigantesques se voyaient de fort loin en même temps que plusieurs autres énormes constructions plus récentes, le gymnase grec ainsi que l'amphithéâtre romain par exemple, dès que l'on se rapprochait un peu plus de cette cité blanche, disais-je, outre l'imposante muraille lourde et grasse qui entourait toute cette « prison » à ciel ouvert – ce que sont un peu toutes les villes –, et qui donnerait bien des difficultés aux armées romaines ultérieurement, ce n'était pourtant pas ces bâtisses ou ces murailles qui vous frappaient. Non, comme je l'ai déjà laissé entendre, ce qui vous frappait, c'était surtout une masse ultra compacte de maisons qui paraissaient avancer vers vous telle une marée au galop. Sans toits, seulement des terrasses, ces maisons présentaient effectivement l'aspect d'une vague titanesque. Une déferlante de petits cubes blancs qui, tels les bras d'une immense pieuvre ou les cous terminés par les multiples têtes carnassières d'une monstrueuse hydre, dévalaient de tous côtés, prêts à grignoter toutes les plaines et tous les monts alentour. Parce que, suivant qu'elles étaient construites sur des collines ou dans leur vallon, ces maisons d'inégales hauteurs ne manquaient pas de donner la curieuse impression que cette vague immaculée de petits cubes s'avançait irrémédiablement sur vous… prêtes à vous immerger à toute allure.

Puis le temple, quant à lui, véritable cité dans la cité, au fur et à mesure que l'on s'en rapprochait, imposait à la vue de puissantes murailles, lui aussi. Des murailles qui entouraient ses différentes enceintes successives, quatre en tout, à peu près toutes parsemées de hauts portiques plus ou moins vastes et accessibles. Et c'était à l'extrémité nord de cet écrin de pierres, de ce corps dur de l'hydre, que se dressait le sanctuaire lui-même, soit son cœur ; un lieu qui, à l'instar d'un phare ou des pyramides autrefois, tout de marbre blanc recouvert de dorures qu'il était, luisait au soleil en paraissant guider les fidèles à bon port puisqu'il leur permettrait, croyait-on, espérait-on, voulait-on, proclamait-on, d'éviter tous les écueils et de survivre à toutes les tempêtes. Par contre, à côté de ce sanctuaire, un peu séparé du temple, mais paraissant faire corps avec lui, se dressait le pire des cubes de cette ville, à savoir la monstrueuse tour Antonia. Plus haute encore que le sanctuaire lui-même – afin d'en surveiller les parvis comme s'il s'agissait d'un cheptel de séditieux ou d'une vulgaire arène de bêtes féroces –, cette tour de la forteresse du même nom faisait honte à tous les habitants de Jérusalem… si pas à tous les juifs en général. Une religion monothéiste ne pouvant que déplaire aux polythéistes, parmi tous les temples du monde romain d'ailleurs, seul le temple de Jérusalem subissait pareil outrage ; celui d'une continuelle surveillance de la part des très vindicatifs enfants de Mars. Un outrage doublement monstrueux pour un croyant vu que, outre cette méfiance viscérale dont sa construction faisait preuve et l'injure que cela représentait, étant donné que cette bâtisse-là, reconstruite par Hérode le Grand, imitait, comme une insulte parfaitement visible et absolument silencieuse, le très saint lieu que recelait le temple de Jérusalem lui-même – de forme cubique lui aussi –, cet aspect géométrique très particulier rappelait donc sans cesse aux vaincus que seules régnaient la force et la ruse des fils de la louve à présent.

Enfin, non loin du temple, située à moins d'un kilomètre du mur d'enceinte, à l'est, tant elle était verdoyante et emplie des fleurs ou des plantes les plus diverses, la colline appelée mont des Oliviers offrait aux regards un très majestueux spectacle. Et rien n'était plus simple que de l'atteindre au sortir du temple parce que, en descendant au fond d'une minuscule vallée qui n'occupait que la largeur même du ruisseau appelé Cédron, on pouvait soit franchir d'une enjambée ce serpent d'eau soit emprunter un petit pont qui le permettait pareillement. Cependant, avant de parvenir à cette minuscule vallée puis à ce mont sacré, celles et ceux qui voulaient profiter de cet écrin de beauté devaient traverser un faubourg empli de figuiers ombrageux nommé Bethphagé. Un faubourg qui était un véritable labyrinthe. Un dégoûtant labyrinthe formé de plusieurs venelles crasseuses à souhait, enchevêtrées à de lugubres sentiers ainsi qu'à d'aussi sordides que puants culs-de-sac. Un endroit mi-plaisant mi-sinistre qu'emplissait presque nuit et jour toute la mendicité de Jérusalem tellement le nombre de gens qui se rendaient au mont des Oliviers était grand vu que, entre autres choses, à cette époque, toute cette colline des Oliviers, étant encore fort boisée, jouissait d'un climat aussi agréable qu'attirant. De surcroît, de ce versant, ne distinguait-on pas les tombeaux taillés à même le roc sur l'un de ses flancs des anciens prophètes ou d'autres grands personnages de l'histoire du peuple hébreu ? Ce qui avait pour résultat que, afin de les mieux contempler, beaucoup de croyants ou de touristes se rendaient jusqu'à cet endroit aussi frais qu'il était agréablement ombragé. Enfin, de là-bas, l'on pouvait aussi y contempler un autre lieu des plus célèbres. Un lieu qui surplombait la ville un peu plus au nord. Un lieu que les Judéens appelaient Gulgoleth, le crâne, parce qu'il exposait aux regards, tel un ultime avertissement, un rocher qui avait pris naturellement la forme d'une tête de mort. Or, se trouvant à la sortie de l'enceinte de la ville, c'était juste en dessous de ce crâne de pierre que, depuis la conquête, de temps à autre, lorsque le temps pressait par exemple, avaient lieu des exécutions prétendument cathartiques. Ainsi, grâce au pont qui permettait de franchir le Cédron, le temple se trouvait-il plus ou moins directement relié au mont des Oliviers ; une colline que les croyants considéraient d'ailleurs à peu près tous comme faisant partie intégrante de l'aire du temple lui-même. Cela en partie parce qu'il avait servi, jusque peu d'années encore, de marché et de lieu de change pour tout qui souhaitait se rendre au temple. La puissante famille du sadducéen Anne, beau-père du grand-prêtre Josèphe-Caïphe, y avait, en effet, jadis, établi quatre boutiques dédiées à ce très lucratif commerce. Mais, ce petit bazar de l'espérance, jouxtant l'immense propriété d'Anne, générait un si infernal boucan que, tant pour éloigner ce bruit que pour augmenter leurs bénéfices au détriment des Romains, qui y perdaient en taxes évidemment, depuis quelques années, en dépit du sacrilège que cela représentait aux yeux des plus fervents croyants, d'un commun accord, les sadducéens avaient décidé de transférer tout ce bazar à l'intérieur du temple, sur le parvis des Gentils [77]… mauvais signe pour eux en fait.

Sur le parvis des gentils voleurs ; en plein dans la vase en fait

Dès qu'ils eurent franchi les portes du temple, pénétrant dans la cour intérieure ouverte à tous, païens y compris, Yéhoshua-Iésous et ses sept élèves eurent bien des difficultés à se frayer un chemin à travers les gens pressés qui de changer leur monnaie étrangère en monnaie juive – seul argent à avoir cours en ces murs –, qui d'entendre les meilleurs prix proposés afin de se racheter de toutes leurs trahisons éthiques ainsi que de leur bestialité à peu près congénitale ; pour se racheter d'êtres seulement des hommes donc. Non sans une grande déception ainsi qu'une certaine frayeur pour leur maître et ami, qui pensait probablement aux conséquences qu'entraînerait, à terme, un tel dévers, une telle pente, effarés, les nazoréens constatèrent que les boutiques des marchands de rêves et du pardon s'étaient multipliées par deux au moins depuis l'époque où elles se trouvaient sur le mont des Oliviers. Les étals flasques et monstrueux du lucre – un lucre qui, selon les critiques de leur professeur, ne pouvaient que conduire à la luxure –, avaient effectivement poussé comme champignons en forêt ; à la luxure, parce que, selon Yéhoshua-Iésous, au vu et au su de tout le monde, depuis plusieurs années maintenant, leur religion s'était tout simplement prostituée.

— Elle s'est vendue, corps et âme à Mammon, le faux dieu de l'argent, reprochait-il à son sujet. Parce que, aujourd'hui, le pardon s'obtient surtout à coup de sacrifices payants. Qui, les pauvres, un peu de graines ou une colombe, qui d'autres, les riches, un agneau ou un bélier, voire une hécatombe.

Aussi, ce que le nazar ha constatait de visu à ce moment-là en compagnie des siens le peinait-il terriblement puisque cela signifiait que ses coreligionnaires, s'ils étaient circoncis dans leur chair, étaient cependant très loin de l'être du cœur. En revanche, non seulement cela ferait son affaire finalement

---

[77] Tout homme n'étant pas juif.

– les grands-prêtres de l'ange de la mort étant tout trouvé pour le suicider au moment adéquat, durant la fête du passage de cette maudite volaille par exemple –, mais, qui plus est, cela laisserait aux générations suivantes un des stéréotypes les plus difficile à enlever de l'esprit du commun des mortels, à savoir que tous les juifs sont des commerçants riches surtout dévoués au seul profit.

Tandis qu'ils se lamentaient à ce propos, tout sourire, l'un de ces marchands du temple leur proposa d'ailleurs ceci :

— Un sicle le mensonge !

Et les autres de surenchérir :

— Deux sicles le vol !

— Trois sicles la fornication !

— Quatre l'adultère et cinq pour le blasphème !

— Crimes et méchancetés, perversions en tout genre, qui veut du nettoyant universel ? Qui veut acquérir l'éternité ? Qui veut pénétrer dans le Royaume du Seigneur lavé et blanchi ?

Bien entendu, ils ne criaient pas ces paroles là, mais, à mon humble avis, ce sont toutefois les véritables idées que, hier tout comme aujourd'hui, il faut toujours placer sous ces habituelles vociférations de marchands de futurs souhaités ou de passé pardonné. En conséquence de quoi, Yéhoshua-Iésous, qui connaissait ces véritables paroles tout comme il connaissait leurs cœurs, contemplait-il, avec un dégoût qui allait croissant, un tel pitoyable mercantilisme du salut. Il se désespérait de voir tant de marchands vanter d'illusoires libérations, tellement de gardiens de l'enclos dressé par les prêtres prétendre, sans rougir, qu'un sacrifice suffît à délester n'importe qui de toutes les chaînes ou de tous les boulets qui le retiennent prisonnier de sa caverne, de toutes les ombres, y compris la sienne. Là-dessus, il frémit à cause du grand nombre d'abominations que son peuple s'était mises à commettre selon lui, au nom de leur sorcière de mère, la peur des souffrances et de la mort, ou de leur ogre de père, le désir de domination et de puissance qu'offraient déjà l'or ou l'argent, entre autres choses ; au nom de deux insatiables gloutons donc.

Au même instant, tous ceux qui l'accompagnaient ce jour-là pensèrent la même chose que lui :

« Le sanctuaire d'Origine est en train de devenir un vulgaire marché des vanités. Un royaume de l'échange qui n'a plus rien à voir, c'est évident, avec celui de la santé éternelle pour lequel est venu œuvrer notre maître. »

Ils en étaient persuadés, aujourd'hui, de toutes ses pierres, ce grand hôpital pour tous les maux, y compris celui réputé quasi incurable – à savoir la mort –, suintait autant l'angoisse que la désespérance. Il transpirait, que dis-je, il vomissait le ressentiment, le refoulement et le fatalisme. Alors, se tournant soudain vers ses disciples en citant leur prophète Ézéchiel, Yéhoshua-Iésous de leur annoncer :

— Je vous donnerai un cœur nouveau et je mettrai en vous un esprit nouveau. J'ôterai de votre corps le cœur de pierre et je vous donnerai un cœur de chair.

Puis, immédiatement après avoir prononcé ces paroles énigmatiques, mais ô ! combien symbolique, il ajouta une autre citation d'un autre prophète :

— Ainsi a dit Adonaï : vous avez été vendus gratuitement et c'est sans argent que vous serez rachetés [78] !

§

Or, dans ce « repaire de voleurs », afin de guérir les maladies de l'âme ou du corps, l'on y vendait essentiellement, sinistre pharmacopée, bien que fort habituelle dans ce genre d'endroits, trois espèces de médicaments : l'un contre le sadomasochisme ; l'autre contre l'hystérie ; et le dernier, le plus dépuratif, paraît-il, mais aussi le plus coûteux, contre la mélancolie. Bref, la triple médication classique et nécessaire à toutes les personnes aux émotions ou aux sentiments exacerbés à l'extrême ainsi qu'à toutes celles et ceux dont la raison déraille à force de vouloir les brider ou les débrider sans les comprendre véritablement ; à toutes les personnes fanatisées à l'extrême qui, nonobstant leur terreur à son égard, donnent volontiers la mort à plus faible qu'eux en échange d'un apaisement ou d'une jouissance. Ce qui fait que, aux yeux impitoyables de ces tout nouveaux convertis qu'étaient les nazoréens, dans cette cour des Gentils ne se trouvaient donc que des malades et des peureux. Pas un seul qui espérât comme il faut, en esprit et en vérité. Aucun qui aimât de telles façons non plus [79]. Aussi, face à ce qu'il considérait autant

---

[78] Ézéchiel 36, 26 et Isaïe 52, 3 ; il s'agit d'un préambule au jeu « *le mien est mieux que le tien* ».

[79] Ce qui n'est jamais que l'un des aspects du slogan « *je vaux mieux que vous* ».

comme de vulgaires erreurs que de diaboliques tromperies, prenant la parole en usant de sa voix la plus forte afin que tous l'entendent, Yéhoshua-Iésous se mit-il à admonester vigoureusement tous les marchands ainsi que tous ceux qui leur avaient permis de faire pénétrer des idoles dans leur Lieu Saint en acceptant que, tous les jours, des pièces de monnaie aux effigies humaines ou animales y pénètrent (une idolâtrie donc) :

— Écoutez la parole d'Adonaï, chefs de Sodome ! hurla-t-il en guise de préambule. Prêtez l'oreille à l'enseignement de notre Seigneur, peuple de Gomorrhe ! Que m'importent vos innombrables sacrifices, dit Adonaï. Je suis rassasié des holocaustes de béliers et de la graisse des veaux. Au sang des taureaux, des agneaux et des boucs, je ne prends pas plaisir. Quand vous venez vous présenter devant moi, qui vous a demandé de fouler mes parvis ? N'apportez plus d'oblations vaines, c'est pour moi une fumée insupportable ! Néoménies [80], shabbat, assemblées, je ne supporte pas fausseté et solennité, renchérit-il. Vos néoménies, vos réunions, mon âme les hait. Elles me sont un fardeau que je suis las de porter. Quand vous étendez les mains, je détourne les yeux. Vous avez beau multiplier les prières, moi, je n'écoute pas. Vos mains sont pleines de sang. Lavez-vous, purifiez-vous ! Ôtez de ma vue vos actions perverses ! Cessez de produire des maux ! Apprenez à bien agir ! Recherchez le droit, redressez le violent ! Faites droit à l'orphelin et plaidez pour la veuve [81] !

Mais le brouhaha de la foule ainsi que les haussements de ton que les changeurs utilisèrent pour couvrir ce bruit importun à leurs oreilles devint si étourdissants que plusieurs, qui essayaient de l'écouter, se demandèrent ce qu'avait bien pu proclamer cet étrange pèlerin bleu. La plupart crurent d'ailleurs qu'il voulait seulement expliquer qu'il n'était plus nécessaire de sacrifier pour obtenir le pardon. Soit une attaque du mercantilisme du salut qui, évidemment, parvint très vite aux oreilles attentives des sadducéens ; lesquels additionnèrent ensuite cette rumeur à d'autres, tout aussi fausses, dues uniquement au manque de compréhension de ces sourds auxquels le Galiléen s'adressait. Puisqu'il n'avait pas encore parlé d'abolir les sacrifices, en effet, mais que, à l'instar de bien d'autres prophètes du judaïsme, il avait seulement déclaré que ceux-ci demeuraient vains tant qu'ils n'entraînaient aucune transformation morale réelle qui les rendît à peu près tous inutiles. Néanmoins, ses compatriotes, trop occupés à ressasser leurs fausses idées ou trop

---

[80] Jour de la nouvelle lune.
[81] Isaïe 1, 10-17

préoccupés par l'incertitude de leur avenir, ne pouvaient encore saisir toute l'ampleur de cette leçon qu'il leur rappelait ici. Une leçon qui consiste à prétendre que, de cette façon seulement, en œuvrant dans et par une contrition véritable, conduit par une considération morale telle qu'elle commande de ne jamais faire à autrui ce que l'on ne voudrait pas qu'il nous fît, les causes mêmes de ces sacrifices disparaîtraient.

— Car la Loi ne cherche pas à donner une recette pour monter aux Cieux grâce à une tour ni même à le voir descendre par une échelle [82], avait expliqué le nazar ha à ses élèves peu auparavant. La Loi offre, à qui sait la lire avec des yeux de miséricorde et de justice, le secret du Royaume toujours au milieu de nous. La Loi n'est pas pour demain ni même pour hier. Elle ne l'a jamais été. Non ! leur avait martelé le gardien du Royaume, la Loi n'est ni d'hier ni de demain. Elle est et sera toujours d'aujourd'hui… tous les jours de votre vie.

Mais, aux oreilles de la plupart des personnes qui attendaient leur tour devant les échoppes, ce prédicateur au fort accent galiléen ne faisait que retarder l'inéluctable. Car, tous, futurs récipiendaires du pardon présentement clients de ces marchands, oui, tous, ils souhaitaient d'obtenir la bête nécessaire pour un sacrifice – si pas un agneau, au moins une colombe –, c'est-à-dire l'animal innocent qui les blanchirait, croyaient-ils, espéraient-ils, voulaient-ils, proclamaient-ils, aux yeux de leur divinité toujours affamée pourtant. Cependant, en dépit de cette attitude fort peu conciliante, et dans le vain espoir de les éclairer sur cet abîme de séparation dans lequel ses compatriotes vivaient en actant au service du « ou », dans lequel tous vivaient soumis au prince de ce monde [83], écriront plus tard les chrétiens à la place, Yéhoshua-Iésous continua de les haranguer :

— Ainsi parle le véritable Adonaï des étoiles, le dieu poète : réformez vos voies et vos œuvres et je vous permettrai d'habiter dans ce lieu. Ne vous fiez pas aux paroles de mensonge de ceux qui disent : c'est ici le temple d'Adonaï, le temple de El, le temple de Yah [84]. Mais si vous réformez vos voies et

---

[82] Deux images provenant de l'Ancien Testament, la tour de Babel et l'échelle de Jacob.

[83] Pas le monde en général, selon moi, mais le territoire de Judée. Dans certaines croyances de l'époque, chaque nation possédait un ange déchu (et un ange gardien). Un démon à qui avait échu cette principauté. Un démon qui la contrôlait en la soudoyant généralement de toutes sortes de manières.

[84] Yah : Nom de Dieu représentant la force d'unité. Il est formé d'une lettre masculine et d'une lettre féminine. Il est cité 26 fois dans les livres hébraïques. 26 est aussi le nombre du tétragramme remplacé, à la lecture, par le mot Seigneur, soit le mot hébreu Adonaï.

vos œuvres, si vous jugez justement, si vous n'opprimez pas l'étranger, l'orphelin et la veuve, si vous ne répandez pas le sang innocent en ce lieu et si vous n'allez pas vous vautrer aux pieds des divinités des autres peuples, pour votre malheur, alors je vous permettrai d'habiter dans ce pays : au pays [85] que j'ai donné à vos pères d'âge en âge. Mais, vous, vous vous fiez à des paroles de mensonge… qui ne vous servent de rien.

Bien que, depuis le matin, un intense brouhaha régnait sur l'ensemble du parvis des Gentils, quelques voyageurs et pèlerins s'arrêtèrent de discuter entre eux et se mirent à l'écouter plus attentivement tandis que, soudain, le nazar ha s'emporta.

— Quoi !? claironna-t-il. Vous volez, vous tuez, vous commettez l'adultère, vous jurez faussement, vous encensez Mammon et vous allez après d'autres dieux que vous ne connaissez pas puis vous venez et vous vous présentez devant moi, dans cette maison sur laquelle mon nom est invoqué, et vous dites : nous échapperons ! Et cela dans le but de commettre de nouveau toutes ces abominations dès que vous en quittez les parvis. Est-ce donc, à vos yeux, une caverne de brigands que cette maison sur laquelle mon nom est invoqué [86] ? Jusqu'à quand, ô ! niais, aimerez-vous la niaiserie ? Et les railleurs se plairont-ils à la raillerie ? Et les sots haïront-ils le savoir ? Toute chair est de l'herbe et toute sa grâce est comme la fleur des champs. L'herbe se dessèche, la fleur se fane quand le souffle (*le temps donc*) d'Adonaï (*de l'éternel*) passe sur elles. Oui, le peuple, c'est de l'herbe ! (*Heureusement que les rastafaris n'ont pas pris ce verset au pied de la lettre…*) L'herbe se dessèche, la fleur se fane, mais la parole de Un subsiste à jamais [87]. Ne transformez pas la maison du Père en maison de commerce ! À la place, retournez vers votre véritable service, le service du prochain !

Toutefois, constatant que, mis à part ses propres élèves, presque personne d'autre ne prêtait attention aux instructions de la Torah, Yéhoshua-Iésous

---

[85] On peut comprendre de deux manières au moins cet énoncé poétique. Soit le pays en question est pris au sens matériel d'un lieu enclos par des frontières physiques et avoisinant d'autres territoires, un lieu séparé et séparant donc. Soit, d'une manière plus spirituelle, le Royaume qu'il annonce, à savoir l'Éden retrouvé. Lequel non-endroit, selon les dires du patient Jeber-Jésus, ne possède ni frontières véritables ni limites ou séparations autres que l'aveuglement de tout un chacun à ne pas le découvrir tout autour de lui, en lui, par lui, pour lui… ainsi que pour toute autre personne.

[86] Jérémie 7, 3-11 (avec certaines modifications)

[87] Proverbes 1, 22 (avec certaines modifications) : on peut aussi lire « la parole de Un se perpétuera », selon son propre verbe : « nuwn ».

cessa de parler puis regarda en direction du sol où il aperçut de vieilles cordes qui traînaient. Ces cordes, à n'en pas douter, avaient servi à conduire quelque animal vers ce marché de l'apparente complaisance avec la souffrance et la mort. Ce sinistre marché de l'inégalité entre celui qui s'achetait une hécatombe et celui qui ne pouvait qu'espérer une colombe ou quelques semailles. Il se dirigea donc vers ces cordes abandonnées, remarqua qu'elles étaient fort humides, les ramassa puis les tressa rapidement dans le but de se confectionner un fouet. Ensuite, devant ses élèves médusés par tant d'audace de sa part, il se mit à fouetter l'air autour de sa tête en faisant claquer le fouet si puissamment que les brebis et les bœufs, déjà énervés par la foule, se mirent tout d'un coup à bousculer leurs propriétaires. Tant et si bien que ces animaux, promis à une mort certaine, finirent par se libérer en beuglant ou en bêlant leur joie d'être enfin devenus inutiles ; pressentant probablement, avant tous, la fin de leur « qualité » d'émissaire. Là-dessus, conséquence de cette pagaille, les passants bousculés heurtèrent les marchands de colombes dont les cages tombèrent sur les pavés en se fracassant et en libérant les oiseaux qui s'enfuirent à tire d'ailes vers leur propre salut. Les changeurs eux-mêmes, dont plusieurs comptoirs churent sur le sol, furent finalement renversés à leur tour en voyant avec effroi leurs gains se déverser et terminer dans les poches de passants peu scrupuleux ; des passants dont l'une des deux plus ferventes prières au grand Autre, « punis les méchants et donne-nous des sous », se réalisait ainsi... bien que, qui sait, en réalité, peut-être aussi qu'en leur donnant des sous, soit un salaire mal acquis, ce grand Autre les punissait, eux ?

Tant qu'il ne s'agissait que de quelques bêtes qui s'échappaient en fendant la foule, les gardes du temple n'intervenaient pas, mais les choses tournaient autrement dès qu'il s'agissait des changeurs. Et ce n'était pas uniquement une question de perte ou de gain qui motivait leur ardeur, bien plutôt un motif religieux. Car Yéhoshua-Iésous avait raison de le proclamer haut et fort, tout comme lui, beaucoup de juifs, qu'ils soient tièdes ou bouillants, qu'ils soient de souche ou de conversion, ne souhaitaient pas de voir une personne se balader dans le temple avec des monnaies aux effigies idolâtres en poche ni même y pénétrer seulement. Pourtant, ce jour-là, comme aucun garde ne se trouvait sur cette aile du parvis, le tumulte qu'y créa ce trublion de Galilée passa presque inaperçu. Notamment parce que, un peu plus loin, sous le portique royal, un dénommé Judas, que celles et ceux qui l'écoutèrent crurent zélote, prêchait ouvertement la révolte. Emporté par un zèle dévorant pour le feu matériel, ce Judas enflammait effectivement les fidèles ou les simples visiteurs par de venimeuses harangues contre les Romains et contre les sadducéens. Ainsi, tandis que se déversait un véritable brasier spirituel de ce côté-ci du temple – fouet levé contre tous les marchands de colombes du monde entier et de tous les temps –, les gardes étaient-ils accourus à la place là où ils pensaient le foyer plus dangereusement – ou plus immédiatement – incendiaire. Ce qui fait que ce Judas, ce pyromane d'un dieu vengeur, n'eut guère le temps ou le loisir de ne rien brûler d'autre que quelques brindilles parce qu'il fut arraisonné par les susdits gardes du temple presque tout de suite. Toutefois, au lieu de le faire livrer aux soldats romains afin qu'il soit jugé pour sédition, Josèphe-Caïphe, le grand-prêtre en personne, par calcul et par ruse plutôt que par pitié ou par piété cependant, interviendrait en sa faveur et l'enverrait croupir dans une cellule de réflexion. Raison pour laquelle, pendant que Judas le zélote se faisait arrêter, Yéhoshua-Iésous le zélé, sans aucune crainte, eut tout loisir de s'enflammer contre les marchands... et tout spécialement contre ceux qui vendaient des colombes.

Bien sûr, ceux-ci étaient furibonds. Ils protestaient vivement contre ce trouble-fête. Ils lui lançaient de ces regards qui en disaient long sur leurs envies presque meurtrières, attendu que ces douces et belles colombes étaient vendues, surtout, aux petits pécheurs, forts nombreux, aux pauvres plus nombreux encore, ainsi qu'aux avares, à toutes les époques et dans tous les pays innombrables. Ainsi, de facto, ce petit guenilleux insolent venait-il de leur faire perdre une petite fortune. Alors, tous ensemble, animés d'une même hargne, ils s'étaient tournés contre lui, cause de tout ce chambard, avec le vif désir de lui faire payer très chèrement ce si important et si involontaire débours. Néanmoins, sans se démonter ni même prêter la moindre attention aux gestes menaçants ou aux injures que lui crachaient ces vils marchands, ces vils marchands d'un hypothétique rachat des fautes éthiques ou métaphysiques de leurs clients, néanmoins, le nazar ha les sermonna avec autorité en les invectivant tout d'abord :

— Race de fous ! se permit-il [88] sans égard. Croyez-vous que le salut s'achète comme on achète une chose ou un service ? Que celui qui ne peut

---

[88] Préambule au jeu : gendarme et voleur, pour obéir à son Père (au démon de sa mère en fait, à l'état Enfant rebelle en elle qui lui a probablement instillé l'idée de « commettre des choses pour être rejeté »). Le côté Parent normatif de la mère lui a dit : ne sois pas toi-même (on doit servir autrui) tandis que son état Enfant rebelle l'incitait à faire des bêtises. D'une part, il ne faut pas oublier que, selon ce que d'autres textes expliquent (mais pas celui-ci, qui est basé sur l'élection et non la filiation), Jeber-Jésus serait descendant, par les ovaires, du Roi David. On peut donc s'imaginer, si cela est vrai, un certain orgueil de la part de cette famille mais dissimulé sous la couverture du service du prochain. Par contre, comme je le disais, dans

avoir ou faire ne peut être ? Quel service pourriez-vous rendre à l'Être de tous les êtres qu'il ne pourrait lui-même accomplir ? Que pourriez-vous payer de votre argent qu'il ne possède pas déjà ? Origine vous veut ! insista-t-il ensuite. Il vous veut, vous, et pas autre chose ! Il vous aime et voit tous les jours les douleurs que vous vous infligez à force de vous croire seuls et uniques, de vous séparer de cette manière de lui et des autres, de lui à travers les autres même puisqu'il est tout ce qui vit, la pierre, l'oiseau, le papillon, l'arbre ou la fleur… et toi ou toi, s'exalta-t-il subitement en désignant quelques furieux qui baissèrent la tête de honte. Pensez-vous que ce commerce infâme soit autre chose qu'un nouveau mensonge quant à la véritable nature de ce qui vous a été demandé, puis ordonné tant de fois, à savoir : donne ton pain à qui est affamé ; libère celle ou celui qui est entravé par des chaînes, souvent les siennes d'ailleurs ; et console les opprimés, celles et ceux qui subissent le joug ainsi que la pression des si nombreux aveugles aveuglément soumis au monde du « il » ou du « cela » ! Mais, vous, vous vendez des signes aux gens sans en comprendre le sens et finissez par en faire des singes, regretta amèrement le Galiléen en regardant, empli de tristesse, ces marchands sans scrupules qui souhaitaient plus que tout son silence à présent. Pourtant, je vous le dis, d'ici peu de temps…

Mais il se tut un instant avant de terminer.

— Oui, bientôt, très bientôt, recommença-t-il en baissant à la fois la tête et la voix, aucune autre colombe que celle de l'esprit de Sagesse (Paraclet), éclairé par celui de Vérité (Logos), ne pourra plus racheter la moindre de vos fautes, ne pourra plus vous procurer la plus petite once de paix, ni extérieure ni intérieure [89].

Quoi entendant, parmi les marchands et les changeurs qui n'étaient pas partis chercher de gardes, personne ne broncha-t-il plus. Ce que disait ce personnage en guenilles, ce vagabond qui paraissait avoir arpenté tous les

---

l'évangile de Jean, cet aspect est caché puisque la prétendue « messianité » de Jeber-Jésus lui vient surtout de son choix tout d'abord puis de l'élection lors de son baptême.

[89] Jeber-Jésus savait ce qu'il faisait. En s'en prenant ouvertement aux marchands et aux changeurs, il pouvait être sûr d'avoir des ennuis avec les sadducéens, c'est-à-dire les plus dangereux de ces ennemis puisque les plus en grâce avec l'autorité romaine ; soit les grands-prêtres de « l'ange de la mort », disait-il. Qui plus est, les seuls qui pouvaient l'aider à réaliser son suicide assisté vu qu'ils détenaient encore une partie du pouvoir judiciaire, quoique fort réduit, grâce à leur mainmise sur le sanhédrin. Il est probable que cet acte lui ait été dicté par son envie et sa volonté d'être remarqué, surveillé, attrapé puis jugé et exécuté par leur entremise donc ; soit ce qui lui arriverait, l'arrêté malheureux de son scénario de vie.

chemins de la Terre, tonnait comme l'éclair dans leurs oreilles. Ces mêmes oreilles dans lesquelles le chant du fouet résonnait encore par ailleurs.

— Enfin, il était temps ! s'exclamèrent-ils pourtant dès que des gardes s'approchèrent du trublion.

Mais, étant donné que la foule qui venait d'écouter ce prêcheur était partagée à son sujet et que beaucoup parlaient de lui comme d'un sagace docteur de la Loi, ces soldats du temple n'osèrent pas le chasser ni le réprimander tout de suite. Par prudence, au lieu d'agir inconsidérément, ils préférèrent en référer à l'un de leurs supérieurs qui, après avoir été chercher deux sadducéens, revint rapidement vers eux. Courageux, ou de plus en plus suicidaire parce que souhaitant peut-être de hâter l'arrêté de son scénario de vie, c'est-à-dire d'accomplir ce qu'il prétendait être sa mitzvah, sa mission sur cette terre – mission qui consistait à se faire massacrer pour le bien-être général – , Yéhoshua-Iésous, qui rattachait à cette mission la future imputrescibilité du Paraclet, cet Esprit Saint qu'il leur soufflerait prétendument après sa résurrection, les avait attendu. Par contre, il avait changé de place. Il se tenait maintenant non loin de l'endroit où l'on sonnait le chophar, cette trompette en corne de bélier que l'on employait lors des célébrations les plus solennelles. Dès qu'il le vit, Abaddon, le chef des gardes, désigna le trublion aux deux prêtres qui se dressèrent face à lui. Et l'un deux, Zabulon, sans aucune aménité, le questionna :

— Qui es-tu, toi qui jettes le trouble en ces murs sacrés durant ce jour de sainte convocation ? Réalises-tu des miracles divins pour parler comme tu le fais ? Peux-tu faire traverser la mer Rouge ou le Jourdain à tout ce peuple et lui accorder la terre promise ? Et qui est donc celui qui t'a mandé pour agir comme tu l'as fait ?

— La Loi s'accomplit et, en s'accomplissant, elle divulgue son essence, lui répondit simplement Yéhoshua-Iésous.

Yéhoshua-Iésous qui, décidément, aimait à plaisir employer des affirmations aussi incompréhensibles pour la plupart de celles et de ceux qui l'écoutaient qu'elles étaient parfois péremptoires.

— Elle donne à boire l'eau vive qui coule à flots de sa source originelle. Voici mon signe : si ce sanctuaire est détruit, trois jours à peine suffiront afin d'ériger un tout nouveau temple [90].

---

[90] À mon avis, ces trois jours recouvrent son œuvre spirituelle et non pas la résurrection de son corps, bien sûr. Il parle, en effet, du nouveau temple de l'Esprit (de Sagesse) et de celui

Or, dès qu'il eût entendu ce discours, Mataï, le sadducéen qui accompagnait Zabulon, l'injuria :

— Tu affabules ou quoi ? Tu es fou ! Quarante-six années furent nécessaires pour élever cet édifice à la gloire du Très-Haut, ajouta-t-il. Et il n'est pas encore terminé même. Mais, toi, tu crois pouvoir le reconstruire en 72 heures à peine s'il était détruit entièrement…

Dès qu'il eût ainsi parlé, il appela Abaddon et, sans aucun ménagement, mais sans non plus souhaiter d'employer la violence contre lui ou contre ses proches, ce dernier, bombant le torse, chassa les nazoréens du temple en les privant ainsi du pardon ou des bienfaits octroyés par leur divinité puisqu'aucun d'entre eux n'avait eu l'opportunité de faire sacrifier l'agneau prescrit pour la Pâque. Dès lors, à cause de cette honteuse interdiction qui les frappait comme les plus odieux des criminels, et ne sachant pas encore s'il fallait y voir un bon ou un mauvais signe, les élèves du Galiléen se sentirent-ils tout soudain emplis d'une immense crainte. Effectivement, en dépit de ce qu'ils étudiaient en compagnie de leur professeur ès mystères depuis plusieurs mois, ils ne s'étaient pas encore affranchis de certaines idées que leur avaient inculquées leurs parents depuis leur enfance, par la peur ou la punition notamment, au profit des siennes. Ils avaient peur, par exemple, des représailles possibles dont ne manquerait pas de les châtier le dieu de leurs pères – l'ogre de tous les ogres –, si celui-ci existait tel que leurs parents le leur avaient enseigné, à savoir un grand démiurge sacrificiel aussi carnivore que vampirique ; une divinité aussi jalouse que vengeresse qui n'oubliait jamais rien, fut-ce une peccadille. Un Être de tous les êtres, un super être donc, qui les dominait tous et qui était, en outre, aussi causal que final. Un Autre tout autre dont l'image engendrait non seulement une insurmontable asymétrie, mais aussi tout plein de duels, tout plein de compétitions, y compris amoureuses. Or, cette peur qui les tenaillait encore, presque de la terreur, prenait racine dans le fait, selon leur professeur, qu'ils vivaient toujours en êtres séparés par le « ou », en êtres à deux faces vaincus par la contradiction [91].

---

de Vérité, de Paraclet et de Logos donc, qui ne sera réellement commencé qu'au moment où il soufflera Paraclet sur les dix disciples présents, soit le premier soir du premier jour de la nouvelle semaine. Et donc pas du tout au moment de la résurrection de son corps de chair qui, elle, se serait accomplie à l'aube de ce même premier jour de la semaine juive. Ce qui fait que, ces trois jours en question, concernent donc l'aube du 9e « jour » et pas le crépuscule du huitième ; lequel se termine par son prétendu retour à la vie.

[91] Problème récurrent pour nombre de chrétiens par la suite, pour autant qu'ils aient accepté d'endosser le T-shirt de Jeber-Jésus…

— Et, dans ce mauvais terreau, ajoutait-il parfois, dans cette terre aussi étouffante que malsaine, aucun véritable amour ne peut pousser ni, a plus forte raison, fleurir puis ensemencer le monde. Parce que l'amour véritable est une relation mutuelle et réciproque entre deux « tu », jamais entre un « IL » et un « je ». Parce que l'amour véritable n'a rien d'une compétition ou l'un doit gagner et l'autre perdre et qu'il n'existe aucune première ou dernière place. Parce que l'amour véritable est une promesse finalement... que l'on se jure de tenir tous les jours.

§

Mais, tout compte fait, ce reproche de vivre obnubilés par la disjonction – enchaînés par le « ou » – que leur faisait le nazar ha, que signifie-t-il ? Eh bien ! selon l'interprétation classique de la Genèse, le premier livre de la Torah (*l'Ancienne Alliance selon les chrétiens*), le créateur avait imposé deux lois seulement aux parents de l'humanité : manger du fruit de l'arbre de vie et délaisser celui de la connaissance du bien « ou » du mal ; corrélativement, des biens « ou » des maux donc. Or, si l'on connaît tous le choix qu'ils firent – manger le fruit de la connaissance morale –, l'on oublie trop souvent que, en réalité, ce second arbre n'est pas celui du « ou » – la vie serait plus simple dans cette dualité entre gentils ou méchants, bons ou mauvais, justes ou injustes –, mais celui du « et ». Le texte dit en effet : l'arbre de la connaissance du bien et du mal. L'arbre de la connaissance du paradoxe éternel étant donné qu'aucun acte n'est ni simplement bon ni uniquement mauvais, étant donné qu'un acte bon peut engendrer tout plein de maux et vice-versa. Ce qui fait que, séparés entre ces deux valeurs, entre bon ou méchant, les disciples de Yéhoshua-Iésous cherchaient encore à d'obtenir une bonne place – la meilleure si possible – dans le Royaume annoncé par leur Messie. Ils pensaient, d'une façon fort matérialiste, eux aussi, que ce territoire sur lequel prétendait régner leur médecin des cœurs et des âmes était à venir, mais sur Terre. Tandis que, s'ils avaient mieux écouté leur professeur itinérant, ils auraient compris, je suppose, que, pour lui, ce « non-lieu » se découvre toujours au milieu de nous pour celles et ceux qui écoutent, voient, cherchent avec le cœur et la raison à se rencontrer fraternellement ; parce qu'il s'agit non pas d'un paradis à venir sur terre ou dans les Cieux en vérité, mais du Royaume de l'amour véritable.

— Un Royaume toujours présent, avait pourtant essayé de leur faire admettre plus d'une fois leur enseignant en la matière (*si je puis me permettre ce jeu de mots facile*).

Mais rien n'y faisait. Ils ne comprenaient pas – et ne le comprendrait pas pendant très longtemps –, ils ne comprenaient pas que, aux yeux du nazar ha, aux yeux de ce mystique, aux yeux de ce gnostique [92] avant la lettre, dans ce pays imaginaire là, dans ce pays qui nulle part sur cette terre d'Absurdie n'existe ou n'existera matériellement, il n'y a qu'une et une seule place, celle de Un... que nous occupons tous cependant.

§

Dès qu'ils furent à l'extérieur et que les gardes eurent disparu, un mendiant, qui semblait les attendre à la porte du temple située non loin de là, se dirigea vers eux et aborda Yéhoshua-Iésous.

— Ami, laisse-moi te suivre et t'accompagner là où tu te rends ! le salua-t-il tout d'abord d'une voix mielleuse. Laisse-moi calquer mes pas sur les tiens et ma langue te soutenir lorsque s'en fera sentir le moment ! Je sais, moi, que tu es le saint attendu. Je sais que tu es le donneur de pain venu pour nourrir les personnes de bonne volonté. Je sais que tu es le dernier serviteur du maître de la source du rocher [93]. Cette source qui, par la parole cette fois-ci, jaillira pour la Terre tout entière.

Ensuite, en se mettant à genou et en le suppliant presque, il renchérit ainsi :

— Laisse-moi, s'il te plaît, t'aider à nourrir ces foules affamées de justice ! Cela afin que, tous ensemble, nous puissions éclairer ces aveugles et permettre de faire entendre les commandements de notre dieu à tous ces sourds.

Ce mendiant, un homme qui avait fort bien parlé aux dires des disciples de Yéhoshua-Iésous, possédait un visage presque enfantin. Et tous les amis du nazar ha eurent d'ailleurs un choc au cœur en apercevant la délicatesse de ses traits. Là-dessus, subjugués qu'ils étaient par cette beauté apparente, aucun ne parvint à discerner ses paroles mensongères de ses paroles de vérité. Ce qui explique sans doute pourquoi ils ne comprirent pas tout de suite ce que fit leur maître à penser. Parce que, en effet, bien que ce Judéen se soit

---

[92] Le gnosticisme est un mouvement de pensées, de groupuscules sectaires en général, qui prône l'importance de la connaissance, mais d'une connaissance mystique, pas du tout scientifique donc.

[93] Il existe une histoire dans l'Ancien Testament qui explique que YHVH demanda à Moïse de parler à un rocher afin d'en faire jaillir une source. Chose qu'il n'accomplit pas cependant, frappant à la place le rocher de son bâton. Or, cet acte délictueux lui valut une punition, celle de ne pas pouvoir entrer dans la terre promise.

proposé si énergiquement de les soutenir et de les accompagner dans leur mission aussi résolutive qu'elle se voulait dépurative, Yéhoshua-Iésous le laissa à genou derrière lui et continua son chemin sans même le regarder. Alors, prenant son silence pour un acquiescement, le bonhomme en haillons se redressa gracieusement puis, visiblement réjoui, se mit à les suivre. Toutefois, courroucé, le nazar ha se retourna vers lui et, plongeant son regard dans le sien – qui était bien la seule partie de son corps présentant une curieuse anomalie, un léger strabisme divergent –, il lui ordonna d'un ton comminatoire, un ton fort rare dans sa bouche :

— Va-t'en, maudit ! Cette heure-ci n'est pas encore pour toi. Et ne te représente plus devant moi ! Tu ne ferais, de toute manière, que me rendre plus fort. Tes pièges sournois ne confirment-ils pas que j'avance sur le bon chemin ?

Alors, ce mendiant, interloqué, de disparaître dans la foule. Une foule fort étonnée d'entendre ce docteur de la Loi rejeter ainsi une personne qui s'était si humblement et si généreusement proposé de l'accompagner et de l'assister dans sa mission caritative. Puis les élèves de Yéhoshua-Iésous, quant à eux, demeurèrent eux aussi interdits. Cela jusqu'au moment où, dès qu'ils furent seuls, le Galiléen se mit à leur conter une histoire qui se voulait instructive.

— Jadis, lorsque le tentateur souhaitait d'empêcher un serviteur du Père d'accomplir sa carrière, il venait à lui sous les traits d'un parent afin de l'en dissuader, leur narra-t-il en les faisant s'installer autour de lui. Mais, aujourd'hui, ayant compris que ces rencontres attisaient le feu intérieur au lieu de l'éteindre, il se présente à toi comme un ami, comme un confident, comme une personne de confiance, puis se laisse convaincre par tes mots ou le prétend, te suit partout et prie en ta compagnie. Ce qui fait que, finalement, grâce à cela, lorsque tu empruntes ta voie de pédagogue, il s'assied sur ta chaise d'enseignant… et y demeure avec toi [94].

Le pharisien masqué

La même semaine, mais nuitamment, tandis que la fête battait encore son plein, Nicodème [95], le pharisien que Yéhoanan le baptiste avait bouleversé lors de son interrogatoire, se présenta à l'endroit où demeuraient les nazoréens. Il se trouvait présent au temple lorsque Yéhoshua-Iésous s'était

---

[94] Cf : Martin Buber, récits hassidiques, t.2, légèrement modifié.
[95] « Victoire du peuple »

emporté, à bon droit selon lui, contre les marchands, mais, par crainte des médisances, il n'avait pas osé intervenir en sa faveur. Confus de cette insigne lâcheté, il avait plutôt attendu quelques jours avant de chercher à discuter avec ce bonhomme. Ce bonhomme dont les arguments trouvaient un écho dans sa propre pensée en fait.

Par précaution, cependant, ce soir-là, conscient que tout cela serait immanquablement rapporté au sanhédrin si des pharisiens rigoureux ou des espions du temple le voyaient en sa compagnie, il s'était drapé le visage d'un fin voile de lin. Certes, il n'avait pas peur des disciples de Yéhoshua-Iésous ni du prêcheur lui-même, mais ses propres idées pacifistes ainsi que son amour des prosélytes, par les temps qui couraient, lui valaient souvent l'étiquette de traître à la Nation. Aussi avait-il peur d'éventuelles représailles que pourraient faire subir les tenants d'autres écoles de pensée moins tolérantes que la sienne au pharisianisme de son maître Hillel ou à ces gens qu'il venait retrouver. Qui plus est, il était notoire que ce Nicodème ne croyait pas en une Nation juive, mais pensait qu'aucune nation n'existe autre part, en ce bas monde, que dans nos esprits limités. Et il en concluait, évidemment, que si le terme de nation ne concerne qu'un ensemble de territoires réunis sous un même gouvernement, de parce que tous les hommes habitent sur la Terre, mais aussi du fait de leur racine commune inscrite dans la Torah, hormis qu'aucun état ne légifère pour eux, il n'y a qu'une seule nation possible, la nation humaine ; une nation planétaire en fait. Or, à son époque, de telles vues si cosmopolites étaient bien trop en avance, et bien trop altruistes, pour qu'il puisse vivre en les professant sans s'attirer l'opprobre et le dégoût des pires fanatiques de son pays. Il s'était même déjà fait de rudes ennemis parmi quelques-uns de ses propres confrères pharisiens, car ses idées, pour pacifistes et raisonnables qu'elles fussent à nos yeux, n'étaient pas très éloignées de certaines hérésies de son époque en fin de compte. La Torah elle-même, selon ce que reprochaient les shammaïtes aux hillélistes, les rigoureux aux miséricordieux, les extrémistes aux modérés, ne pratiquait-elle pas une distinction entre les personnes nées d'une mère juive, et juive de ce fait, des personnes étrangères, soit de tous ces gens qui, éventuellement, pouvaient adhérer à leur religion, mais sans pour autant, à moins de sept générations, ne jamais devenir juifs eux-mêmes, seulement des prosélytes ? Mais, selon les pharisiens modérés, au vu des nombreuses histoires bibliques en contradiction avec cette idée-là, cette idée si pauvre, si restrictive, cet argument était fort peu vraisemblable. Le Roi David lui-même n'avait-il, par exemple, une grand-mère Moabite [96]. À la suite de quoi, Nicodème le « gentil », comme le moquaient plus ou moins ouvertement certains de ces plus rudes contradicteurs, avait-il de plus en plus crainte de se faire attaquer en pleine rue ou sur une place par les élèves de l'un d'entre eux vu que quelques-uns des élèves de ces docteurs-là ne se contentaient pas toujours de cancans ou de crachats ; au point où il n'osait plus déambuler de nuit sans se dissimuler le visage.

Vu qu'aucun parmi eux ne possédait d'habitation dans la cité, les nazoréens bivouaquaient tous à l'extérieur de la ville ; ville en liesse qui bruissait encore bien que l'heure soit déjà fort avancée. En ces instants de surabondance populacière, sachant ne pas pouvoir espérer trouver le moindre logement dans la cité, ils s'étaient tranquillement installés sur l'un des flancs du mont des Oliviers. De là, ils se permettaient d'ailleurs d'admirer la cité tout entière, féériquement illuminée par quantité de chandelles ou de lampes à huile. Peu après que Nicodème se soit présenté aux disciples afin de questionner leur professeur, le jeune Lazare, qui l'avait vu peu auparavant sur les bords du Jourdain et qui l'avait tout de suite reconnu malgré son précautionneux voile, souhaitant d'en apprendre plus, s'était faufilé le plus discrètement qu'il l'avait pu tout près du lieu où Yéhoshua-Iésous avait reçu le pharisien en tête-à-tête. Là, fait curieux, à l'instant où le nazar ha, docteur de la foi, avait souri au docteur de la Loi, le voile qui cachait le visage de ce dernier avait chu au sol sans que son propriétaire l'ait souhaité. Un peu déconcerté par cette subite révélation involontaire, Nicodème baissa la tête puis, oubliant complètement de se présenter, déclara :

— Maître, nous savons que tu es envoyé par le Seigneur des Cieux, car personne ne réalise ou ne dit ce que tu réalises ou explique sans servir le Très-Haut.

Quoi entendant, Lazare, caché derrière un buisson d'épineux, ne put-il s'empêcher de lever les yeux au ciel en pensant que ce visiteur commençait fort piètrement la conversation avec son mentor ; lequel mentor, selon ses propres paroles, ne servait que le Très-Bas et ne voulait jamais s'entendre appeler maître. D'ailleurs, le dévisageant des pieds à la tête, Yéhoshua-Iésous de lui mettre une gifle verbale en lui rétorquant simplement ceci :

— Hypocrite et menteur !

---

[96] Les shammaïtes considéraient le fait d'être juif comme s'il s'agissait d'un trait génétique, une race en somme, tandis que les hillélistes y voyaient une simple adhérence spirituelle. Une alliance dans laquelle n'importe qui pouvait rentrer.

Comme vous pouvez vous l'imaginer, son interlocuteur demeura stupéfait. Il n'avait, effectivement, pas l'habitude d'une telle franchise et il était donc fort étonné, limite éberlué, de s'entendre rabrouer de la sorte. Puis il était étonné autant par les paroles qu'il venait d'entendre, prononcées cependant d'une voix sans aucune agressivité, que par l'apparence du Galiléen elle-même. Un homme simple dont il ne distinguait pourtant pas suffisamment les traits pour se rendre compte de son horrible difformité. En fait, ce qui l'étonnait surtout, en cet homme, c'était la couleur de ses cheveux puisqu'ils étaient déjà tout blanc et luisaient sous les rayons de la lune en prenant une très jolie teinte argentée. Pourtant, quoiqu'offusqué, le vieillard ne broncha pas. Il savait que ce Galiléen disait la vérité. S'il avait réellement cru qu'il fût un envoyé du divin, pourquoi n'était-il pas intervenu au temple et pourquoi se présentait-il devant lui avec le visage masqué ? Tout cela dénotait, sinon de mensonge et d'hypocrisie purs et simples, au moins d'un fond d'erreur et d'ignorance plus vaste qu'un gouffre en ce qui concernait celui à qui il s'adressait. Puis, pendant qu'il baissait la tête comme un gamin pris en faute, sans se fâcher ni même lui en vouloir, le nazar ha le regarda droit dans les yeux et répondit à la question qui le tarabustait depuis tant d'années, mais que ce pharisien ne se serait jamais permis de lui poser :

— Tu ne parviendras à franchir les portes de l'apparence, lui expliqua-t-il, le véritable voile qui nous sépare du Royaume, et y boire à la source d'Origine, que si tu acceptes de renaître par l'esprit du Dieu vivant, El Haï. Cela en naissant d'en bas cette fois-ci… afin d'illuminer cet en bas. Cela en naissant par le Très-Bas et en croissant vers et pour tous les vivants sans distinction d'origine, de sexe, ni de couleur [97]. Il te faut naître du « Tu » éternel pour tous les « tu » de ce monde, essaya encore de le persuader ce concierge d'une universelle mais intemporelle monarchie, celle de la générosité en acte et pas seulement en paroles ou en pensées, celle d'une générosité continue sans précautions hypocrites, sans manigances ni intérêts contradictoires.

— Mais comment cela se pourrait-il, s'excusa presque Nicodème ? Comment un vieillard pourrait-il retourner dans le sein de sa mère et sortir de nouveau de ses entrailles ?

Ce sur quoi le gardien du Royaume de lui intimer alors :

---

[97] Selon sa devise : « *on n'est pas sur Terre pour soi-même, mais pour être au service des autres* » mais, aussi selon deux modèles, celui du *dévoué* (modèle parental de sa mère) et celui du *militant forcené* (celui de son père ogre, probablement).

— De grâce, ne rabaisse pas les flammes du buisson ardent à un simple feu de broussaille ! Je te parle horizon et tu répliques ascendance. Crois-tu réellement que le Père te demande de retourner dans le ventre de ta mère physique tandis que la mère de toute chose est sa parole créatrice ? Retourne plutôt au sein de sa création, notre maman à tous, là où vibre l'écho du son et du souffle originel. Puis renais à la vie réelle en découvrant ton lien à toutes choses ainsi qu'à tout vivant ! Renais grâce à ce lien et renforce-le par la compassion, par la générosité en tant que seul but de tes actes, de tes volontés et de tes pensées ! Mesure donc aussi tes paroles, car chacune est à la fois bonne et mauvaise ! Autrement, tu ne travailleras que pour un songe. Et, finalement, fut-elle d'hier ou de demain, tu n'engrangeras des mirages, des illusions, des fictions ou des rêves, que pour la prison dorée que tu te construiras en alignant ceux-ci l'un après l'autre, en empilant ceux-ci les uns sur les autres ; tous aussi vains ! Lorsque tu penses hyle, matière, je dis psyché, esprit. Car nul ne peut avoir accès à Un si ce n'est grâce à l'esprit puisque le corps limite et délimite tandis que l'esprit réunit. Mais j'affirme aussi que ton corps n'est pas une prison. Il est ta possibilité et ton expression. Que tu sois une personne ordinaire, ajouta-t-il en désignant ses disciples en retrait, ou que tu sois une personne extraordinaire, se permit-il en regardant passer, en contrebas, deux handicapés qui s'entraidaient pour franchir la marée humaine grouillant encore en dépit de la nuit qui tombait ; marée humaine qui, de la sorte, paraissait barrer le passage à ces deux invalides comme un infranchissable mur de normalité… un infranchissable mur de sauvagerie ordinaire.

Mais le vieil homme ne comprit rien du tout à cette allusion pleine d'enseignement que venait de lui offrir Yéhoshua-Iésous en lui présentant ces deux êtres extraordinaires. Alors, il lui demanda seulement :

— Comment retrouver ce lien et revenir à la vie ? Ne faut-il pas mourir avant de renaître transformé ?

Entendant ces paroles, le nazar ha s'attendrit. Il se plaça à la hauteur de son hôte et, ensuite, comme s'il espérait le raffermir, lui fit l'accolade.

— Ah, Nicodème ! s'exclama-t-il en même temps. Tu es un grand docteur de la Loi, mais, jamais encore, j'en suis sûr, tu n'es parvenu à en percevoir l'essence. La Loi n'existe pas pour être appliquée aveuglément. Elle n'est pas non plus une espèce d'escalier qui mènerait vers l'en haut ou dans le monde spirituel d'un dieu-Autre, d'une divinité éthique ou d'un métempirique gestionnaire du cosmos et de la vie sur Terre. En effet, si la Loi est l'expression des vices en chacun de nous, l'expression de nos frontières et de leurs débordements, elle est aussi, et avant tout, le signe – par excellence – de l'amour ainsi que de la compassion de celui qui l'a donnée. Et son orthopraxie est née d'une pensée qui implique, nécessairement, des actes de générosité et de compassion comme signes visibles de son règne. N'est-il pas écrit que le dieu des vivants bénit mille générations mais n'en punit que trois ? Et n'est-il pas aussi écrit que sa miséricorde et sa bonté valent mieux que sa justice ? N'étant pas justifié par les œuvres de la chair, un homme peut-il espérer la clémence de la justice par la Loi tandis que seule la grâce d'El Olam [98] peut pourvoir aux faiblesses de ses créatures ?

Nicodème était de plus en plus perplexe… et honteux.

— Toutefois, lorsque la grâce de l'Éternel est à votre porte, continua Yéhoshua-Iésous en parlant de ses concitoyens en général, jamais vous ne lui ouvrez. Car jamais vous ne parvenez à la reconnaître. Aimant mieux le sang à la sagesse, à peu près chaque fois qu'un serviteur de la paix s'est présenté à nos pères, ne l'ont-ils pas assassiné ou moqué ou méprisé, ce qui revient au même aux yeux du Père ? Et vous, malheureusement, n'agirez-vous pas de même avec ceux-ci lorsqu'ils enseigneront à leur tour, regretta Yéhoshua-Iésous en indiquant, dissimulé par un genévrier, Lazare qui rougit d'avoir pensé échapper à la sagacité du charpentier d'Origine en train d'expliquer les plans de son nouveau temple. Vous ne les écouterez pas non plus en effet, prophétisa le nazar ha (*ce qui était facile à prévoir vu qu'ils joueraient aux mêmes genres de jeux psychologiques que lui*). Ensuite, prétendant que leurs dires heurtent vos oreilles délicates autant que le bon sens et vos habitudes, vous les ferez chasser de vos lieux de culte devenus impies à force de compromissions et de transformations de sens. Puis vos oreilles se boucheront en vous rendant semblables à votre idole bien-aimée, le dieu sourd qui n'entend que le bruit des sicles et de l'avoir ou du faire… et des fers. Devant les inégalités que, jadis, vous eussiez fermement combattues au nom de Yah, vos langues se lieront dans vos bouches. Et devant les injustices que vos pères eussent houspillées ou châtiées sévèrement, vos yeux se fermeront, vos oreilles se boucheront et vous exigerez finalement le silence sur tous vos abominables méfaits. Pourtant, eux, déjà, ils ont aperçu le Royaume de l'amour véritable et, depuis lors, le moindre de leur pépin vaut mieux que l'ensemble de toutes vos abnégations ou de toutes vos offrandes réunies, de

---

[98] Nom de Dieu qui signifie « Dieu de l'éternité », l'ensemble étant une justification de l'arrière du T-shirt dont le slogan est : « *bien que je sois une sous-merde* ».

toutes vos hypocrites résipiscences ou de toutes vos prétendues contritions et rémissions.

Ensuite, juste après avoir parlé de la sorte fort tranquillement, mais en opposant sans arrêt le « vous » au « nous » – vous c'est mal et nous c'est bien –, à la grande surprise de son hôte, Yéhoshua-Iésous s'énerva :

— Ce sont des mots tout cela ! Priez donc un Dieu national ! Vénérez donc votre prétendue sagesse ou vos lois prétendument épées et boucliers ! Érigez donc de précieux manuscrits, des mausolées, des temples ou des reliques comme des trésors sacrés ! Essayez-vous à grandir spirituellement, à vous élever jusqu'aux nues si vous voulez ! Allez-y, sacrifiez des vies, la vôtre y compris, pour toutes ces pierres-là, toutes ces pierres d'achoppement là, au lieu de les offrir sur l'autel de l'amour mutuel réclamé par le Père ! Un autel qui n'exige aucun autre sacrifice que celui de son ego en fait... sans qu'il soit jamais possible d'être plus ou moins qu'un autre « tu ». Faites donc tout cela et voyez ce que vous devenez en pratiquant ainsi : des sentinelles de sable vénérant du néant ; des gardiens de prison dont le seul objectif consiste à veiller jalousement sur le grand nombre ou sur leurs trésors sacrés ; de petits forts de combat prêts à tout, et surtout au pire, dans le seul but de protéger du vide, de la poussière et du vent, prêts à tout pour protéger un morceau de vide que vous croyez plein ! (il parlait du naos temple, bien sûr)

Ensuite, devant le silence et la mine basse de son visiteur, constatant qu'il avait fait mouche, le nazar ha tenta de le raffermir en tâchant de l'embrigader en quelque sorte, de « l'adeptiser »...

— Mais, heureusement, dès que tu seras né de nouveau, toi, Nicodème, tu apprendras qu'il n'existe de pur et d'impur, de bon et de mauvais, de bien et de mal, de vide et de plein, qu'en rapport avec notre propre conscience et non pas en soi. Non pas en raison d'immuables causes métaphysiques donc, mais seulement de nos étalons de mesure... qui sont le plus souvent arbitraires. Celui qui naîtra de nouveau par l'esprit, celui qui recevra, par mon souffle, Paraclet, et qui a compris tout cela, non seulement pourra commencer à vivre dans le Royaume mais bien plus encore ! lui affirma-t-il enfin en guise d'heureuse nouvelle.

Une heureuse nouvelle que le pharisien ne comprit guère vu que, n'étant pas l'un de ses disciples, il n'était pas encore au courant de ce dont il s'agissait.

— Quoique de nombreuses transgressions soient commises de nos jours, continua cependant son hôte sans rien lui en expliquer, je ne suis pas venu dans le but de juger qui que ce soit. Je suis seulement venu afin d'éclairer mes prochains. Les éclairer sur le chemin à créer pour vivre en paix et se libérer de la prison du « Il » ou du « cela ».

À ce moment-là, s'avançant d'un pas léger, deux des disciples du Galiléen s'approchèrent et s'installèrent, le plus discrètement possible, avec Lazare sorti du buisson. Ce sur quoi Nicodème, qui craignait d'être reconnu par l'un d'entre eux par la suite, baissa de nouveau la tête. Mais, tout en la lui relevant d'un geste tendre et rassurant, acte auquel le pharisien n'opposa aucune résistance – ce qui était bon signe aux yeux de Yéhoshua-Iésous –, ce dernier continua de lui expliquer le rôle qu'il était persuadé d'avoir à endosser :

— Je suis venu célébrer une noce, lui révéla-t-il en le fixant droit dans les yeux. Une noce célébrée dans le sanctuaire du Très-Bas. Je suis venu inviter mes concitoyens et coreligionnaires à vivre une possible paix aussi confraternelle que mondiale. Puis les prévenir aussi. Les prévenir que, s'ils érigent la Loi mosaïque en dogme, elle seule sera leur juge pour finir, gémit-il en effrayant soudain Nicodème qui sentit un frisson le parcourir et ses jambes s'affaisser sous son poids. Moi, je suis venu rappeler qu'il existe une autre voie. Je connais le monde et sa tentation du duel mais je l'ai vaincue. Je suis maintenant uni au Père, par l'esprit. Ce qui fait que je suis prêt à montrer à tous le sentier étroit qui permet d'en retrouver la source ; cette source d'eau pure qui, toujours, a soif de nous boire. Mais, attention, prévint-il encore ses auditeurs tout ouïe, car celle ou celui qui choisit de vivre dans les ténèbres est un enfant de la perdition. Seule la personne qui accomplit ses œuvres à la lumière devient un enfant du Royaume charitable. La prochaine fois, conclut alors le nazar ha en scrutant des pieds à la tête le vieillard déconfit – il avait effectivement compris que ces dernières paroles le visaient directement –, la prochaine fois, répéta Yéhoshua-Iésous, agis en face de tous et tu franchiras enfin la frontière qui t'effraye tant. Saute à pieds joints dans la foi, toi aussi !

À ces mots, même s'il avait compris, Nicodème s'en alla tout contrit et fort attristé. Cela parce que, maintenant, il était persuadé – d'une manière indubitable –, que cet homme-là était bien le Messie annoncé ; Messie de lumière qu'il avait osé venir questionner tout vêtu d'ombres. Et comme si ce pharisien ne connaissait absolument rien à la Torah en dépit de toutes les années qu'il avait passées à y réfléchir ainsi qu'à tenter de l'appliquer le plus généreusement du monde, Yéhoshua-Iésous, son Messie, tant il ne pouvait supporter la présence des enfants de l'Érèbe et de Nyx, l'avait tout simplement renvoyé à une nouvelle naissance… nécessaire. Il avait lu en lui comme dans un livre ouvert et ce qu'il y avait lu ressemblait si peu, voire pas du tout, à l'éducation libératrice qu'enseignaient ces jours de pâque... qu'il en avait été dégoûté et ne s'en était pas caché, tout au contraire. Car, tout au fond de lui, le Galiléen n'avait trouvé que volonté de vengeance et de puissance en effet ; larvées, cachées, inconscientes, certes, mais aussi présentes que vives. Puis des chaînes et des boulets surtout. Tout plein de chaînes et tout plein de boulets.

§

Tandis que le docteur de la Loi, empli de doutes, quittait les nazoréens, une autre personne, l'un des disciples de Nicodème qui lui servait aussi de garde du corps, sortit de sa propre cachette et s'approcha timidement de leur campement pour aller se prosterner devant Yéhoshua-Iésous. Or, si aucun élève du nazar ha n'entendit ce qu'ils se dirent, quelques instants plus tard, leur maître en souffrances volontaires et en suicide assisté revint en compagnie de ce visiteur inconnu et le pria de s'asseoir auprès de ceux de ses disciples qui étaient toujours éveillés. Lesquels disciples, s'ils le regardèrent avec insistance en le dévisageant sans trop savoir quoi penser de lui, n'osèrent pourtant rien dire ni rien lui demander pour le moment étant donné qu'ils voyaient bien que, tout comme eux l'avaient fait, cet homme venait d'abandonner toute sa vie derrière lui. Silencieusement, Barthélemy venait ainsi de devenir, lui aussi, l'un des élèves de leur compagnie d'apprentis « allumeurs de réverbères ». Mais, étant d'un naturel taciturne, jamais il ne dirait quoi que ce soit sur sa vie passée ou sur sa famille, ce qui fait que je n'en sais rien, moi non plus, et n'en dirai donc pas plus à son sujet sinon que, très probablement, lui aussi avait développé, comme une maladie pernicieuse et maligne, un tout pesant côté masochiste... une épée au-dessus de sa tête en somme. Mais, après tout, qui se ressemble ne s'assemble-t-il pas ?

Quelques coassements en Judée

Le lendemain matin, accompagné de ses proches élèves ainsi que de quelques apprentis disciples, Yéhoshua-Iésous quitta de bonne heure la toujours aussi bouillonnante cité de Jérusalem. S'étant vus refuser la possibilité d'immoler l'agneau pascal – puisqu'ils s'étaient fait expulser manu militari du temple –, les nazoréens n'avaient plus aucune raison de s'attarder dans cette cité si peu encline à les accueillir ou à les écouter. Dès lors, peu après leur réveil, d'une voix unanime, avaient-ils décidé de voyager à travers toute la Judée en prêchant l'annonce de la bonne nouvelle du Royaume de l'amour généreux, soit un royaume de miséricorde qui n'est pas, et ne sera probablement jamais, de ce monde-ci... malheureusement.

« Cela afin, espéraient-ils un peu naïvement, d'initier de nombreux gardiens ou de susciter de plus nombreux messagers encore. »

Espoir naïf qui les poussa à y réaliser beaucoup de très ardents prêches, mais de très ardents prêches qui – ô ! tristesse infinie, se morfondit souvent leur maître –, au lieu de faire naître de véritables enfants de la colombe, des enfants libres, des enfants de l'amour et de la paix, ne donnèrent naissance qu'à d'innombrables suiveurs ; tout un océan de petits cailloux friables que n'avaient qu'à repérer les espions du temple pour se tenir au courant de leurs moindres faits et gestes. Or, il se fait que, tout en évangélisant la contrée, le long du Jourdain, à l'instar de Yéhoanan le baptiste que plusieurs avaient accompagné ou simplement vu faire, les élèves de Yéhoshua-Iésous, tous les jours, mais de leur propre initiative, pratiquaient une immersion rituelle dans l'eau au nom du Père tout-Un. Toutefois, Yéhoshua-Iésous ne baptisait personne quant à lui. Parfois, même, paraissant détaché de tout, sachant que ce rite n'avait en soi aucun sens ni aucun pouvoir s'il ne servait à relier le moi au soi – ce « tu » en chacun de nous qui nous lie et nous relie éternellement, à chaque instant et depuis l'origine de toutes choses, au « Tu » éternel –, parfois donc, Yéhoshua-Iésous ne regardait même pas celle ou celui qui entrait puis sortait du bain. Et, hormis une seule fois, dont je vais toucher un mot tout de suite, jamais il ne parla non plus à aucun de ces petits poissons. La seule et unique fois où il fit une exception, ce fut pour le jeune Lazare, ce gamin qui les suivait depuis quelque temps déjà et qui les rejoignait dès qu'il échappait à la bienveillante surveillance, mais aussi pesante que dictatoriale, de l'aînée de la famille, sa sœur Marthe, surnommée d'ailleurs Dina depuis qu'elle était toute petite parce que ce prénom signifie « jugement ».

En effet, le jour où ce jeune garçon se fit baptiser par Simon-Képhas, dès qu'il sortit des eaux, la mine toute réjouie, Yéhoshua-Iésous se tourna vers lui puis, les yeux tout embués de larmes, des larmes de joie, il s'exclama :

— Lazare, mon frère en trépas, mon ami dans la vie nouvelle, miracle parmi les miracles de la vie !

Antienne après laquelle le jeune homme, tout trempé, en regardant le sol en signe d'humilité, rougit des pieds à la tête tout en l'abaissant devant lui. Mais Yéhoshua-Iésous, en dépit de ses idées un peu dingues et pour le moins dangereuses puisqu'à la fois suicidaires et conduites par un mot d'ordre du genre : « *fais des bêtises afin de te faire rejeter* », Yéhoshua-Iésous avait l'âme d'un bon jardinier. Il la lui releva donc afin de planter son regard dans le sien, son âme dans la sienne, et, convaincant, lui affirma :

— Tu seras signe, toi aussi, mon frère ! Oui, dès à présent, si tu le veux, tu seras un signe [99] pour tes frères, lui dévoila-t-il encore en le mettant un peu plus mal à l'aise vu que tout le monde les regardait maintenant… en le jalousant férocement.

Bien entendu, Lazare ne comprit pas du tout les étranges paroles de son gourou et, s'il partit de nouveau vers Béthanie le cœur plus léger, il demeura néanmoins toujours plus étouffé de questions, d'énigmes et de problèmes que vivifié ou revigoré par de décisives réponses et certitudes.

§

Voyageant de bourgs en villages, lorsque les nazoréens y enseignaient gratuitement d'appliquer la Torah en faisant preuve de plus de miséricorde que de sévérité, les personnes qui les écoutaient se sentaient à peu près toutes obligées, comme poussées par une force inconnue jusqu'alors – celle de la générosité pure et sans attente de retour, dirait peut-être un croyant –, de leur donner quelque chose à manger ou à boire. Mais le nazar ha, presque tout de suite, à la place d'en profiter pour s'enrichir à bon compte, hormis le strict nécessaire pour tous les siens, redistribuait tout à de plus pauvres qu'eux, à des malades ainsi qu'à des invalides par exemple. Tant et si bien que l'accompagner – au grand dam de Judas Ishkériot lorsqu'il les rejoindrait et s'occuperait des comptes –, n'avait rien d'enrichissant financièrement. Le Galiléen prônait effectivement la pauvreté, seul état qui, selon ses dires, donnait du sens à la grâce divine en vous obligeant à la vivre tous les jours. Mais, c'est bien connu, jamais la pauvreté n'offre de sinécure pour qui s'en voit frapper ou la choisit pour amante. Heureusement pour les estomacs sur pattes que certains de ses proches étaient encore, les dons étaient aussi nombreux et généreux que variés. Ce qui fait que, pendant plusieurs jours de suite, leur enseignant et ami les partagea en expliquant à celles et à ceux qui voulaient l'entendre qu'il leur fallait revenir là où le véritable amour – le véritable dieu – les attend toujours, là où ils l'ont quitté en fait, à la frontière entre le duel et Un. Mais personne ne le comprenait. Néanmoins, parce qu'il agissait de la

---

[99] Lazare ou Éléazar en Hébreu, signifie « Dieu a secouru » et le mot miracle signifie « signe ». En quelque sorte, Jeber-Jésus transmet l'idée que Lazare ne vit plus pour lui-même, mais pour être signe, c'est-à-dire pour vivre pour une cause externe à ses propres volontés humaines donc… et générer le même arrêté funeste de scénario.

sorte, en communiant bien plus qu'il ne communiquait, beaucoup d'âmes égarées se mettaient à le suivre ou à l'accompagner un bout de chemin.

Par contre, en son for intérieur, il savait que pas une de ces personnes ne voulait réellement changer. Ces gens, tous ces gens, en réalité, souhaitaient seulement de suivre une voie toute tracée et non pas emprunter, en le créant au besoin, leur propre sentier, soit accomplir leur « destin » en découvrant leurs forces et le genre d'intelligence dont ils étaient bénéficiaires afin de se réaliser eux-mêmes. Ils voulaient l'accompagner, lui, qu'ils pensaient être leur sauveur, le général en chef de leurs futures armées... un pseudo-militaire qui, par la force et la ruse bien sûr, vaincraient tous leurs ennemis. Ils ne voulaient donc pas découvrir leur propre chemin. Jamais. Pas une ni un. Non, jamais, pas une ni un ne voulaient se libérer eux-mêmes – grâce à l'amour et à la paix notamment – de cet ennemi bien plus dangereux qu'ils étaient, eux, pour eux-mêmes ; ils aimaient leur ignorance finalement, ils aimaient leurs chaînes et leurs boulets.

Seconde approche... second accroc

Bien plus loin que l'endroit où se trouvaient les nazoréens, Yéhoanan le baptiste, toujours actif, continuait effectivement d'exercer son ministère de passeur de lumière et d'annonciateur de la bête victimaire. Mais il immergeait à présent aux frontières de deux régions, la Galilée et la Samarie, aux frontières d'une contrée particulièrement honnie de la plupart des croyants de souche depuis des lustres donc. Précisément depuis que ses habitants avaient osé prétendre que le mont Garizim, l'un des monts de cette région qu'ils vénéraient, était le seul et unique Lieu Saint agréé par l'Éternel des armées... d'étoiles. Samaritain ou hérétique sonnait d'ailleurs de la même manière dans l'oreille de la plupart des juifs hiérosolymitains. Et aucun croyant n'aurait jamais osé, ou aimé, partager son pain avec l'un de ces lascars-là sans craindre au moins l'impureté que cela engendrait, selon la plupart des docteurs de la Loi. Puis, si les Galiléens, formant un peuple bigarré et riche de nombreuses cultures, voyaient quant à eux les habitants de Samarie d'un œil un peu moins mauvais que leurs frères de Judée, ils n'en oubliaient pas pour autant que ces gens-là, aux dires de leurs textes sacrés, n'étaient pas du tout Hébreux puisqu'ils descendaient de tribus orientales transférées là par un ancien conquérant assyrien dans le but de repeupler ce territoire de serviteurs fidèles.

Donc, tandis que le rouquin du désert baptisait à présent dans le Nord, les compagnons de Yéhoshua-Iésous pratiquaient la même marque de curation dans le Sud, en Judée, au vu et au su de tous étant donné que, pour autant qu'elles ne deviennent pas séditieuses ni révoltantes à l'extrême, les Romains ne se mêlaient pas des affaires religieuses des populations conquises. Pourtant, quelque chose différait entre ces deux baptêmes. Si le premier de ces deux hommes, le baptiste, immergeait toujours au nom du passé et de l'avenir, les autres, les élèves de Yéhoshua-Iésous, tout au contraire, ne le faisaient jamais qu'au nom du présent en effet. Puis si l'un ne cessait de rappeler ce qui avait été ou de prédire mille catastrophes à son peuple, les autres, pour leur part, ne faisaient que louer et chanter en prévenant aussi des dangers qu'encouraient celles et ceux qui, la pureté aux lèvres et l'impureté au cœur, osaient s'approcher si près de la maison de leur divinité. Parce que, d'après eux, ils étaient nombreux tous ceux qui, hommes et femmes, souvent sans aucune honte, chaque jour et chaque soir, se vautraient dans la fange, mais qui, dès le lendemain, craignant pour leur âme, se rendaient tout contrits au temple en se drapant de mille excuses tout aussi plates qu'inutiles ; tout prêt qu'ils étaient toujours, toutes et tous, à débourser de l'or, des jérémiades ou des génuflexions afin de pouvoir retrouver une bonne conscience.

Curieusement, alors que les amis de Yéhoshua-Iésous ne rencontraient pas encore ce genre de problème, un grand nombre de Galiléens, de Péréens et même de Décapoléens – tous gens aussi exaltés que fiévreux, car souvent aussi frénétiques que fantasques ou hystériques – aidaient maintenant le baptiste dans sa tâche de curateur de la fatalité ou venaient seulement l'écouter s'enflammer contre les vices de l'humaine trop humaine nature. Des vices dont ils ne comprenaient pas toujours qu'ils étaient aussi les leurs par contre. Un Judéen en particulier pourtant, un Judéen qui, pour seule distinction, n'était affublé que d'un léger défaut aux yeux, survint au bord du Jourdain et y aborda l'un des fervents disciples du baptiste, Michaël de Scythopolis.

— Dis-moi, je te prie, comment se fait-il que vous continuiez de baptiser de votre côté tandis que celui que ton maître a présenté comme le Messie le fait en Judée ? lui demanda-t-il d'une voix doucereuse. Et pourquoi n'allez-vous pas vous joindre à lui et augmenter ses troupes ? N'aura-t-il pas besoin de toutes ses armées pour mener à bien sa guerre contre le mal ?

Michaël ne comprit pas tout de suite que ce malin modifiait volontairement les faits dans l'unique but d'égarer les hésitants. Or, hésitant, Michaël l'était depuis plusieurs jours. Effectivement, ayant toujours vécu en citadin, il balançait entre continuer de suivre le messager, avec toute la rigueur que

133

cette rude vie entraînait, ou rejoindre ce Yéhoshua-Iésous, dont on disait qu'il aimait faire la noce, ne jeûnait pas à outrance et partageait tout son temps ainsi que son avoir avec les plus pauvres… hors des lieux désertiques. Aussi la tentation était-elle devenue immense, pour lui, de délaisser cette âpre vie de serviteur dans les déserts afin d'embrasser celle d'arpenteur de chemins en passant d'un village à un autre et en ne circulant plus que dans d'agréables et verdoyantes vallées ou collines. Toutefois, il craignait que, d'oasis qu'il se pensait être devenu en compagnie du baptiste, s'il suivait ce chemin de la bête rituelle qu'était Yéhoshua-Iésous – cette voie du sacrifié volontaire, de l'animal de remplacement assoiffé de se faire battre puis tuer –, il ne se transformât à la place en pierre. Et, en cela, force m'est de l'avouer, bien qu'il se trompât lourdement sur le risque de devenir semblable à un caillou aux côtés de Yéhoshua-Iésous, il avait pourtant bien raison de craindre. Car, lui aussi, il ne souhaitait qu'emboîter le pas à quelqu'un. Lui aussi ne souhaitait que de devenir un suiveur. Or, je vous l'ai déjà dit et ré-pété, si Yéhoshua-Iésous, à l'inverse du baptiste, passait bien d'un village à un autre en évitant autant que possible les grandes villes et en ne se rendant que fort peu souvent dans des lieux sans vie, il n'y cherchait jamais, ouver-tement en tout cas, personne pour le suivre ou l'accompagner seulement. Non, ce que souhaitait surtout le nazar ha, comme il le répétait régulièrement à ses proches, c'était de trouver des oreilles pour entendre et des yeux pour voir. Il cherchait des personnes prêtes à se dresser contre les injustices et prêtes à tout, sauf au pire, pour nourrir les affamés et abreuver les assoiffés. Il souhaitait de trouver des gens qui, paisiblement, seraient prêts à briser leurs chaînes autant qu'à éclairer la caverne dans laquelle se trouvaient prisonniers tous leurs frères pour leur montrer les leurs afin qu'ils puissent, eux aussi, s'en défaire. Michaël fut troublé par les questions du visiteur. Il le fut telle-ment qu'il s'en ouvrit à deux autres compagnons qui, perplexes à leur tour, le poussèrent à interroger leur maître. Accompagné par celui qui l'avait in-terrogé, Michaël s'avança alors dans le Jourdain jusque mi-cuisse et s'adressa à Yéhoanan.

— Maître, se permit-il, dis-nous le fond de ta pensée, je t'en prie ! Celui à qui tu as fait franchir la frontière entre l'ancien et le neuf immerge, main-tenant, du côté opposé à celui où nous baptisons toujours. Et nombreux sont celles et ceux qui vont à lui. Ne devrions-nous pas, nous aussi, nous rendre auprès de lui afin de le suivre et de le servir en accroissant le nombre de ses guerriers de lumière ? Ne devrions-nous pas, nous aussi, augmenter ses forces en baptisant pour et avec lui ?

Ce à quoi le messager de lui répliquer vivement :

— Qui donc t'as dit qu'il baptisait lui-même... avec de l'eau ?

Ensuite, zieutant le Judéen qui se tenait discrètement en retrait, derrière Michaël, il le remit à sa place :

— L'as-tu vu baptiser quelqu'un dans cet élément-là, toi, le faiseur ?

— Certes, non, répondit celui-ci en faisant mine de minimiser la chose, le regard fuyant, il ne baptise pas lui-même mais ses disciples se le permettent en son nom, argua-t-il alors en s'empourprant, comme offusqué d'être pris pour cible à son tour.

— Qu'à cela ne tienne ! trancha le pseudo-Élie fermement. Si son appel retentit en ton cœur et si toutes les fibres de ton être te poussent à le rejoindre, pars, Michaël ! Il est l'époux tandis que moi je ne suis qu'envoyé en avant de lui, expliqua-t-il à son disciple décontenancé par une telle réponse. C'est un fait, depuis que j'ai été témoin de son alliance avec Logos, mon temps est compté. En revanche, si le sable de mon sablier atteint déjà son terme, le sien, quant à lui, n'aura jamais de fin. Ma source va très bientôt tarir pendant que la sienne, tout à l'inverse, grandira au point de devenir mer ou océan... ou plutôt un grand feu qu'un raz-de-marée, se rabaissa finalement, humblement, le baptiste en lui signalant ainsi que la nature du véritable baptême que Yéhoshua-Iésous... bientôt, très bientôt.

Mais, juste après, s'accompagnant d'un regard à la ronde, il hurla :

— Partez ! Oui, partez tous ! Allez vite écouter le témoignage d'un gardien devenu fils d'Hachem [100], porte et portier du Royaume d'un feu éternel ! Et puissiez-vous comprendre son témoignage puis vous plonger dans l'étincelle de la lumière originelle afin de vous réunir, vous aussi, à celui qui est vous et que vous êtes sans le savoir, à celui que vous détruisez en vous ou autour de vous sans le savoir, Origine !

Enfin, menaçant, il se tourna vers celui qui avait initié cette affaire.

— Et toi, maudit menteur, le stigmatisa-t-il, ne remets plus jamais les pieds ici avec l'idée que l'annoncé vient juger, punir ou tuer des méchants, voire récompenser des justes ou baptiser dans l'eau des mécréants !

Enfin, d'une voix radoucie, regardant avec compassion ses disciples tout surpris de s'entendre repousser si facilement par lui, Yéhoanan de conclure :

---

[100] Nom employé pour désigner Dieu en hébreu, en remplacement de El Shaddaï et qui signifie : le nom.

— À ses yeux, mes chers enfants, il n'y a ni justes ni injustes, ni bons ni méchants. Et, qui plus est, vous ne trouverez en lui rien de ce qui fait l'apanage de tous les prêtres ou de toutes les bêtes croyantes, cette pusillanime soumission dont ils sont capables devant les puissants et les forts au nom de leur certitude de suivre le bon chemin, celui du bien, celui du bon, celui du juste ; qu'ils veulent voir perdurer. Pusillanime soumission qu'accompagne si contradictoirement une presque naturelle propension – qui paraît même propre à cette fonction-là – à oser, dès qu'ils le peuvent sans dommages pour eux, pour leurs dogmes ou pour leurs sanctuaires, toutes les outrances contre la faiblesse et tous les outrages contre les miséreux, les malades ou les handicapés.

Discutant vivement de ces propos par la suite, ses disciples ne virent donc pas leur maître s'éloigner et disparaître de nouveau dans les montagnes. Pas plus qu'ils ne virent l'inconnu de Judée s'esquiver, lui aussi, mais par la voie pavée non loin de là. Or, jamais ces jeunes gens ne reverraient le baptiste. Et si certains, comme Michaël, patientèrent bien quelques jours en attendant son retour, la plupart d'entre eux finirent par rejoindre les élèves du nazar ha... ou par rentrer chez eux ; soit un évènement que ne manquèrent pas de signaler les espions du temple vu que de nombreux pharisiens, qui s'étaient rendus vers le limpide Jourdain pour écouter le messager roux, étaient à présent persuadés que Yéhoshua-Iésous, le bleu magicien des montagnes multicolores, des vertes collines et des villages bigarrés, attirerait bientôt à lui beaucoup plus de gens encore que ce rouge fou des ocres déserts. Alors, les membres du sanhédrin, qui commençaient de s'en inquiéter sérieusement, envoyèrent des scribes, gens habitués aux exercices de mémoires, écouter les dires de ce prêcheur de Galilée et l'observer dans le but de déceler, dans ses paroles ou ses actions, ce qui était néfaste et pourrait leur servir éventuellement contre lui. Ce faisant, ils voulaient ramener le plus de monde vers le temple ou les synagogues, car leurs fidèles, dès qu'ils avaient rencontré le Galiléen, même une seule fois, ne se plaisaient plus guère à y venir prier ou sacrifier quelque vie que ce soit ; en omettant ainsi à la fois de demander le pardon légal à leur divinité puis, surtout, en se mettant subitement à refuser de remplir les caisses du compte « offshore » de celle-ci.

Mais, ayant rapidement compris le petit manège de ces zélés défenseurs de murs, de vide et de cailloux pas plus gros qu'un œuf, voyant beaucoup plus de gens qui les espionnaient plutôt qu'ils ne s'ouvraient à ses enseignements, Yéhoshua-Iésous décida alors de retourner en Galilée, où il n'était pas encore connu même si le miracle de Cana avait circulé de partout et était déjà parvenu aux oreilles d'Hérode Antipas. Toutefois, le tétrarque était bien trop occupé par ses affaires latines que pour prêter la moindre attention à des légendes ou à de vulgaires tours de passe-passe ; des tours que certains magiciens de Babylone ou d'Égypte réalisaient par ailleurs de longue date. De toute manière, s'il avait souhaité d'en savoir plus à propos du Galiléen, il n'aurait rien pu en apprendre d'autre étant donné que, à ce moment-là, presque personne ne connaissait le nom de l'endroit d'où était apparu ce bienheureux serviteur de la profusion, ce formidable révélateur de vérités plus tranchantes qu'une lame de rasoir qui, poussé par son scénario délétère malheureusement, volontairement donc, mais pas trop vite tout de même, courait de plus en plus consciemment vers son rejet et sa mise à mort ; une mise à mort dont il ne connaissait ou n'avait pas encore décidé la nature cependant.

Pierre qui roule n'amasse pas…

Ce matin-là, les nazoréens étaient partis fort tôt du village d'Éphraïm [101] où ils avaient passé le shabbat [102]. C'était un très ancien village samaritain… qui existe encore de nos jours et se nomme Taibei. Un village situé en plein désert, au nord nord-est de Jérusalem, qui, depuis peu d'années à cette époque, était passé sous contrôle du procurateur de Judée. Un lieu encore tout plein de Samaritains donc, croyants ou non. Marchant d'un bon pas sur des sentiers passablement rocailleux, les nazoréens étaient arrivés en vue du hameau de Sychar [103] à l'heure où le soleil est à son zénith. Cette heure terrible où l'astre du jour éclabousse de tant de rayons les rares fous qui s'aventurent dans les plaines hors de l'ombrage des palmiers dattiers ou des oliviers qu'à force de les bombarder il finit par les asphyxier ou par les dessécher

---

[101] Éphraïm signifie « double récompense ». Cette ville était une des villes refuges où pouvait se rendre un meurtrier afin d'échapper au vengeur du sang. Lequel vengeur avait le droit de prendre sa vie partout ailleurs pour venger un meurtre volontaire ou pas. Éphraïm se situe non loin de Jérusalem, en Samarie, mais elle en fut détachée par les conquérants romains pour être rattachée à la Judée. Il y avait donc peu de temps que cette cité faisait partie de cette juridiction de Judée et elle était encore peuplée, en majeure partie, de Samaritains. Donc, on peut supposer que presque aucun juif orthodoxe, sadducéen ou pharisien, ne s'y rendait volontiers. Cette contrée est citée deux fois au moins dans l'évangile de « Jean » comme étant un lieu où Yéhoshua-Iésous se réfugia et où il séjourna en paix. Un lieu où il enseignerait, notamment, pendant douze mois environ par la suite.
[102] Soit entre le 31 mars et le 1er avril 28 (année juive 3788).
[103] Sychar signifie « ivresse ».

presque complètement. Souhaitant d'être seul, juste avant d'arriver aux abords de ce petit hameau, Yéhoshua-Iésous s'était tourné vers ses compagnons et leur avait demandé de se rendre dans une ville située un plus au sud dans le but d'y acheter des victuailles. Cependant, bien qu'ils pensassent sa demande dangereuse, ils avaient plus peur pour lui que pour eux parce que le hameau dont ils s'approchaient et où voulait se rendre, seul, leur professeur était considéré comme l'un des pires de toute la Samarie. Ses habitants n'avaient-ils pas osé s'installer aux pieds du mont Ébal, le mont des malédictions ? Certes, juste en face du Garizim, celui des bénédictions, le mont sacré où se trouvait jadis le temple de ces faux juifs ou de ces juifs renégats qu'étaient les Samaritains pour les orthodoxes – une bâtisse qu'avait détruite, soit dit en passant, le roi judéen Jean Hyrcan environ un siècle et demi auparavant –, mais, tout de même, quelle curieuse idée de s'installer sur le flanc de cette maudite colline-là ! D'ailleurs, y compris ici, en Samarie, les juifs samaritains évitaient cet endroit malsain ainsi que celles et ceux qui y vivaient ; des gens qu'ils jugeaient des plus sauvages, des plus violents et des plus hérétiques, bref, des gens qu'ils jugeaient bien pire qu'eux tous réunis. Aussi est-ce esseulé que le nazar ha s'approcha, d'un pas pourtant des plus tranquilles, de cet endroit maudit ou presque. Et tandis qu'il en était encore à cinq cents mètres environ, une ombre s'en détacha et se rapprocha de lui. En dépit de cette chaleur torride, une villageoise avançait en effet en direction de l'unique puits du village… situé à l'extérieur du village, à mi-chemin entre elle et lui.

Or, cette femme, tous les jours, se trouvait obligée de braver les cuisants rayons de Phébus afin de venir puiser dans ce gros trou béant dans le sol à cause, non pas d'une consommation excessive de sa famille ou d'une hygiène plus grande que la plupart, mais, surtout, d'une toute pesante aliénation. Une dépendance dont elle était prisonnière depuis sa jeunesse – une secrète passion qu'elle vouait à une très ancienne idole familiale, une déesse des eaux –, dont l'origine remontait, dans sa famille, au temps des Phéniciens. Ce qui l'obligeait de s'y rendre fort régulièrement. Elle avait d'ailleurs déjà beaucoup peiné lorsqu'elle y parvint cette fois-ci et découvrit Yéhoshua-Iésous qui (l') attendait juste à côté. Ce qui fait qu'elle le toisa de loin au début mais n'y prêta plus ensuite aucune attention, comme s'il n'existait pas. Parce que, comme je vous l'ai déjà signalé, depuis plusieurs siècles maintenant, les juifs judéens et les juifs samaritains se haïssaient. Ils se haïssaient copieusement. Et cette haine datait de longtemps. Après le décès du Roi Salomon, son royaume avait été séparé en deux petites entités plus fragiles, le royaume du Nord, royaume d'Israël, et le royaume du Sud, celui de Judas puis, quelques siècles après ce schisme, le premier de ces royaumes, un royaume fort riche, ayant attiré la convoitise de ses très puissants et très avides voisins assyriens, était tombé entre leurs griffes. Des conquérants polythéistes qui, par la suite, mais aux seuls dires des écrits juifs traditionnels, avaient repeuplé ces terres en y obligeant purement et simplement différents de leurs propres sujets orientaux de s'y installer ; chose qui se faisait assez couramment, il est vrai, durant l'antiquité et plus tard encore. En conséquence de quoi, les Judéens soutenaient-ils avec rage que les gens qui y vivaient, à ce moment-là, n'étaient pas de véritables descendants des douze tribus sauvées d'Égypte, mais plutôt des voleurs de terre et de religion. Des voleurs qui, non seulement avaient volé leur religion mais qui, en outre, comble du vice, l'avaient méchamment défigurée. Des bâtards donc, plutôt que des enfants légitimes... ne priaient-ils pas, par exemple, uniquement dans les ruines de leur propre temple élevé sur le mont Garizim, pillé, saccagé et détruit par le Roi judéen Jean Hyrcan peu auparavant ? Ne le prétendaient-ils pas plus important que celui de Jérusalem ou plus sacré le mont Garizim que le mont Moria, soit le mont du Temple ? Ne traitaient-ils pas les croyants orthodoxes, judéens surtout, de fous ou d'idolâtres, de menteurs et d'hypocrites ? Bien entendu, tout au contraire des juifs judéens ou galiléens, les juifs samaritains n'avaient de cesse de proclamer qu'ils étaient bien les dignes descendants des tribus d'Éphraïm et de Manassé [104], qu'ils étaient bien d'honorables récipiendaires des promesses divines, qu'ils étaient bien d'heureux fils des vénérables patriarches, qu'ils étaient bien de courageux enfants de la traversée de la mer Rouge et du désert et, donc, qu'ils étaient bien des rejetons des deux tables de pierre... et du veau d'or ; bref, qu'ils étaient bien les frères – honnis et maudits – des Judéens, véritables Abel, finalement, de ces damnés Caïn.

Quoi qu'il en soit, une autre question encore que celle d'une généalogie tarabustait plus encore les religieux de ce pays fendu, tant les juifs samaritains que les juifs orthodoxes cette fois-ci. Une question fondamentale qui taraudait ce pays, en le minant, depuis plusieurs siècles. Une question qui consistait en une hésitation. Un balancement. Un balancement véhiculé par leurs textes sacrés, à savoir lequel des deux Israël devait-il prévaloir ? Un Israël charnel ou un Israël spirituel ? Une patrie génétique ou une fratrie idéale ? Naissait-on juif, de mère juive, ou pouvait-on le devenir... par

---

[104] Éphraïm et Manassé étaient les descendants de Joseph, petit-fils d'Abraham.

conversion ? Effectivement, depuis que l'ardent prosélytisme monothéiste des disciples de Hillel, de plus en plus important au fil du temps, leur avait amené tout plein de nouvelles recrues, tout plein de nouveaux croyants, comment fallait-il regarder ces tout nouveaux convertis ? Fallait-il y voir un racinaire bénéfique pour l'ensemble du « jardin », c'est-à-dire ce lieu fort étroit qui formait, dans le temple, le parvis des Israélites, un racinaire venu nourrir bienheureusement les racines du grand arbre de vie – un bienheureux apport à leur nation spirituelle donc –, ou, au lieu de cela, y voir un composé parasitaire possiblement vénéneux ou mortel pour leur nation charnelle toute entière ; une sorte de champignon parasitaire ou de moisissure qu'il faut tout de suite traiter vigoureusement ? En revanche, il est bien connu que c'était en Judée que ce problème-là demeurait le plus d'actualité. Il était même sur les lèvres d'un peu tous les docteurs de la Loi puisque les sadducéens ainsi que certains pharisiens rigoureux, de l'école de Shammaï, fort écoutés des premiers, avaient interdit à ce racinaire-là de pénétrer jusqu'à la principale racine de l'arbre ; considérant tous ces nouveaux venus – les prosélytes, les Craignants-Dieu et les nazoréens depuis peu – comme des étrangers puisqu'ils leur avaient interdit sous peine de mort l'accès à d'autres parvis que celui des Gentils. Car les plus rigoureux des docteurs de la Loi, est-il vraiment nécessaire de le dire, soutenus par plus d'une des riches familles sadducéennes, mais pas toutes puisque certaines y avaient beaucoup à gagner, dénigraient toute possibilité à un Israël de frères planétaires d'exister et s'accordaient tous, au contraire, à vénérer un seul Israël, celui des fils et des filles… par les ovaires. Quant aux juifs samaritains, à ce sujet, ils avaient tranché eux aussi. De la même façon que les orthodoxes, ils avaient opté pour un Israël des gonades. Par contre, chez eux, il ne s'agissait pas d'un Israël ovulaire, mais testiculaire. Quoi qu'ils disent ou fassent, les Samaritains demeuraient donc très particulièrement insupportables aux yeux des juifs judéens ou galiléens ; y compris à ce niveau-là. Ce qui impliquait que passer par leur territoire ou demeurer chez eux était des plus mal vu et même parfois possiblement dangereux.

Cependant, sans se tracasser de ces vétilles, Yéhoshua-Iésous avait choisi d'emprunter cette route-là, l'une des plus ardues, qui conduisait en Galilée en passant par la pire auge qui soit pour un juif orthodoxe ; ce qu'il se considérait encore être. Attendant ses amis, il s'était posté sur le bord du puits mais il ne pouvait pas y puiser lui-même pour se désaltérer ou se rafraîchir vu que, ne possédant pas de margelle, et étant fort profond, ce puits se révélait impossible d'accès pour qui ne s'était pas prémuni d'une jarre ou d'une cruche. En face de lui se trouvait le mont Ébal et derrière lui le Garizim. Deux monts dont les noms résonnent d'une curieuse musique – car paradoxale – aux oreilles de tout juif pieux. Parce que, si ces deux mots faisaient écho à l'entrée du peuple hébreu dans la terre promise – c'était là, pensait-on, qu'ils s'étaient retrouvés après avoir franchi le Jourdain pour envahir ces terres –, en revanche, tandis qu'un joli bouquet de bénédictions avait fleuri du haut du Garizim, sur l'Ébal, c'étaient une kyrielle de malédictions qui avaient proliféré. Or, le fils du charpentier ainsi que de la sage-femme – oui, je ne vous en ai rien dit encore, mais, entre autres choses, sa mère était aussi la sage-femme de son village caché – se trouvait précisément dans la plaine qui avait entendu prononcer ces sentences si opposées ; juste entre les deux chemins et nullement par hasard ou selon une lubie, comme l'avaient pensé ses proches tout d'abord.

— Il existe des voies plus sûres, avaient-ils vainement protesté en chœur, le matin même, afin de dissuader leur professeur lorsqu'il avait commencé de marcher sur la route qui traversait cette région maudite. Des voies qui ne traversent pas un territoire aussi hostile à notre égard, à nous, les véritables juifs, soutinrent-ils convaincus d'être meilleurs que les Samaritains (*et pas encore si près que cela à se faire battre inutilement par d'autres que leurs propres coreligionnaires s'entend*). Des chemins qui, longeant le Jourdain ou traversant les contrées voisines de la Pérée et de la Décapole, nous permettraient de nous rendre en Galilée sans coup férir [105].

Bien sûr, connaissant lui aussi la géographie de ces régions, le nazar ha savait tout cela mais, se sentant dirigé par une main invisible qui lui indiquait, d'après lui, la voie à suivre, il n'en démordit pas. Au contraire, convaincu qu'il était de devoir le faire, il continua d'avancer franchement sur cette « route des enfers » sans se retourner. Puis, chemin faisant, dès que les nazoréens eurent quitté Éphraïm, ses adeptes tentèrent encore une fois de le faire changer d'avis mais il ne les écouta même pas. En dépit du fait que la contrée fût infestée de dangereux « hérétiques » qui ne reculeraient pas devant les injures ou les coups s'ils pouvaient en faire pâtir quelques judéo-

---

[105] Comme vous pouvez le constater ici, Jeber-Jésus avait donc trouvé des gens qui correspondaient assez bien à son propre slogan avant de T-shirt : « *je vaux mieux que vous* » et à ses a priori sur les prêtres et les docteurs de la Loi. Ce qui est assez classique dans les sectes dans lesquelles les adeptes ont, et doivent avoir, un côté, voire une volonté ou un jeu, proche de celui ou de ceux de leur(s) gourou(x). Dans ce cas-ci, le jeu : *donnez-moi des coups de pieds*, mais auquel ils ne sont pas encore prêts à jouer si ceux qui leur en donnent ne correspondent pas à leur propre modèle.

serviteurs d'Adonaï, Yéhoshua-Iésous, décidé et têtu à leurs yeux, voulait absolument passer par là ; encore un effet de son scénario suicidaire probablement…

§

Lorsque la Samaritaine arriva près du puits, encore fort belle dans sa maturité, et lorsqu'elle eût souffert pour puiser son eau sans lui accorder le moindre regard, absorbée qu'elle était par sa tâche et dédaigneuse puisqu'elle avait cru reconnaître en lui l'une de ces vermines Judéo-Hiérosolymitaines, Yéhoshua-Iésous se pencha vers elle.

— Bonjour, la salua-t-il poliment en baissant la tête en signe de respect. S'il te plaît, accepterais-tu de me laisser boire à ta cruche ?

Mais, elle, elle s'offusqua de tant d'audace de sa part puis, le regardant de travers, le tança avant de lui cracher avec dédain :

— Comment ? Te moques-tu de moi ? Me prends-tu pour ton esclave comme du temps où vos rois firent de ceux qui peuplaient la terre d'Israël leurs bûcherons ou puisatiers [106] ?

Yéhoshua-Iésous demeura coi. Il se contenta de lui sourire sans que son visage paraisse traduire la moindre volonté de la rabaisser ou de se moquer d'elle. Hajar, c'était le nom de cette femme aux longs cheveux roux flamboyant, le prit alors à partie pour une autre cause :

— Et puis, comment se ferait-il que toi, un pur, un juste, un fils du temple de Jérusalem, un juif… (sa langue siffla sur ce dernier terme sur lequel elle voulait insister comme s'il s'agissait d'une tare congénitale incurable ou d'une injure salace), comment se fait-il que, parce que tu as soif, tu veuilles recevoir de la part d'une impure Samaritaine un peu d'eau ?

Elle n'avait pas osé lui dire « comment, toi, une vermine… », mais elle l'avait pensé tellement fort que même lui l'avait compris. Lui tournant alors le dos tout de suite après, sans souhaiter d'obéir à la plus simple des lois de l'hospitalité, à savoir « abreuve qui a soif et demande à boire », Hajar, énervée, commença de retourner vers son village. Mais Yéhoshua-Iésous, sans s'arrêter aux airs inquisiteurs de ce morceau de glace qu'il était venu faire fondre, lui dit à son tour :

---

[106] Si pas historique, au moins biblique, selon le Pentateuque ainsi selon les livres dits historiques relatant les histoires et chroniques royales.

— Si tu savais ce que « je suis » est et si tu savais tout ce dont je puis te libérer comme esclavage en te donnant l'eau fécondante, l'eau d'en haut au lieu de celle d'en bas, c'est toi qui m'en demanderais à foison.

Ce après quoi Hajar, dès qu'elle l'eût entendu parler ainsi, se ravisant, stoppa net et se retourna pour lui faire face. Alors, constatant qu'il ne possédait pas le moindre récipient, elle le dévisagea de nouveau avec mépris.

— Et comment t'y prendrais-tu, espèce de fou ? se moqua-t-elle de lui. Tu n'as rien avec toi pour puiser dans ce puits profond [107]. Te crois-tu plus grand que celui qui l'a creusé pour s'y désaltérer ainsi que les siens et son troupeau, notre père Jacob ? insista-t-elle encore.

Confondant l'eau spirituelle dont il parlait – son message de concorde – avec l'eau qui sort de la terre, et même si son air vénérable avait quelque chose qui la troublait, Hajar hésitait quand même un petit peu à continuer de refuser d'offrir un peu de ce « sang de la vie » à cet impertinent, soit-il un juif orthodoxe. Elle s'apprêtait pourtant à partir lorsque celui-ci, calmement, s'adressa encore une fois à elle.

— Mais, si tu utilises cette eau donnée à tous par le patriarche pour d'incessantes libations, lui déclara-t-il subtilement, ne dois-tu pas toujours revenir vers ce puits en réalisant sans arrêt de harassants voyages ? Parce que toute cette eau que tu viens chercher en ce lieu n'est-elle pas, en majeure partie, vouée par tes soins à une ashéra de la mer [108] ? Une idole dont tu inondes le crâne copieusement, plusieurs fois par jour, afin d'en obtenir d'éventuels bienfaits.

La Samaritaine, qui pratiquait en effet ce rituel depuis de très nombreuses années – dans le plus grand secret, bien entendu –, rougit des pieds à la tête en entendant ce prophète dévoiler son esclavage à la peur au grand jour, c'est-à-dire la mettre à nu comme s'il avait assisté lui-même à ces pratiques tout aussi interdites, ici, en Samarie, qu'elles l'étaient en Judée. Car c'était vrai ! Tous les jours, cette pauvre femme versait l'équivalent de cinq jarres d'eau sur une statuette dont elle avait hérité au décès de sa mère. Une idole qui, dans sa famille, passait des mains de femmes à d'autres mains de femmes depuis tant de générations qu'elle n'eût pu en expliquer la provenance. Elle faisait cela par superstition, bien sûr, ces gestes lui ayant été inculqués dès sa plus tendre enfance par sa mère ainsi que sa grand-mère. Or,

---

[107] 46 mètres.
[108] Petite idole féminine anciennement répandue parmi les Phéniciens.

pour en obtenir fortune, miséricorde et bonheur, il fallait absolument que cette idole soit toujours mouillée avec de l'eau fraîche. Néanmoins, toutes les fois où elle s'abandonnait à cet esclavage, en même temps que la satisfaction d'accomplir un geste appris et ancré dans son inconscient, elle ressentait une telle horreur qu'elle se dégoûtait presque de ne pas parvenir à mettre un terme à cette affreuse dépendance, à cette addiction qui la rongeait depuis tellement d'années, à cette contradiction qui l'écartelait. S'en jugeant tout à fait indigne, elle n'osait d'ailleurs plus du tout se rendre dans le moindre lieu consacré par sa religion afin d'y prier.

— L'eau dont je te parle ne se trouve pas sous ou sur la terre ni même dans le ciel, la surprit Yéhoshua-Iésous. Mais qui s'en abreuve ne connaîtra plus la soif spirituelle, trouvant les réponses à ses questions dans une générosité humaniste et sociale plutôt que dans une servitude rituelle.

Ensuite, constatant qu'Hajar gardait la tête baissée, il ajouta :

— Je sais ce qui trouble ton âme et ce que tu demandes au Père jour après jour. Tu voudrais que ton existence s'accorde enfin avec la foi intérieure qui t'anime malgré tout, avec cet amour infini que tu ressens pour la vie tout entière mais dont tu tais la voix par peur et parce que tu crois que ce n'est pas pour toi, que cela n'est plus pour toi, que tu n'y as plus droit, certaine que tu es que tu ne mérites pas toi-même de cet amour-là, finit-il de lui révéler tandis qu'Hajar éclatait en sanglots. Mais, moi, je suis venu te donner de cet amour… de cette eau. La verser sur ton crâne, si tu le veux, se permit de plaisanter le Galiléen afin de la rassurer. Le salut ne dépend pas du mérite, lui confia-t-il encore, comme le prétendent tellement de prêtres, mais uniquement de la grâce du créateur. Or, à ses yeux, nul n'est juste. Et, lorsque tu recevras de cette eau vive, étant donné que plus jamais tu ne te sentiras obligée de veiller sur ton ashéra, t'en remettant à la seule grâce du Très-Bas, plus jamais tu n'auras besoin ou envie de continuer à te torturer comme tu le fais. Car la grâce, cette grâce-là, en tout cas, est donnée à qui la demande de toute sa pensée, de toute sa volonté et de tout son cœur.

Soudain, Hajar, toujours en pleurs, en regardant vers le mont Garizim et en repensant aux si nombreuses fois où cette phobie l'avait obligée, telle une esclave, à braver le soleil pour venir vers ce puits, de s'exclamer :

— Oui, si tu le peux, laisse-moi boire à cette source-là afin que je ne sois plus contrainte de m'éreinter à venir en ce lieu-ci. Afin que je ne sois plus acculée à me tuer l'esprit au service d'une folie !

Entendant cela, le nazar ha comprit qu'elle n'avait pas encore saisi le véritable sens de ses paroles et qu'elle pensait toujours, qu'elle voulait toujours penser, qu'il ne parlait que de substances ; lui proposant probablement de construire lui-même, en se faisant aider par des anges peut-être, un tout nouveau puits dans le village ou lui donner le don de produire de l'eau magiquement.

— Va chercher ton époux ! lui demanda-t-il alors.

Là-dessus, tandis qu'elle ne lui avait pas encore tendu sa cruche, sans relever la tête mais avec effronterie pourtant, rebelle donc, elle, qui pensait que ce gaillard-là n'avait pas confiance dans une femme et l'obligeait à aller chercher un homme pour se faire comprendre de lui, elle, de lui répondre franchement :

— Je ne suis pas mariée.

— C'est vrai, lui accorda Yéhoshua-Iésous. Tu as connu cinq hommes qui furent tes époux mais celui avec qui tu partages aujourd'hui ta vie et ton domicile n'est pas ton mari... même s'il a sur toi plus d'emprise qu'eux tous réunis, lui exposa-t-il ensuite en la laissant rien moins qu'effarée

— Serais-tu prophète ?

Alors, se redressant soudainement, en souvenir sans doute de tous ces siècles de haine et de mépris qu'avait subi son peuple à cause du sien, elle le toisa puis tempêta :

— Mais, si tel est le cas, pourrais-tu m'expliquer pourquoi nos pères adorèrent dans le temple du mont Garizim, montagne bénie comme saint lieu par la parole des enfants d'Israël, dont nous descendons nous aussi, montagne bénie et dixième commandement de la Loi [109], alors que vous autres, adeptes du judaïsme de Judée, vous adorez dans le temple d'un Iduméen, dans un lieu devenu impur et empli d'or étranger ?

Puis, dans la foulée, sans même lui laisser le temps de rien lui répondre, avec le même ton de reproche, d'enchaîner :

— Et comment vos docteurs de la Loi expliquent-ils cette médisance que vous avez à notre égard alors que nous vénérons le Père sur un lieu plus

---

[109] Le décalogue du Pentateuque samaritain est différent du décalogue traditionnel. Il commence par le commandement « tu n'auras pas d'autres dieux devant ma face » mais se termine par celui du respect du mont Garizim en tant que lieu très saint (tu n'auras pas d'autre lieu devant ma face...).

ancien et plus saint que votre temple ? Un lieu où aucune idole ne circule dans les poches ou dans les mains ni jamais ne tombe à terre ?

Et enfin :

— Ou comment justifiez-vous la destruction de notre temple par votre Roi Jean Hyrcan ?

Yéhoshua-Iésous, sans pour autant la froisser, car son ton n'avait rien de péremptoire ni rien d'agressif non plus, devant tant de reproches, s'indigna.

— Hajar, tais-toi, s'il te plaît ! la supplia-t-il presque. Tu ne sais ce que tu dis et tu ne sais pas à qui tu le dis. Ne connais-tu pas l'histoire d'Abraham et de son fils Isaac [110] ?

Mais, elle, cette effrontée, juste après avoir entendu cela, dernière ruade de la bête acculée avant l'hallali, fit quelques pas vers son village, bien décidée cette fois-ci à en rameuter tous les habitants afin qu'ils viennent s'amuser un petit peu avec ce petit juif rabougri ; ce petit juif rabougri qui osait venir les insulter jusque devant leur porte – et pourrir ou empoisonner leur eau ! Mais, le petit juif rabougri en question ne se démonta pas et continua, au contraire, de lui parler comme s'il parlait à une amie de longue date… ou à une sœur dans la vie.

— Pourtant, tu as raison en ce qui concerne l'ancienneté de ce lieu et sur le fait qu'il est un haut lieu de bénédictions, la retint-il de le quitter tout de suite.

Visiblement satisfaite de cet aveu de sa part, Hajar, sa sœur dans la vie, s'arrêta de marcher vers son village mais le nazar ha de lui rappeler alors :

— Tu oublies cependant un peu vite que le versant en face, celui au pied duquel tu habites, est lieu de malédictions tandis que Jérusalem n'est signe que de miséricorde, pas de jugement… pas encore, peut-être.

De nouveau fâchée, Hajar se retourna pour lui faire face et l'injurier. Toutefois, au dernier moment, elle parvint à se contenir. Après tout, à bien y réfléchir, s'il était vraiment un prophète, il venait peut-être d'annoncer là une imminente catastrophe à leurs ennemis de toujours, soit une juste punition qui ne pourrait que réjouir les siens. Aussi, ce petit juif rabougri, cette sale vermine qui ne cessait pourtant de lui parler amicalement, remonta-t-il tout d'un coup dans son estime ou, du moins, réussit-il encore une fois à captiver

---

[110] Abraham est censé être monté sur le mont Moria, une des collines sur lesquelles est construite Jérusalem, et avoir accepté de sacrifier son fils unique, heureusement remplacé par un bouc au dernier moment.

son attention. Ce qui eut pour résultat que ce prétendu gardien-portier d'un Royaume aussi invisible qu'impalpable en profita pour « l'adeptiser » de nouveau.

— Bénir ou maudire suppose de trancher, lui certifia-t-il avec conviction. De choisir entre ce qui est pur ou ce qui est impur, ce qui est bon ou ce qui est mauvais. Mais, en employant toi-même ce couperet disjonctif, conquise par le monde du « ou », tu ne vaudras guère mieux que ceux que tu dénigres ; opposant une haine à une autre et la semant en surface tout comme en profondeur. Sache qu'Origine est bien plus grand lorsqu'il donne en cadeau son pardon que lorsqu'il punit ou récompense.

Encore une fois, Hajar baissa la tête, pas encore tout à fait conquise mais reconnaissant là, au moins, une loi qu'ils avaient en commun étant donné que, hormis quelques détails d'importance parfois, telle cette différence entre leur décalogue qu'elle venait d'ailleurs de lui jeter au visage, les juifs samaritains possédaient, eux aussi, les cinq mêmes textes de loi fondamentaux, soit le Pentateuque. Pourtant, Yéhoshua-Iésous, qui ne s'était toujours pas présenté à elle, demeurait un simple voyageur inconnu pour elle. Un simple juif orthodoxe parmi beaucoup d'autres. Un voyageur un peu particulier, certes, vu qu'il paraissait savoir des choses étonnantes mais un simple voyageur tout de même. Elle n'était donc rien moins que fort circonspecte et plus dubitative encore à son égard lorsque, de nouveau, le nazar ha l'instruisit à propos de la Loi justement.

— Selon la Loi, chacun sera pesé selon ses propres poids, lui affirma-t-il sereinement.

Calme avant la tempête…

— Point de salut sur ce chemin de commerçants du devenir, point d'avenir meilleur, point d'oasis pour t'arrêter ou d'eau pour t'abreuver dans ce lieu aride et sec, cet antre méphistophélique où l'on fabrique des idéaux mensongers, des fictions, des leurres, des mirages ainsi que, et surtout, des pièges ; des pièges pour toutes les colombes de ce monde du Très-Bas.

S'emportant alors, lui faisant même un peu peur, l'enfant de la colombe s'exclama subitement :

— Maudits soient celles et ceux qui créent et portent en eux le désert et le duel !

Cependant, elle, elle crut qu'il énonçait une invective ne visant que les seuls juifs orthodoxes. Aussi, au lieu de se laisser aller à la crainte, s'enhardissant plutôt, soudain tout ouïe, s'attendait-elle avec impatience à en apprendre un peu plus sur le mal qui les frapperait bientôt. Évidemment, son attente fut déçue.

— Maudits soient celles et ceux qui créent, chantent et colportent ce désert et ce duel vers d'autres ! s'énervait toujours ce prophète en levant les bras aux Cieux. Maudits soient celles et ceux dont les paroles sont des vents du désert et les actes des duels rusés !

Finalement, il se tut et, ayant très chaud – elle ne lui avait toujours pas tendu sa cruche, signe de rémission de sa part, en quelque sorte –, il enleva son turban. Stupéfaite, Hajar l'idolâtre découvrit alors sa chevelure blanche et, tout de suite après, se courba devant lui parce qu'elle respectait ce genre de signe… des cheveux blancs. Un genre de signe que l'on associait jadis à la sagesse. Elle n'osa donc plus ne rien dire ni rien faire.

« Les orthodoxes, ces maudits, seraient-ils réduits au silence ? se demandait-elle, ou bien deviendraient-ils vieux tout d'un coup ? »

Mais Yéhoshua-Iésous, en employant un tout autre ton cette fois-ci, un ton qui la fit tressaillir en dépit du fait qu'il annonçait un joyeux évènement, ne lui laissa pas le temps de le questionner à ce sujet et s'exalta à la place.

— Heureusement, bientôt, très bientôt, se réjouit-il, ces signes n'auront plus lieu d'être ! Parce que les paroles de nos ancêtres s'accomplissent durant ces jours, insista-t-il sur le démonstratif.

Ce qui ravit Hajar, elle aussi, et qui la poussa à le considérer d'un autre œil.

— Je te le dis, d'où qu'ils proviennent, d'ici peu, les enfants de la colombe adoreront uniquement en esprit et en vérité, lui révéla encore le nazar ha. Ils adoreront sans plus ne vénérer aucun lieu en particulier, car ils auront admis que Vie est tout… et qu'il est partout où ils se trouvent.

Aïe ! de quoi parlait-il à présent ce drôle d'oiseau-là ? De quelle colombe s'agissait-il et qui en étaient les enfants ? N'était-il pas en train de dire que ni le temple de Jérusalem, ce qui lui paraissait heureux, ni celui du mont Garizim, ce qui lui paraissait infâme, n'auraient plus la moindre valeur aux yeux des croyants ? Ma foi, pour celui de Jérusalem, passe encore, elle pouvait le comprendre, c'était sans doute le châtiment lié à sa prophétie précédente, mais pourquoi le mont Garizim serait-il puni lui aussi ?

« Serait-ce l'annonce d'un tremblement de terre ? », craignit-elle tout d'un coup.

Ce qui la fit frissonner, car elle en avait déjà vécu un et elle en était toujours fort effrayée rien que d'y penser.

« À moins que cette prophétie qu'il venait d'esquisser peu auparavant, cette malédiction qu'il venait de proférer contre les êtres duels, ne les concernât eux aussi, les Samaritains, songea-t-elle ? Et ce curieux prophète, en fin de compte, qui était-il lui-même ? Une colombe ou un aigle, un oiseau de paix ou un rapace de guerre, une proie ou un prédateur ? Enfin, et surtout, que venait-il faire par ici ? »

Mais Yéhoshua-Iésous paraissait ne pas voir ou ne pas vouloir prendre en compte toutes les interrogations qui foisonnaient dans la tête d'Hajar. Tranquille, bien que de plus en plus assoiffé maintenant, il continua simplement d'enseigner cette femme au cœur dur comme la pierre en espérant de faire sortir de ce caillou humain, en lui parlant, un peu d'eau pure...

— Car, partout où ils le chercheront, ils le trouveront, il les trouvera et il se trouvera avec eux. Notre Seigneur, le Père, n'a pas besoin de temples de toiles ou de pierres, car sa création tout entière est son seul véritable et vénérable temple. Après tout, n'est-elle pas le réceptacle de l'étincelle de la toute première lumière d'Existence ? Et, je peux te l'assurer, les temps sont proches où quiconque recevra Paraclet deviendra son temple vagabond, son tabernacle pérégrinateur, son église vivante, termina-t-il de l'instruire en employant un mot qu'elle n'avait jamais entendu jusqu'alors parce qu'il provenait du grec.

Néanmoins, durant ce dernier enseignement de sa gnose, dont elle ne comprit rien ou presque, la Samaritaine s'était calmée et le regardait de nouveau avec crainte. Elle venait d'avoir la certitude que cet inconnu était, plus que probablement, un très grand prophète. Or, elle croyait depuis longtemps, fermement, qu'il n'est jamais bon d'être mal vu d'un tel oiseau de paradis et d'enfer. Certes, elle n'avait pas tout compris de ses paroles absconses mais elle était persuadée à présent que d'autres qu'elle, dans son village, pourraient très certainement y voir plus clair. Aussi voulut-elle y retourner tout de suite, mais Yéhoshua-Iésous la retint encore un instant en l'étonnant.

— Hajar, le « Tu » éternel est divin partout où tu es parce qu'il est tout ce qui existe, lui confia-t-il, de la pierre à l'eau en passant par la poussière et l'ensemble des vivants. Et, pour lui, il n'y a point de Samaritains ou de Judéens, point de Grecs ou de Romains. N'importe quel être humain et n'importe quel être vivant, fût-il le pire des êtres ou le dernier des derniers à ses propres yeux ou aux yeux de tous les autres, est son fils ou sa fille en la vie...

qu'elle que soient ses croyances, ses chaînes et ses boulets. Puis chacune ou chacun qui répond sincèrement à son appel redevient un dieu lui-même, l'effraya-t-il alors en osant une vision mystique proche de l'hérésie, y compris pour le judaïsme samaritain.

Toute retournée, chamboulée même, elle lui avoua donc seulement ceci :

— Tu parles bien prophète !

Mais, tout à coup, à l'horizon, tandis qu'elle s'apprêtait à lui tendre enfin sa cruche, elle vit s'agiter neuf ombres mouvantes. Neuf ombres, neuf autres hommes ou neuf anges peut-être qui s'approchaient d'eux. Et neuf autres voyageurs inconnus, c'était décidément beaucoup trop pour elle. Ce qui fait que, souhaitant de retourner chez elle sans rencontrer ces autres pérégrinateurs qui s'approchaient, puis souhaitant surtout d'obliger son interlocuteur à mettre enfin bas les masques avant d'aller chercher d'autres personnes, elle voulut clore rapidement cette discussion.

— Annoncerais-tu le Messie qu'attendent les juifs de Judée et de Galilée ? lui demanda-t-elle abruptement.

Parce que les samaritains, eux, puisqu'ils ne vénéraient pas les quelques textes prophétiques mis à l'honneur chez leurs voisins, ne l'attendaient pas du tout ; cela aurait ainsi coupé court à l'entretien.

— Le Royaume de l'amour, de la paix et de la compassion, lui répondit-il sans clore du tout cet entretien donc… au contraire.

Mais les neuf compagnons du Galiléen se rapprochaient plus rapidement qu'elle l'avait pensé. Dès lors, un peu nerveuse, Hajar regarda-t-elle tout d'abord vers son village puis, tarabustée par ce qu'il venait de lui révéler, et en dépit de la gêne que l'approche de ces inconnus lui causait, elle se permit de l'interroger une toute dernière fois, d'une manière fort crue, avant de partir.

— Et où se trouve-t-il ce royaume-là, dans un monde imaginaire ou dans le trou du cul des grands-prêtres de ton peuple de sauvages ? osa-t-elle le railler encore une fois, la dernière.

Ce à quoi, sans s'offusquer d'un ton empli d'acrimonie plutôt, son interlocuteur de lui affirmer simplement :

— Devant toi !

Ensuite, en baissant la voix et en la fixant du regard, la pénétrant au plus profond d'elle-même de ses yeux vairons, la transperçant même de part en part, il répéta en s'expliquant :

— Oui, toujours devant toi ! Impossible à voir ou à entendre avec les yeux ou avec les oreilles de la chair cependant, bien que, une fois ton œil spirituel ouvert ainsi que ton oreille spirituelle débouchée, tu le vivrais en le discernant tout autour de toi autant qu'en toi puisqu'il est tout autour de toi ainsi que toi… essence du divin.

§

Étant les plus jeunes et les plus vigoureux, Jean, suivi de près par André, furent les premiers à parvenir au puits de Jacob tandis que les autres lambinaient toujours sur le chemin brûlant. Mais, dès qu'ils parvinrent à hauteur de leur professeur, ni l'un ni l'autre ne prirent la peine de saluer la Samaritaine. À peine remarquèrent-ils à quel point elle était encore belle et avenante pour une femme de son âge, environ quarante ans. Confus et gênés plus encore que celle-ci, ils demeurèrent d'ailleurs un peu à l'écart pendant que leur maître ès « *prend en plein la gueule pour pas un rond* » était toujours en grande conversation avec cette pécheresse. Étant encore trop attachés à leurs habitudes rigides en dépit du fait qu'ils fussent Galiléens – lesquels étaient considérés par les puristes du judaïsme comme de vulgaires descendants d'Ituréens convertis de force un siècle plus tôt par l'un des rois de la dynastie des Maccabées –, les disciples de Yéhoshua-Iésous étaient pourtant sujets, eux aussi, et très souvent, à quantité de persiflages ou de médisances. Ils eussent donc dû faire preuve d'un peu plus de commisération ou de compréhension à l'égard de cette femme-là. Laquelle femme, voyant ces deux jeunes hommes demeurer à l'écart en zieutant avec malice vers le puits, se rappela alors ce que le nazar ha lui avait demandé et, sans plus rien objecter ni demander cette fois-ci, déposa sa lourde cruche à ses pieds afin qu'ils puissent tous en disposer.

— Enfin ! se réjouit alors intérieurement son « guide ». Elle a franchi l'abîme.

Alors, sans plus se retourner, Hajar courut à toutes jambes vers son village dans le but de rameuter ses concitoyens. Et, dès qu'elle fût parvenue sur la place, sans prendre la peine de reprendre son souffle, au lieu de les inviter à un festin de sang, elle s'écria à tue-tête :

— Venez ! Venez tous ! J'ai rencontré un prophète près du puits de l'ancêtre. Venez avec moi vous abreuver de ses mots de miel et de lait ! Car il m'a ouvert le cœur et l'esprit en me révélant tout ce que j'ai commis et tout ce que je suis ! De grâce, accompagnez-moi afin de voir s'il s'agit bien d'un saint homme de Dieu [111].

À ses appels répétés, et quoiqu'ils la considérassent à peu près tous comme une prostituée, comme une moins que rien donc, plusieurs personnes pieuses se rendirent au puits dans le but de vérifier ses dires. Or, ils y arrivèrent au moment précis où les nazoréens, tous réunis à présent, mais très craintifs de ce qu'ils se trouvaient à deux pas seulement d'un village qu'ils savaient dangereux – un amas de maisons mal ficelées les unes aux autres, dont une habitante, selon le récit que leur en avaient fait Jean et André, avait conversé avec leur professeur d'une manière parfois houleuse ; ce qu'ils supposaient pouvoir dégénérer en rixe ou en lynchage –, les nazoréens, donc, se préparaient à partager rapidement leur repas puis à partir au plus vite. Assoiffés comme ils l'étaient, et sans trop rechigner sur sa provenance, ils s'étaient tous abreuvés à la cruche de la Samaritaine puis la lui avaient remplie de nouveau mais aucun ne s'était permis de questionner leur professeur sur ce qu'il lui avait dit ni pourquoi, ce matin-là, il avait tellement insisté pour passer par cet endroit maudit ; vu que, ils s'en doutaient à présent, ce dernier ne s'était certainement pas obstiné à prendre cette voie par hasard ni pour engendrer une nouvelle guerre.

En revanche, s'ils s'attendaient bien à être un peu dérangés en plein repas par les habitants du village, ce n'était évidemment pas par tellement de gens à la fois. Car c'était tout le village ou presque qui s'était déplacé finalement et qui accourait vers eux ; soit une trentaine de personnes. Automatiquement, conditionnés à réagir de cette manière dès leur plus jeune âge, en face de tant de Samaritains, en face de tant d'ennemis, les élèves de Yéhoshua-Iésous prirent peur et s'apprêtèrent à la bagarre. Tandis que, sans même prendre le temps de les apaiser, dès qu'il vit arriver tout ce troupeau de chercheurs de vérités, Yéhoshua-Iésous, quant à lui, se leva au contraire pour aller à leur rencontre. Mais Simon-Képhas, qui avait tout de suite compris que ces gens, en découvrant qu'ils n'avaient aucune arme, ne leur voulaient pas de mal, seulement interroger leur maître, Simon-Képhas le retint par la tunique. Il le voyait bien, le nazar ha avait beaucoup souffert de la longue conversation sans boire qu'il avait eue avec l'habitante de ce petit village rebelle ; ce qui était vrai, il était visiblement fatigué. Donc, à son avis, avant de recevoir quiconque, il aurait bien besoin de reprendre des forces.

---

[111] Les juifs-samaritains, ne reconnaissant pas les prophètes hébreux, ne possédant pour tous livres saints que le Pentateuque et celui de Josué, n'attendaient donc pas de Messie en effet.

— Mange, mon frère ! lui proposa-t-il d'ailleurs en lui tendant un poisson. Et bois surtout ! Ce troupeau d'affamés attendra bien que tu aies repris des forces pour t'écouter.

Mais son professeur s'offusqua :

— Képhas (caillou), le maltraita-t-il quelque peu, la nourriture que je dois ingurgiter est constituée avant tout par la volonté de parfaire l'œuvre de réunion pour laquelle je ne cesse de travailler, l'œuvre pour laquelle j'ai été envoyé ici (*mon scénario malheureux, car suicidaire*). N'oublie pas que je dois nourrir les esprits, pas seulement les corps ! Je devrai donc avaler aujourd'hui, ou donner à manger, une autre pitance que ce maigre pain ou que ces poissons séchés que vous avez achetés.

Or, butés et naïfs comme ils l'étaient encore, ses compagnons pensèrent que la femme était allée lui chercher quelque succulente préparation de sa composition pour le remercier d'une gentillesse de sa part. Mais Yéhoshua-Iésous, sans leur laisser le temps de trop cogiter à ce sujet, ajouta :

— Le pain qu'il me faut servir et manger aujourd'hui est signe de la moisson à venir. C'est le pain de la vie future. Vous pensiez avoir tout le temps devant vous mais, je vous le dis, moi, le semeur de levain, depuis que je suis sorti du secret, le temps nous est compté ! Et, dès aujourd'hui, je dois œuvrer pour le Royaume en vous conviant et en vous préparant déjà à la moisson qui arrive. Regardez cette foule qui s'approche, quémandeuse de sens et de réponses ! Dès à présent, les champs de cette terre-là demanderont d'être ensemencés tandis que les épis qui y grouillent réclameront d'être abreuvés. Soyez donc prêts, mes frères !

Ensuite, les laissant réfléchir à ces mots énigmatiques – voulait-il venir s'installer ici ou les incitait-il à le faire afin d'ouvrir leur propre école ? –, il les quitta promptement et se dirigea vers les habitants de Sychar ; épis venus en masse se courber sous le vent chaleureux de ses douces paroles presque solaires. Ce qui fait que, après quelques échanges verbaux, plusieurs personnes les prièrent de les accompagner dans leur petit village afin d'y être reçu avec les honneurs de l'hospitalité. Cependant, en guise de village, il s'agissait en fait d'une trentaine de grossières habitations, peut-être même à peine vingt, imbriquées les unes dans les autres au point de n'en paraître qu'une seule. Aussi est-ce à la grande surprise et à la plus grande joie des villageois que, deux jours durant, en dépit des nombreuses réticences qu'émirent au début ses élèves à dormir dans ce nid de frelons, de suppôts du malin, le nazar ha y sema le miel de sa gnose. Il y enseigna, à toutes ces familles, à tous ces gens qui, sous une peau de loup, cachaient un agneau tout compte fait, le sens du mot considération : ne pas faire à autrui... ; réalisant ainsi ce qu'il avait en projet avant de passer par ce territoire, à savoir montrer à ses élèves que son commanditaire, le Père, n'était pas regardant quant à la provenance de ses futurs alliés (*puis, peut-être aussi, augmenter la vindicte de ses propres concitoyens et coreligionnaires contre lui...*).

Aussi ses disciples ne surent-ils plus quoi penser du tout. Hier encore, en effet, ils avaient toutes les difficultés du monde à prêcher en Judée, parmi leurs frères par les gonades, sans cesse interrompus ou questionnés qu'ils y étaient par les docteurs de la Loi, les scribes, les gardes ou quelque autre zélé croyant, tandis qu'ici, en ces terres étrangères, en ces terres qu'ils croyaient depuis longtemps de simples dépendances du malin, tous venaient à eux avec un cœur empli de joie et désireux de les entendre. Quoi qu'il en soit, au bout de deux jours de liesse, souhaitant de célébrer le prochain shabbat en Galilée, les nazoréens quittèrent ce village de Sychar. Or, pour tout vous dire, les élèves de Yéhoshua-Iésous le quittaient non sans regret parce qu'ils quittaient des amis et des frères à présent ; des amis et des frères à peu près tous convaincus, comme eux donc, par les paroles et la voie de leur maître. D'autres adeptes dont l'origine, c'est évident, dès que cela se saurait, ne ferait qu'augmenter la méfiance et la colère des membres du sanhédrin contre le nazar ha et sa doctrine un peu trop prosélytiste par contre. Yéhoshua-Iésous accumulait de la sorte les mauvais points à leurs yeux (*des jetons « monnayables », dit-on en psychologie*) afin de les pousser à le rejeter tout d'abord, lui, puis à le punir surtout, en le faisant battre et peut-être mettre à mort ; en cherchant des coups de pieds et en le « suicidant » à la fin, comme vous le savez déjà.

Retourne donc d'où tu viens !

Dès qu'ils eurent franchi la frontière et traversé quelques villages de Galilée – évitant de nouveau toutes les villes –, plusieurs personnes se mirent à les suivre. Cela parce que, revenant de Jérusalem, certains croyants qui avaient reconnu Yéhoshua-Iésous et avaient été témoins de sa « juste » résistance dans le temple l'avaient communiqué à d'autres qui souhaitaient, eux aussi, d'en apprendre un peu plus au sujet de son enseignement ou à son propos. Voyant une foule se presser autour d'eux en sachant pertinemment qu'elle ne les laisserait plus tranquille, et ne voulant pas risquer d'exposer Salomé, la mère souffreteuse de Simon-Képhas et d'André, aux ennuis que pourraient lui causer ce peuple de mouton en quête de berger, d'aveugles en quête d'un bâton et non pas en quête d'un chemin de lumière, en quête du soi en moi – ce qui n'est pas complètement idiot –, le nazar ha décida de ne pas se rendre à Capharnaüm, comme il l'avait d'abord suggéré à ses amis, mais de retourner à la place, le plus discrètement possible, à Cana.

— Attendu que ce village est haut perché et pas très fréquenté, bien peu de gens penseront à venir nous y dénicher dans le but de me voir accomplir quelques tours comme un singe de foire ou comme un magicien de pacotille, leur expliqua-t-il.

Car il savait très bien que la plupart des gens venaient à lui non pas dans le sage but d'accéder au Royaume d'amour qu'il prêchait, ni même de l'écouter parler de ce merveilleux non-endroit, mais uniquement dans le vain espoir d'obtenir qui une guérison espérée qui un peu de pain donné qui encore une écoute attentive ; ici, le réconfort ou de quoi se nourrir et, là, une reconnaissance. Or, les réconforter passe encore, mais les reconnaître, en revanche, aurait consisté à les juger et, selon ce qu'il expliquait souvent à ses élèves, il ne souhaitait guère de perdre le temps qu'il pensait lui rester – voire qu'il souhaitait de lui rester, puisqu'il avait établi une espèce de date butoir à son scénario de vie, une date butoir liée à une tâche –, il ne souhaitait pas de perdre son temps à jouer au roi des Hommes. Mais c'était sans doute trop espérer puisque, c'est bien connu, l'avidité de ceux-ci est sans limites lorsqu'il s'agit de leur venir en aide, bien moindre, voire inexistante, lorsqu'ils le doivent eux-mêmes. Ainsi, en dépit de cette habile précaution, un fonctionnaire romain du tétrarque Hérode parvint-il tout de même à les localiser et à les y rejoindre... pour lui demander son aide. Bien décidé à le rencontrer en personne, ce fonctionnaire nommé Julius Faustus venait à lui porteur d'une terrible souffrance. Son tout jeune fils, son unique enfant, Tibérius, se mourrait d'une fièvre maligne. Il se tenait déjà au bord du gouffre lorsque son père, désespéré, en ultime recours, étant donné qu'il ne pouvait se baser que sur des rumeurs à propos de ce mage, dès qu'il avait appris où résidait ce Yéhoshua-Iésous-transformeur-d'eau-en-vin, avait tout de suite quitté ses affaires afin de requérir son aide en espérant de ce saint homme ou magicien qu'il priât ou guérisse le mal qui touchait son enfant chéri. Ce qui fait que, dès que ce père désespéré trouva celui que quelques-uns, enfiévrés, lui avaient présenté comme étant « le fils d'Adam, le fils de l'homme », il se jeta à ses pieds et le supplia :

— Maître, maître, commença-t-il bien mal, je t'en prie, je t'en conjure, accompagne-moi jusqu'à ma demeure parce que mon amour y meurt ! Il s'en va vers hier et mon cœur ne pourra plus supporter aucun demain si son soleil disparaît aujourd'hui, si ce qui donne du goût à tous ses jours, le sel de tous ses instants, le quitte à jamais, termina-t-il en soupirant autant de fatigue que de désespoir.

De la même manière que s'il s'apprêtait à le réconforter, le nazar ha, sachant à l'avance ce qu'il allait accomplir, se leva et s'approcha du bonhomme épuisé. Julius Faustus – comme tout père aimant le ferait – n'avait pris aucun repos en effet pour venir jusqu'à Cana et avait cheminé de nuit en risquant dix mille fois au moins de choir dans un ravin ou de se blesser aux épineux ainsi qu'aux arêtes des nombreux rochers. Il explosa alors en sanglots. Toutefois, au lieu de lui tenir un discours rassurant ou de se mettre en chemin avec lui, comme s'y attendaient la plupart de celles et de ceux qui assistaient à cette scène des plus dramatiques, tous curieux de voir comment ce juif galiléen répondrait à ce Romain qui n'était pas même prosélyte ni non plus Craignant-Dieu, tous curieux de voir comment ce prophète accueillerait la demande de ce « Gentil » sbire du pouvoir et de la soumission à une autorité malveillante, au lieu de le réconforter donc, le Galiléen l'invectiva de manière indirecte :

— Si vous ne voyez pas de miracles, vous ne parvenez pas à croire, trancha-t-il en laissant l'assistance éberluée de tellement d'audace de sa part. Heureux qui croira sans avoir vu ! ajouta-t-il contre tous les futurs Saint-Thomas (*et tous les zététiciens*). Heureux qui entre dans le Royaume par sa foi ! Heureux qui ouvre la porte par son espérance et qui, par la charité, y permet d'entrer à sa suite le monde entier !

— Amen ! clamèrent d'une seule et même voix ses élèves ainsi que tous ceux qui étaient présents mais qui ne voulaient pas comprendre qu'ils étaient visés, eux aussi, par cette critique acerbe.

Sans s'inquiéter outre mesure de ce mauvais préambule, le quémandeur recommença de le supplier :

— Maître, s'il te plaît, au nom de votre Adonaï Rapha [112], je t'en prie de nouveau, fais vite ! Mon enfant était déjà presque froid lorsque je l'ai quitté. Si tu peux quelque chose pour lui, ne me fais pas languir. Je te jure que j'obéirai à tout ce que tu ordonneras. Demande et je m'exécuterai ! lui jura le Romain tout tremblant, sans plus le moindre orgueil qui le retienne de reconnaître sa faiblesse devant tous, d'avouer ses sentiments paternels en

---

[112] Nom de Dieu qui signifie « L'Éternel qui te guérit ».

public et, surtout, pour lui qui provenait d'une famille polythéiste adepte du dieu Esculape, de s'abaisser devant un magicien-médecin-ou-prophète… juif.

Quoi entendant, stoïque cependant, d'un ton particulièrement sec et cassant, Yéhoshua-Iésous grommela-t-il ceci :

— Eh bien ! je n'ai qu'une seule chose à te demander, retourne donc d'où tu viens, car ton fils vit. Allez, déguerpis maintenant et va-t'en vite, je t'en prie ! Et sans te retourner.

L'assistance n'en crut pas ses oreilles. Quoique ce Romain ait le pouvoir de le faire arrêter puis mener devant Hérode, qui n'avait pas la réputation d'être un tendre ou un juste et qu'une petite bourse suffisait à faire fermer les yeux sur une vengeance personnelle, ce guenilleux avait osé renvoyer ce haut fonctionnaire du tétrarque, seul, comme s'il se fût agi d'un simple quidam sans importance. Le pire étant que le fonctionnaire en question ne paraissait pas prendre ombrage du ton particulièrement insolent de ce Yéhoshua-Iésous-de-nulle-part.

Quelques témoins de la scène, espérant plus tard obtenir une faveur de sa part en témoignant éventuellement contre ce séditieux docteur de la Loi galiléen, rentrèrent alors en compagnie du notable en prenant l'air de le consoler sincèrement. Or, le conte ou la légende de la grenouille-crapaud de Galilée raconte que, le lendemain matin, dès qu'ils furent parvenus à l'entrée de Capharnaüm, Philéas, l'un des serviteurs du haut fonctionnaire, parce qu'il l'aimait lui-même comme un père du fait de la grande compassion de ce Romain ainsi que de son incroyable capacité à comprendre et pardonner aux autres leurs faiblesses ou leurs manquements, Philéas courut à sa rencontre dans le but de lui annoncer une heureuse nouvelle. Une nouvelle aussi extraordinaire qu'inattendue.

— Tibérius vit ! lui hurla-t-il dès qu'il l'aperçut. Il vit et gambade déjà dans les ruelles en riant.

Tout bouillonnant de joie, le père du jeune garçon, ressuscité à ses yeux, vu que, en cours de route, ses mauvais compagnons avaient fini par le persuader que le magicien s'était moqué de lui en lui racontant des bobards afin de braver son autorité et que son fils ne pourrait jamais guérir sur les seules paroles de ce bâtard mi-juif mi-on-ne-sait-trop-quoi, le père du jeune garçon donc, fébrile, le questionna alors :

— À…à quelle heure ce… ce prodige a-t-il eu lieu ? hoqueta-t-il entre deux sanglots… mais de joie cette fois-ci.

Question curieuse à l'écoute d'une telle nouvelle, puisque directement liée à ce qu'il venait de vivre et non pas à son fils lui-même. Curieuse question à laquelle, rayonnant de bonheur lui aussi, son serviteur de lui répondre :

— À la septième.

Waouh ! À ce moment-là, tous ceux qui étaient avec eux pensèrent la même chose : c'était exactement l'heure à laquelle Julius Faustus avait rencontré Yéhoshua-Iésous. L'heure précise à laquelle ce fou de Dieu, dont nul encore ne connaissait l'origine, avait ordonné sans ménagement à ce père anéanti de chagrin, de reprendre la route… en toute confiance.

— C'était l'heure de son second signe sur l'horloge du grand éveil, se convaincraient plus tard ses adeptes.

— Sur l'horloge victimaire, les reprendraient les incroyants, convaincus que toute ces histoires ne sont que des mythes et des légendes.

§

Ainsi, entre orthodoxie et orthopraxie, entre manière de penser et manière d'agir, entre l'Israël charnel ou l'Israël spirituel, l'Israël des gonades ou celui du cœur, Yéhoshua-Iésous avait-il choisi lui aussi finalement. Il avait choisi d'aimer quiconque. Par contre, si ce futur bouc émissaire volontaire des lévites se prétendait citoyen du monde, il se croyait en même temps sa toute dernière victime… rédemptrice, son ultime médicament, sa panacée ; ô, pauvre monde !

Portrait du patient Jeber-Jésus

Avant de vous quitter, je voudrais faire le point sur le compte – et le conte – du patient « Jeber-Jésus ». Rappelez-vous, j'ai écrit que ce petit gars-là a mis en place un scénario perdant avec la ferme croyance qu'il sera gagnant cependant. Car il est persuadé, un peu présomptueusement peut-être, de sa future résurrection et de toute son histoire d'éons ; Paraclet enseigné par Logos. Ce dernier machin, une sorte de Jiminy Cricket tout droit sorti de Pinocchio, serait selon le patient un Esprit-Saint de sagesse ; soit un esprit directeur de conscience qu'il prétend avoir reçu d'un être extraterrestre qu'il nomme le Père ou mon Père mais que je lui fais aussi appeler ici Origine ou Existence et dont on peut aussi dire de lui qu'il est un genre de roi Richard cœur de lion dans Robin des Bois… ou la fée bleue.

Or, cet esprit de sagesse qu'il aurait reçu est pour lui une puissance spirituelle d'une extrême importance. Une puissance dont il est persuadé avoir été le bénéficiaire au moins depuis son baptême. À ce moment-là, en effet, cet Esprit-Saint serait apparu sous l'aspect d'une colombe (l'animal totem du patient, soit dit en passant) à celui qui – et uniquement à lui – l'avait immergé. En outre, il s'agit d'un esprit qui, d'après ce qu'il raconte, enseignera plus tard un autre Esprit-Saint, un autre éon, mais de vérité celui-là. Un autre éon qu'il nomme Paraclet. Second machin, une espèce de djinn de la lampe d'Aladdin qui laverait plus blanc que blanc, second machin qu'il est convaincu de pouvoir offrir à d'autres personnes, ses disciples-adeptes, après son retour à la vie ainsi qu'un minuscule procès expédié à la va-vite – en quelques heures à peine, vous le savez peut-être déjà –, devant le Père susnommé en compagnie du grand méchant loup… comme accusateur.

Le scénario de vie malheureux de ce pauvre homme lui a fait accepter deux slogans pour son « T-shirt ». Deux idées ancrées en lui, inconsciemment, qui l'influencent, lui, et qui influenceront sans doute un bon nombre de ses adeptes, si pas tous pour très longtemps après, à savoir *« je vaux mieux que vous »* devant et *« bien que je sois une sous-merde »* derrière ; le tout enrobé de jeux psychologiques tels que *« donnez-moi des coups de pieds »*,

« *le mien est mieux que le tien* », « *le jeu des défauts* » et, bien sûr, « *gendarme et voleur* » [113].

Son mot d'ordre démoniaque, enfin, était probablement « *sois parfait* » et son démon, sa sorcière de mère, bien sûr, c'est-à-dire l'état Enfant rebelle de celle-ci. Par contre, si son démon, comme tous les démons des garçons, est cet aspect-là de sa génitrice, laquelle lui a sans doute dicté son mot d'ordre et le devant de son T-shirt, l'absence du papa testiculaire, du géniteur, laisse une idée d'abandon dans sa tête et peut-être d'injustice en cas de décès. Son papa bienveillant, l'état Parent de Josèphe donc, soit l'auteur du second mot d'ordre que vous allez découvrir dans un instant, aurait fait place à l'ogre père – mais absent par contre –, dès qu'il l'abandonna volontairement ou pas. En effet, son second mot d'ordre (et d'ombre), qui lui vient sans doute de son père bienveillant est « *fais plaisir* ». Son père bienveillant-fais-plaisir, devenu ogre-essaye-plus-fort à sa mort ou à sa disparition avait d'ailleurs sans doute épousé sa mère-sorcière-acariâtre-sois-parfait dans cette optique de faire plaisir justement… même si cela a dû lui coûter cher et qu'il a dû faire beaucoup d'efforts. Ne lui a-t-il pas, par exemple, fait tout plein de gosses ? Peut-être s'est-il alors, en conséquence de sa grande famille, tué à la tâche par la suite ?

Aussi est-il assez clair, à mes yeux, que le modèle de personnalité prédominant de ce patient-là – un être pas vraiment crapaud ni grenouille ni ogre, mais pas du tout petit prince non plus –, est celui du « *dévoué* ». Un modèle toutefois contre balancé par le modèle du « *battant* » devenu finalement celui du « *militant forcené* » à la suite du décès de son père ou de son abandon mal vécu. Décès ou abandon qui l'ont obligé à affronter sa mère, seul, et à devoir lui plaire en faisant des efforts… puis en essayant plus fort à son tour... dans le but de faire gésir de nouveau celles et ceux qui le suivirent et accrurent ses paroles. Entre autres choses, parce que, après ce décès ou cet abandon, pour faire vivre sa famille, il a probablement été obligé de remplacer son père en travaillant dans un domaine qu'il ne voulait pas choisir au départ, le travail de son père justement, la charpenterie, au détriment du chemin qu'il voulait suivre, lui, à savoir devenir avocat, juriste ou docteur de la Loi (voire proxénète ou accoucheur) mais certainement pas procureur ni juge. En revanche,

---

[113] Son slogan devant est dû à l'idée qu'il a d'avoir été choisi par le Père à la suite du fait qu'il fait sa joie et lui obéit comme il faut (ce qui donne : « je suis sauvé et promis à l'éternité » pour ses adeptes ensuite), tandis que celui de l'arrière de son T-shirt est dû au fait que ce n'est pas de ses propres forces qu'il peut agir (ou « être sauvés » pour ses adeptes) mais uniquement grâce à Logos (ou Paraclet pour ses apôtres).

s'il paraît avoir abandonné la voie que la fatalité – elle a bon dos celle-là – l'avait obligé d'accepter à contrecœur en devant remplacer son paternel pour subvenir aux besoins de sa famille nombreuse, celle qu'il a choisi de suivre à la place, celle de prédicateur mendiant effronté et rebelle, ne répond-elle pas, encore et toujours, aux directives malheureuses de son scénario de vie ? Un scénario dont l'arrêté est suicidaire, mais par procuration.

En outre, en sachant qu'il obéit au modèle du « *dévoué* », nous pouvons donc déduire deux hypothèses. D'une part, ce modèle-là explique peut-être pourquoi son exemple attirerait beaucoup de femmes par la suite. Des femmes qui aimeront mettre en pratique son message de dévouement, soit un modèle qui leur était déjà inculqué depuis longtemps dans leurs sociétés patriarcales et hyper machistes. Puis, d'autre part, ce modèle du « *dévoué* » nous renseigne sur l'injonction parentale la plus plausible dans son cas, à savoir « *ne sois pas toi-même* ». Injonction surtout maternelle dont la devise est : « *on n'est pas sur Terre pour soi-même mais pour être au service des autres.* »

§

J'ai aussi envie de vous rappeler que, dans le récit durant lequel la sorcière en Myriam, sa mère, affronte son batracien de fils – pendant les noces de Cana –, deux rires se rencontrent. Le premier est un « *hé, hé, hé* » pensé par cette sorcière-là tandis qu'elle demande à son fiston de se ridiculiser devant tout le monde – puisqu'elle ne croit pas en son message ; un message qui souligne sans arrêt que son Père spirituel, un super Papa métaphysique hyper présent, pourvoira à tous les besoins que son père charnel n'a apparemment pas pu réaliser –, et un second rire, mental, lui aussi, de la part de ce rejeton tandis qu'il écoute ce qu'elle a à lui dire ; un « *hi, hi, hi* » de petit diable en fait. Mais, dans ce même récit, il reste un troisième rire pourtant. Un rire qui parcourt par ailleurs toutes les aventures de cette proie de toutes les proies, de cette proie volontaire. Celui de ses disciples. Lesquels ignares, je vous le rappelle aussi, n'ont rien compris aux discours de leur professeur sans horaire fixe ni honoraire et n'y comprendront rien jusqu'à la fin de ses pérégrinations. Leur rire à eux est un « *ha, ha, ha* ». C'est le rire sans joie de l'état du moi Adulte en chacun d'eux qui n'a rien compris, justement, ou alors très superficiellement.

Enfin, petit à petit, un pas après l'autre, en ne respectant pas les interdictions de mariage durant certaines fêtes par exemple, en se faisant des amis des Samaritains ou en aidant des Romains, vous ne trouvez pas que le patient

Jeber-Jésus est en train de réaliser, très consciemment, et fort consciencieusement, une véritable transaction du pendu ? Une transaction qui, immanquablement, va le conduire à l'évènement que l'on connaît tous depuis lors, sa crucifixion... mais avec un rire de sortie de scène digne du petit professeur en lui. Un évènement aussi douloureux qu'il sera mortel, c'est sûr, mais justifié par ses croyances métempiriques les plus enracinées dans sa caboche. Un évènement à l'horizon funeste mis en place dans le délirant espoir d'obtenir de sa mère autre chose que le rire cynique de celle qui ne croit pas en son fils, le « *hé, hé, hé* » dont je viens de parler à son propos ; donc, en dépit du fait que cela puisse paraître complètement tordu, pour obtenir d'elle de belles (et bonnes) larmes de tristesse plutôt que l'effroyable sourire qu'exprime une mauvaise joie... ou un énorme doute.

En conclusion de quoi, je dirais que la névrose de moins en moins compensée de ce patient-là repose sur une position de vie en mode « *je suis O.K. parce que je fais ce que commande mon modèle de Père – mon idéal –, mais, vous, vous n'êtes pas O.K. parce que vous agissez autrement que moi et les interprétations que je vous donne par rapport à ce que commande ce Père normatif de l'humanité.* » Alors, au risque de me répéter, je n'ai qu'une seule chose à ajouter pour finir : ô ! pauvre Monde...

§

Fin du 1ᵉʳ tome

Du même auteur

Sur BOD

Série : Bob, Alex et Fanny

- N° 2 : Le trésor de la naïade

Roman philosophique

- Jeber-Jésus, l'animal des crucifix, tome 1

Sur Amazon uniquement

Série : Bob, Alex et Fanny

- N° 1 : Le diable dans la boîte

Romans philosophiques

- Entre chien et loup, tome 1 *(biographie romancée de Platon)*
- La malédiction – le trépied d'Apollon

Roman fantastique-ésotérique

- Révélation

Livres pour jeux de rôle et jeux « grandeurs natures »

- Fragments
- Victoire
- Voir
- Ultima magicae
- V.I.T.R.I.O.L.

Jeu d'énigmes

- La croix de l'aigle

*© **Eric Jugnot, 2021***

Dépôt légal : février 2023

Édition : BoD – Books on Demand, info@bod.fr
Impression : BoD – Books on Demand, In de Tarpen 42, Norderstedt (Allemagne)
Impression à la demande

ISBN : 978-2-3220-9929-0

Loi n°49-956 du 16 juillet 1949 sur les publications destinées à la jeunesse,
modifiée par la loi n°2011-525 du 17 mai 2011.